クリスティー文庫
58

死人の鏡

アガサ・クリスティー
小倉多加志訳

早川書房

5400

MURDER IN THE MEWS

by

Agatha Christie

Translated by

Takashi Ogura

Published 2020 in Japan by

HAYAKAWA PUBLISHING, INC.

This book is published in Japan by

arrangement with

AGATHA CHRISTIE LIMITED

through TIMO ASSOCIATES, INC.

愛をこめて
旧友シビル・イーリーへ

目次

死人の鏡

厩舎街《ミューズ》の殺人
Murder in the Mews

1

「ガイ人形に一ペニーやってくれない？」

うす汚れた顔にニヤニヤ愛想わらいをうかべたちびの少年だ。

「だめだ！」とジャップ主任警部。「それに、いいか、こら小僧《こぞう》……」

つづいて短いお説教。めんくらった小僧は、仲間たちにちょっと声をかけて、早々に退散した。

「チェッ、おまわりでなけりゃ、いいかもなのになあ！」

ちび連中は歌をうたいながら、さっさと逃げていく。

忘れるな、忘れるな、

十一月五日を忘れるな、
爆薬事件を忘れるな。
どうして忘れてなるものか、
爆薬事件の陰謀を。

主任警部の連れはニコニコしている。卵型の頭をして、大きな軍人ふうの口ひげを生やした小男だ。

「なかなかいいな《トレ・ビヤン》、ジャップ。説教が堂に入っているよ！　大したもんだ！」

「屁理窟をつけて物乞いをする。これがガイ・フォークス・デー（一六〇五年十一月五日、カトリック教迫害に対する復讐として英国議事堂の爆破を企てて失敗した主謀者ガイ・フォークスを火刑にした記念日）のおきまりなんだ！」

「おもしろい遺物だよ」エルキュール・ポアロは考えぶかげだ。「記念すべき男と、そいつのやったことはもう忘れられてしまってるのに、ずっとあとまで、花火だけはパンパン打ちあげられるんだからな」

ロンドン警視庁の警部も相槌をうつ。

「あんな小僧っ子たちは、ほとんどガイ・フォークスがどんなやつか知りゃしないだろうよ」

「そのうちに、きっと何が何だかわからなくなってしまうさ。十一月五日にああして花火《フユー・ダルティフイス》を打ちあげるのが、おめでたいのか、おめでたくないのかってことがね？　イギリス議会を爆破するのは、罪悪か、それとも気高い行為かってことになるな？」

ジャップはクスクス笑う。

「気高い行為だっていう者も出てくるにちがいないね」

大通りからまがって、比較的静かな厩舎街《ミューズ》へ入る。二人は一緒に食事をしたあと、こうして近道をしてポアロの家に向かっているのだ。

そうして歩いていくうちにも、ときどき爆竹の音がきこえてくる。思い出したように、黄金の傘がパッとひらいて、夜空を明るく照らす。

「殺人にはもってこいの晩だ」ジャップが職業がら興味を感じていう。「こんな晩なら、たとえピストルを射ったって、誰にも聞こえないだろうからなあ」

「かねがねわたしも、こういう時を利用する犯人がもっと出てこないのがおかしいと思ってたんだ」

「なあ、ポアロ、ぼくはときどききみに人殺しをさせてみたいと思うことがあるんだがね」

「おやおや《モン・シエール》！」

「うん、どういう手口でやるか、ちょっと拝見したいもんだよ」

「おいジャップ、わたしが殺人をやるとなりゃ、きみには皆目わかるまい……わたしの手口がさ。たぶん、殺人があったってことにも気づかないだろうよ」

ジャップはいかにも愉快そうに、打ちとけた笑い声を立てながら、鷹揚《おうよう》にいった。

「自惚《うぬぼ》れの強いひとだなあ」


翌朝の十一時半に、ポアロの部屋の電話が鳴った。

「もしもし」

「もしもし、いたね、ポアロ？」

「うん、わたしだ《ウィ・セ・モワ》」

「ジャップだ。ゆうべ、バーズリー・ガーデンズ・ミューズを通って帰ったこと、おぼえているだろう？」

「うん」

「それから、ああして爆竹やかんしゃく玉なんかがバンバン鳴ってるんじゃ、人を射つのもわけなしだって話したこともね？」

「おぼえてるとも」

「ところが、あのミューズで自殺があったんだよ。十四番地でね。若い未亡人で……ミセス・アレンっていうんだ。ぼくはいまから現場にいくんだけど、こないか？」

「だがなあ、きみみたいなおえらがたが、いつも自殺事件で現場にいかせられるのかね？」

「察しがいいな。いや……そうじゃないんだ。じつは……うちの医者がちょっとおかしい点があると思ってるらしいからさ。こないか？　ぜひきてもらいたいと思うんだけど」

「いくとも。十四番地だったね？」

「そうだよ」

ポアロがバーズリー・ガーデンズ・ミューズに着くと、ほとんど同時にジャップも、ほかの三人の警官と一緒に車でやってきた。

十四番地は興味の中心となっていたので、すぐわかった。運転手、おかみさん、使い走りの少年、浮浪者、身なりのいい通行人、たくさんの子供、といった大勢の人たちが輪になって、ポカンと大口をあけ、物見高い目で十四番地を見ている。

制服の警官が一人、上り段に立って一生懸命に野次馬たちを追いはらっている。カメラをもったすばしこそうな若者たちが忙しく動きまわっていたが、ジャップが車をおりると、ドッと押しよせてきた。

「いまは何もないよ」とジャップは彼らを押しのけながらいうと、ポアロにうなずいてみせる。「やあ、きたね。中に入ろう」

彼らはさっさと中に入って、うしろ手にドアをしめたが、見るとそこは梯子のような階段の、せまい上り口だった。

男が一人、階段の上に顔を出して、ジャップを見るといった。

「こっちです、警部」

ジャップとポアロは階段をのぼる。

上にいた男が左手のドアをあけてくれる。入ってみると、そこは小さな寝室だった。

「主な点をかいつまんでお話ししましょうか、警部？」

「そうだな、ジェイムスン。どういうことだ？」

地区警察の警部ジェイムスンは話しはじめる。

「被害者はミセス・アレン。友だちの……ミス・プレンダーリースと、ここに住んでいたのです。ミス・プレンダーリースは田舎へいっていて、けさがた帰ってきたばかりです。自分の鍵で中に入ったのですが、誰もいないのでびっくりしたそうで。いつも手伝い女が九時には仕事をしにくるんだそうです。まず二階の自分の部屋に……ここがそうなんですが……入ってから、踊り場の向こうの友だちの部屋へいった。だが、ドアは中から鍵がかかっていた。ハンドルをガチャガチャいわせ、ノックしたり呼んだりしたんですが、返事はありませんでした。とうとう心配になって、警察に電話したんだそうです。それが十時四十五分。すぐわれわれがきて、ドアをこじあけたってわけです。ミセス・アレンは頭を射ちぬいて、床にぐったり倒れてました。手にピストルがありました……二五口径のウェブリーです……明らかに自殺と思われました」

「ミス・プレンダーリースはいまどこにいる？」

「下の居間です。いやに冷静な、てきぱきした女です。頭のいい女ですよ」

「あとで話してみよう。さきにブレットに会ったほうがいいだろう」

ジャップはポアロを連れて踊り場を横切ると、向かい側の部屋に入る。背の高い年輩の男が、目をあげてうなずいた。

「やあ、ジャップ。きみがきてくれてよかった。妙な事件だよ、こいつは」

ジャップは彼に近づいた。ポアロはチラッとさぐるような目で部屋の中を見まわす。

いま出てきた部屋よりもずっと広い部屋だった。がっちりした出窓がついているところから見ると、もう一つの部屋のほうがもともとからの寝室で、ここは強いていえば、居間兼寝室といった感じだ。

　壁は銀白色で、天井はエメラルド・グリーン。銀色と緑色の現代的な感じのカーテンが掛かっている。長椅子にはチラチラ光るエメラルド・グリーンの絹のキルトが掛けられ、金色や銀色のクッションがたくさんのっている。丈の高い古風なくるみ材の書き物机が一つに、同じくくるみの脚付きダンス。それからピカピカしたクローム製の近代風な椅子が数脚。低いガラスのテーブルには、タバコの吸いがらで一杯になった大きな灰皿が一つ。

　エルキュール・ポアロはそっと空気の匂いを嗅いでから、突っ立ったまま死体を見おろしているジャップのそばへいった。

　二十七、八の若い女の死体が、クロームの椅子からくずれ落ちた格好で、ぐったりと床に伸びている。金髪で、いい器量だ。化粧はほとんどしていない。哀愁をただよわせた美しい顔立ちだが、ちょっと白痴的な美しさだ。頭の左側に凝固した血だまりができていて、右手の指は小型のピストルをにぎっている。身なりは襟の高いダーク・グリーンのあっさりしたワンピースを着ている。

「で、ブレット、何が問題なんだ？」

　ジャップもまるくなった死体を見おろしている。

「位置はいいんだ」と医者はいう。「自分でピストルを射てば、椅子からくずれ落ちて、たぶんこんな格好になるだろう。ドアには錠がおりてたし、窓も中からしっかり閉まっている」

「その点はいいんだな。すると、どこがおかしいんだ？」

「ピストルを見てごらんよ。わたしは触っちゃいない……指紋係を待ってるんだから。しかし、わたしのいう意味はちゃんとわかるだろう」

ポアロとジャップはひざまずいて、近くで丹念にピストルを調べてみた。

「あんたのいう意味はわかるよ」ジャップは立ちあがりながらいう。「手のひらに入ってることは入ってる。にぎってるように見えるが……実際にはにぎってるんじゃない。ほかに何か？」

「うんとあるよ。右手にピストルをもってるだろう。ところで傷口を見てごらん。ピストルは左耳のすぐ上のところに押しつけられたんだ……いいかね、左耳だよ」

「ふむ」とジャップ。「なるほどこれはくさいな。右手にピストルをもって、あそこに弾丸《たま》を射ちこむって芸当はできないだろうな？」

「できないとも。腕をねじ向けることはできても、ピストルを射つのは無理だと思う」

「それなら簡単明瞭じゃないか。誰かほかのやつが射っといて、自殺らしく見せかけようとしたのさ。しかし、錠のおりたドアや窓はどうなるんだ？」

それにはジェイムスン警部が答えた。

「窓はしまっていて、差し錠がしてありました。しかしドアは錠がおりているのに、いまのところ鍵が見つからないのです」

ジャップはうなずいた。

「ふむ、そいつは犯人の失態だったな。誰が犯人にしろ、そいつは逃げるときに鍵をかけて、その鍵がないことに気づくものは誰もいないだろうと思ったんだな」

するとポアロが呟くようにいった——

「なってないな《セ・ベット・サ》！」

「いやいや、ポアロ。きみの頭で人をとやかく見ちゃいかんよ。実際こういうことは、見落とすことがよくあるんだ。ドアは錠がおりてる。みんながドアを壊して入る。女が死んでる……ピストルを手にして……明らかに自殺のケースだ……自分で鍵をかけてから自殺したんだ。そうなれば、だれも鍵をさがしまわったりしない。事実、ミス・プレンダーリースが警官を呼んだのは、運がよかったわけだ。運転手連中を一人二人呼んできて、ドアを押し破って入ってみろ……鍵のあるなしなんか、まるきり見落とされるだろうからな」

「うん、そりゃそうだがね」とポアロ。「たいていの者なら警官は呼ばないよ。いよいよとならなくちゃ、警官なんて呼びはしないだろう？」

彼はまだ死体をジッと見おろしたままだ。

「何か気がついたのか？」とジャップ。

訊き方はさりげないが、目は鋭く、ランランと光っている。

ポアロはゆっくり首をふった。

「彼女の腕時計を見ていたのさ」

彼はかがんで、指先でちょっと時計に触る。それは美しい宝石をちりばめた時計で、黒い波形模様のストラップはピストルをもったほうの手首に巻いてある。

「なかなかしゃれたものだね」とジャップ。「高額なものにちがいない！」そういうと、相手の意見をもとめるようにポアロのほうへ顔を向けた。「そこがくさいって言うんだろう？」

「まあ……そうだ」

ポアロはゆっくりと書き物机のほうへ行く。それは前面の垂れ板を下げて蓋をする形のもので、部屋全体の色彩とうまく調和するように置かれている。

真ん中にかなり大きめな銀のインクスタンドがあって、その前に美しい緑色をしたうるし塗りの吸取器が置いてある。その左手にあるエメラルド色のガラス製ペン皿には、銀色のペンホルダー、緑色の棒型の封蠟、鉛筆、そして切手が二枚入っている。吸取器の右手には、月日と曜日のわかる卓上カレンダー。ほかに散弾の入った瓶（ペン先の掃除に使う）が一箇あって、鮮やかな緑色をした鵞ペンが一本さしてある。ポアロはそのペンに興味を惹かれたらしい。手にとって見たが、ペン先にはインクをつけた形跡がない。ほんの飾りにしてあったらしい。実際に使っていたのは、ペン先がインクで汚れているペンホルダーのほうだ。彼の目はカレンダーに移った。

「十一月五日、火曜日……か。きのうだ。ちゃんと合ってるな」とジャップ。

それからブレットのほうを向いていった——

「死後何時間かね？」

「殺害された時刻はゆうべの十一時三十三分だ」ブレットは間髪を入れずに答えた。

そういってから、ジャップのびっくりしたような顔を見てニヤッと笑った——

「いや、すまん、ジャップ。小説の名医ばりにいってみたんだ！　ほんとは、十一時ってのは、わたしの推測でね……前後一時間ぐらいのずれはあるだろう」

「いや、ぼくは、腕時計が止まるかどうかしてたんだと思ったよ」

「止まるには止まったんだが、四時十五分で止まってる」

「しかし、まさか四時十五分に殺されたってことはないだろう」

「それは問題にならんさ」

ポアロは吸取器のカヴァーをはずしていた。

「いい思いつきだが、そうは問屋がおろさんよ」とジャップ。

吸取紙は真っ白でインクのしみ一つない。ポアロははめてある吸取紙をめくってみたが、どれも同じように真っ白だった。

ポアロは、今度は紙くず籠をしらべてみた。

破り棄てた手紙が二、三通と、ちらし広告が入っている。それらはざっと破っただけなので、継ぎ合わすのに骨は折れない。退役軍人援護協会からの寄付金集めの手紙、十一月三日に催されるカクテル・パーティの招待状、洋裁店の予約。ちらしは毛皮商の売出し広告とデパートのカタログだった。

「何もないだろう」とジャップ。

「うん、おかしいな……」とポアロ。

「自殺なら、たいてい書き置きがあるはずだっていうんだろう？」

「そうなんだ」

「実際のところ、これで自殺じゃないって証拠が、また一つ出たじゃないか」

彼は部屋を出ていった。

「さあ、みんなに仕事をさせなくちゃ。ぼくたちも下に下りて、このミス・プレンダーリースってのに話を訊いてみたほうがよさそうだな。一緒にこないか、ポアロ?」

ポアロはまだ書き物机と、その上のものに未練がありそうな様子だった。

彼は部屋を出たが、ドアのところまでくると、もう一度鮮やかなエメラルド色の鵞ペンを振りかえって見た。

2

せまい階段の下にあるドアを入ると、広い居間があった——馬小屋を改造したものにちがいない。部屋の壁はざらざらのしっくい処理を施してあり、銅版画と木版画がかかっている。そしてそこに二人の人間が坐っていた。

暖炉に近い椅子にかけて片手を火にかざしているのは、二十七、八の、感じは陰気だが利口そうな女だ。もう一人は、紐編みの手さげ袋を提げたでっぷりした中年女で、二人の男が入っていったときも、息を切らしながらしゃべっていた。

「……で、いまもお話ししたように、あたし、あんまりびっくりしたもんだから、もうちょっとでひっくりかえっちまうところでしたよ。だって、よりによってけさ……」

　相手は彼女をさえぎった――

「ちょっと、ピアスさん。この方たち、警察の人らしいわ」

「プレンダーリースさんですね？」とジャップが近づきながら訊いた。

　若い女がうなずいた。

「そうです。こちらはピアス夫人で、毎日うちの仕事をしにきてくれてるんです」

　遠慮のないミセス・ピアスは、またもやしゃべりだした。

「それにいまもプレンダーリースさんにお話ししてたんですけど……よりによってけさ、妹のルイザ・モードが急に具合がわるくなったりしましてねえ。それにいちばん近いのがあたしときてるもんだから。いつもいうことですが、なんといったって肉親は肉親ですものね。それにあたし、ここの方たちをがっかりさせる気はありませんけど、アレン夫人もわかってくださると思ったもんですから……」

　ジャップがうまく口をはさんだ――

「なるほど。ところでピアス夫人、ジェイムスン警部を台所へ案内して、簡単に事情を話していただけませんか」

おしゃべりなミセス・ピアスが、ひっきりなしにまくし立てながらジェイムスン警部と一緒に出ていったので、厄介払いをしたジャップは、改めてミス・プレンダーリースに話しかけた。

「わたしはジャップ主任警部です。ところでプレンダーリースさん、すみませんが、今度のことでご存じのことを、すっかりお話しいただきたいのですが」

「承知いたしました。何からお話ししたらよろしいのでしょうか？」

彼女は感心するほど落ち着きはらっている。異様なほど堅苦しい態度を見せているだけで、悲しみや驚きの気配はつゆほども見えない。

「けさは何時ごろお帰りになりました？」

「十時半ちょっと前だったと思います。あの嘘つきのピアス夫人がまだきてませんでしたので、わたし……」

「ピアス夫人はよく遅刻するのですか？」

ジェーン・プレンダーリースは肩をすくめた。

「週に二度ほどは十二時ごろきたり……まるきりこなかったりです。九時にくることになってるんですけど。実際は、いまも申しましたように、週に二度は遅れてくるか、家族の誰かが病気になったりですの。通いのお手伝いなんて、みんなああなんですわ……

ときどきすっぽかされて。あれで普通なんでしょうね」

「雇ったのはだいぶ前からですか？」

「ひと月とちょっとです。この前のは手癖がわるくて」

「どうぞ先を」

「タクシーの料金を払ってから、スーツケースを運びこんで、ピアス夫人をさがしたんですが、見当たらないので二階の自分の部屋へいきました。ちょっと片づけものをしてからバーバラ……アレン夫人のことですけど……のところへいったんですが、ドアがしまってました。ハンドルをガチャガチャまわしたり、ノックもしましたけど、返事はありませんでした。それで、下におりて警察に電話をしたんです」

「ちょっと失礼！」ポアロがすばやく口をはさんで、突っこんだ質問をした。「ドアを押し破って入るってことは、考えつかなかったんですね？……通りの運転手の誰かに手伝ってもらうなりして……」

　彼女の目が彼のほうを向いた——冷たい、灰色がかった緑色の目だ。その目がすばやく、品定めでもするように、彼を眺めまわした。

「いいえ、そこまでは思いつかなかったように思います。何か変なことがあれば、警察の人を呼ぶものと思ってたものですから」

「では、あなたは……失礼、マドモアゼル……変なことが起こったと思ったんですね？」

「そりゃそうですわ」

「ノックしても返事がなかったからですね？　しかし、お友だちは睡眠薬かなにかを服《の》んでたのかもしれないじゃありませんか」

「あの人は睡眠薬なんか服みませんもの」

はねつけるような返事だ。

「あるいは留守で、出かける前にドアに鍵をかけたのかもしれないし」

「鍵なんかかけるはずがありませんわ。とにかく置手紙くらいしていくはずですもの」

「ところが、なかったんですね？……置手紙は。それはまちがいありませんね？」

「もちろん、ありませんとも。あれば、すぐ目につくはずじゃありませんか」

彼女の口調は一段と辛辣だった。

ジャップがいった。

「鍵穴はのぞいてみなかったんですね、プレンダーリースさん？」

「ええ」彼女は思い出すふうにして答える。「ぜんぜん考えてもみませんでしたわ。だって、そんなことしたって、なにも見えやしなかったでしょう？　鍵がさしこんであったでしょうからね?」

わだかまりのない、大きくあけた彼女の物問いたげな目がジャップの目を見た。ポアロは急にニコニコした。

「そうなさったのは当たり前ですな、プレンダーリースさん」とジャップ。「お友だちが自殺するかもしれないと思われる原因に、心当たりはないのでしょうね?」

「ええ、ございません」

「くよくよするとか……ふさぎこむなどといった様子は、全然なかったのですね?」

沈黙が流れた——それとわかるほど間《ま》をおいてから、やっと女は口を開いた。

「ありません」

「ピストルをもってるのはご存じでしたか?」

ジェーン・プレンダーリースはうなずいた。

「ええ、インドで手に入れたんです。彼女はそれをいつも部屋の引き出しにしまっていました」

「ふむ。携帯許可はとってありましたか?」

「あったと思います。よくは存じませんけど」

「ところでプレンダーリースさん、アレン夫人について、できるだけ詳しく話していただけませんか。いつ頃からの知り合いで、家族関係はどうだといったような……事実をすっかり」

彼女はうなずいた。

「バーバラと知り合いになったのは、五年ばかり前でした。海外旅行……はっきり申しますと、エジプトではじめて会ったのです。彼女はインドから帰国の途中でした。わたしはしばらくアテネのイギリス人学校にいたのですが、帰国する前に、二、三週間エジプトへいったのです。ナイル河の船旅で一緒だったものですから。お友だちになって、おたがいに好きになりました。ちょうどそのころ、わたしは一緒にアパートか小さな家でも借りる人はないかと探してるところでした。バーバラは天涯孤独でした。わたしたちなら、うまくいくだろうと思ったのです」

「で、ほんとにうまくいったのですね？」とポアロが尋ねた。

「とっても。二人とも、それぞれ友だちはいました……バーバラはわたしよりも人付き合いでは社交的でした……わたしの友だちは、芸術家肌の人が多くて。でも、そのほうがかえって具合がよかったのかもしれません」

ポアロはうなずいた。ジャップがまたつづける——

「アレン夫人の家族や、あなたがお会いになる前の彼女の生活についてはいかがですか？」

ジェーンは肩をすくめて見せた。

「ほんとのところ、あんまりよく存じませんの。結婚前の姓は、たしかアーミティッジでした」

「旦那さんは？」

「これといって取り立てていうようなこともない人だったようです。酒飲みだったらしいし。結婚後一、二年で亡くなったようです。子供が一人……女の子でしたけど、この子も三つのときに死んでしまいました。バーバラはあまりご主人のことは話したがりませんでした。十七くらいのときにインドで結婚したらしいのですが……それからボルネオかどこか、ろくでなしが送りこまれるような辺鄙《へんぴ》なところへいったのですが……そういうことはあの人を苦しめる話題なので、わたしも口にしませんでした」

「あなたはアレン夫人が経済的に困っていたかどうかご存じですか？」

「いいえ、困ってなんかいませんでした」

「負債だとか……そういったものは、なかったのでしょうか？」

「ええ、ありませんとも！　そんなことのなかったのは、わたしがちゃんと存じております」

「ところで、もう一つお訊きしなくちゃならないのですが……どうか気をわるくなさらないでください。アレン夫人には誰か特定の男友だちか、複数の男友だちはいませんでしたか？」

ジェーン・プレンダーリースはすまして答えた――

「そうですね……答えになるかどうかわかりませんけど、婚約はしてました」

「その婚約者の名前はなんていうんです？」

「チャールズ・レイヴァートン＝ウェストという人です。ハンプシャーのどこかから選出された下院議員です」

「長い付き合いで？」

「一年と少し」

「で、彼と婚約したのは……いつ頃です？」

「二カ月……じゃない……三カ月近くになります」

「あなたのご存じのかぎりでは仲たがいなどなかったのですね？」

プレンダーリース嬢は首をふった。

「ええ。そんなことがあってたまるもんですか。バーバラは言い争いをするような人じゃありませんでしたもの」

「あなたが最後にアレン夫人を見たのは、いつですか？」

「先週の金曜日、わたしが週末に出かける直前でした」

「アレン夫人は町に残ったのですね？」

「ええ。きっと日曜日に婚約者と一緒に出かけるつもりだったのでしょう」

「ところで、あなたご自身は、週末をどこでお過ごしでしたか？」

「エセックスのレイデルズにあるレイデルズ・ホールです」

「で、一緒に滞在なさった方の名前は？」

「ベンティンク夫妻です」

「けさそこをお発《た》ちになったばかりですね？」

「はい」

「ずいぶん早く発《た》たなくちゃならなかったんでしょう？」

「ベンティンクさんが車に乗せてくれました。彼は十時までにロンドンにもどってこなければならなかったので、朝早く出かけたのです」

「なるほど」

ジャップは諒解したふうにうなずいた。ミス・プレンダーリースの答えは、どれもこれもきびきびと要を得ている。

ポアロが代わって質問をした――

「あなたはレイヴァートン＝ウェスト氏をどうお思いですか？」

女は肩をすくめた。

「何か問題でも？」

「いや、どうってことないでしょうが、ちょっとあなたのご意見を訊きたいと思いましてね」

「べつにどうのこうのと考えたことはありませんけど。若くて……三十一、二ってとこでしょうか……野心家で……演説が上手で……つまり、出世型の人ですね」

「それはいい面ですね……わるいほうは？」

「そうですね……」ミス・プレンダーリースはちょっと考えていた。「わたしから見ますと、平凡です……考え方も取り立てて独創的というわけじゃありませんし……それに、ちょっということが大げさですわ」

「その程度なら、大してゆゆしい欠点でもありませんね」ポアロはニコニコしながらいう。

「そうお思いになりまして？」

ちょっと皮肉な口調だ。

「あなたにとっては、そうかもしれませんわね」

彼は彼女を見て、その表情にちょっと狼狽の色がうかんだのを見てとった。彼はたたみかけるように質問をつづけた——

「しかしアレン夫人にとっては……いや、彼女はそういうことには気づかなかったんでしょうね？」

「そりゃそうですとも。バーバラは彼をすてきな人だと思ってました……すっかり彼を買い被ってましたもの」

ポアロは静かにいった——

「あなたはバーバラさんと気が合っていらっしゃったんでしょう？」

彼女の膝の上で手が握りしめられ、顎の線の引き締まるのが彼の目に映った。だが、彼女の返事は感情の色を見せないそっけない声だった。

「そりゃもう。気は合ってましたわ」

ジャップがいった——

「もう一つだけおねがいします、プレンダーリースさん。あなたと彼女は仲たがいをしたことはないんでしょうね？　感情の行き違いといったようなことも……？」

「ぜんぜんありません」

「この婚約問題でも？」

「絶対に。わたしは彼女がこれで幸せになれるなら、と喜んでいたんですから」

ちょっと間《ま》をおいてからまたジャップが訊いた。

「あなたの知るかぎりで、アレン夫人に敵はありませんでしたか？」

今度はジェーン・プレンダーリースが答えるまでに、はっきり間《ま》があいた。口を開けたとき、彼女の口調はごくわずかだが変わっていた——

「敵って、どういう意味かよくわかりませんけど？」

「誰か、たとえば、彼女の死によって利益を得るといった人物のことですがね？」

「いいえ、ありませんわ。そんなことばかげてます。だって、彼女はごくわずかしか収入がありませんでしたもの」

「で、その収入は誰が相続するのですか？」

ジェーンは返事はしたものの、ちょっとあきれたような声だった。

「そんなこと、まったく存じませんわ。わかっていたって、おどろきゃしませんけど。つまり、彼女が遺言書をつくっていたとしたらです」

「で、ほかの意味ででも、敵はいませんでしたか？」ジャップは急いで話題をそらした。

「彼女に恨みを抱く、といったような者が？」

「恨みを抱く人なんて、いなかったと思います。彼女は人のご機嫌ばかりとるような、とっても優しい人でしたもの。しんから優しい、人好きのする気立てでしたから」

それまでのかたい、そっけない声の調子が、はじめてくずれた。ポアロは静かにうなずく。

ジャップがいった――

「すると、こういうことになりますな……アレン夫人は最近はずっと機嫌がよかった。経済的に困ってはいなかった。婚約中で幸福だった。彼女が自殺するような原因は、どこにもまったくない。そういうことですね？」

ジェーンはちょっと思案してからいった――

「ええ」

ジャップは立ちあがった。

「失礼ですが、ジェイムスン警部にちょっと話がありますので」

彼は部屋を出ていった。

エルキュール・ポアロとジェーン・プレンダーリースの二人が残された。

3

しばらく沈黙がつづいた。

ジェーンはチラッと探るような目をこの小男に向けたが、それきりまっすぐ前を見たまま口をきかない。しかし、彼がいると思うと、なんとなく緊張しているようだ。身体つきが落ち着いてはいるものの、くつろいではいない。そのうちにやっとポアロが沈黙を破ったが、彼が口をきいただけで彼女はなんとなくほっとしたふうだった。いつもの愛想のいい声で彼が尋ねた――

「暖炉の火はいつつけたのですか?」

「火?」彼女の声は、うつろで気が抜けたようだった。「ああ、けさ帰ってきてからすぐつけました」

「二階に上がる前ですか、あとですか?」

「前です」

「そうですか。うん、そうでしょうな……で、薪の用意はできてましたか……それとも、あなたが用意なさったのですか?」

「用意してありました。マッチで火をつけるだけでよかったのです」

彼女の声はちょっと苛立たしそうだ。彼が無駄話でもはじめたと思ったにちがいない。そうとられたのも無理はなかった。だが彼はかまわずに、静かな口調で話しつづけた。

「ところで、お友だちのかたですが……彼女の部屋には、たしかガス・ストーヴしかありませんでしたね？」

ジェーンの返事はそっけない。

「石炭ストーヴはここでしか焚きません……ほかの部屋は、みんなガス・ストーヴです」

「しかし、料理はガスでしょうね？」

「最近はみなさんそうじゃないでしょうか」

「たしかに。ずっと労力の節約になりますからね」

短い会話がとぎれた。ジェーンは靴で床をコツコツやっていた。それから、だしぬけに彼女がしゃべった。

「あのかた……ジャップ主任警部でしたっけ……あのかた、頭はいいんですか？」

「なかなかしっかりしてますよ。ええ、評判はいいです。一生懸命たんねんに仕事をするし、彼に睨まれたら、まず逃げられないでしょうね」

「そうかしら……」女はつぶやくようにいった。

ポアロはジッと彼女を見た。暖炉の火影をうけて、彼の目がとても緑色に見えた。彼は静かに訊いた。

「ほんとにびっくりしたでしょうね？　お友だちが亡くなって」

「恐ろしかったわ」

彼女はぶっきらぼうな率直さでいった。

「まさかと思ったでしょう……ね？」

「そりゃもう」

「じゃ、最初は嘘みたいな気がしたでしょう？……そんなことはあり得ないといったような」

彼の物やわらかで同情的な口調が効を奏して、女の警戒心がほぐれたようだった。彼女は堅さのとれた自然な声で、熱心に答えた——

「そうなんです。バーバラが自殺したのがほんとだとしても、あんなふうな自殺の仕方をするとは思いもしませんでしたから」

「しかし、ピストルは持ってたんですからね？」

ジェーンはいらいらした様子をした。

「ええ。でも、あのピストルは……そのう……前からそのまま残っていただけですからね。彼女は辺鄙なところにいたもんだから、習慣であれを持ってただけなんです……ほかに考えがあって持ってたんじゃない。それは確かです」

「ほほう！　どうしてそう自信があるんです？」

「そりゃあ、あの人のいったことでわかるんです」

「というと、どんな……？」

彼の声はひどく優しく親しみがある。それが巧みに彼女を促していた。

「そうね……たとえば……わたしたち、前に自殺のことを話し合ったことがあるんですけど。そのときあの人は、ガス栓をひねって、隙間にめばりをし、ベッドに入ればいいんだから、ガス自殺がいちばん簡単だって。わたしは、ベッドに寝て待ってるなんて……そんなこと、できっこないっていったんです。それよりはピストル自殺のほうが断然ましだって。するとあの人は、いいえ、だめ、自分を射つことなんかできないっていいました。もしもたまが出なかったらゾッとするし、第一、あのパーンって音がたまらないって」

「そうですか。おっしゃるとおり変ですな……いまお話しされたように、あの人の部屋にはガス・ストーヴがありますからね」

ジェーンはちょっとびっくりした顔をして彼を見た。

「ええ、そうですね……わかりませんわ……ほんとに、どうしてガス自殺をしなかったのかわかりませんわね」

ポアロも首をふった。

「ええ、どうも……おかしい……なんだか不自然です」

「何もかも不自然ですわ。わたしにはまだ、彼女が自殺したとは信じられませんの。自殺は自殺だと思いますけどね？」

「でも、もしや、と思われる可能性があるにはあるんですがね」

「とおっしゃると？」

ポアロはまっすぐに相手を見た。

「他殺……かもしれないんです」

「えっ、まさか」ジェーンはちょっとたじろいだ。「まさか！　なんて恐ろしいことを」

「恐ろしいでしょうが、不可能だと思いますか？」

「だってドアは中から鍵が掛かってたし。それに窓だって……」

「ドアには鍵が掛かってました……確かに。しかし、中から掛けたか、外から掛けたかという証拠はありません。いいですか、鍵が見つからないんです」

「でも、そうすると……鍵がないってことは……」彼女は一、二分間をおいた——「そうすると、外から鍵を掛けたにちがいありません。でなけりゃ、部屋のどこかにあるはずですもの」

「ああ、そうかもしれませんが。まだ部屋も隅々まで探したわけじゃないんですから……ね。あるいは窓から投げ棄てたのを、誰かが拾ってしまったかもしれないし」

「他殺ねえ！」ジェーンはそういうと、暗い利口そうな目に思案の色をうかべて、そんなことがあるかしらというふうに考えこんだ。「きっと……きっとおっしゃるとおりですわ」

「しかし、もし他殺ならば、動機があったはずですね。何か思いあたることがありませんか？」

彼女はゆっくりと首をふった。だが、そうして否定はしたものの、彼女が何か隠しているような印象をポアロはうけた。いきなりドアがあいて、ジャップが入ってきた。

ポアロは立ちあがった。

「プレンダーリースさんに、お友だちの死は自殺じゃないって話してたところだよ」と彼はいった。

一瞬、ジャップはムッとした顔をした。とがめるような目をチラッとポアロに向ける。

「はっきりしたことをいうのは、まだちょっと早すぎるよ。いつだってあらゆる可能性を考慮に入れなくちゃいけないってことは、わかるだろう。いまのところは、これで精一杯だ」

ジェーンが静かに答えた。

「わかりました」

ジャップは彼女のほうへ行く。

「ところでプレンダーリースさん、これを前に見たことがありますか？」

彼は小さな楕円形をしたダークブルーのエナメルを、手のひらにのせて差し出した。

ジェーンは首をふった。

「いいえ、一度も」

「あなたのでも、アレン夫人の物でもないのですね？」

「違います。それは普通、女性が身に着けるものじゃありませんものね？」

「ほほう！　よくわかりますな」

「そりゃあ、だってきまってるじゃありませんか？　男のかたのカフス・ボタンの片方ですもの」

4

「あの娘はちょっと生意気だな」とジャップがぶつぶついう。

二人はもう一度ミセス・アレンの寝室に入った。死体はもう写真撮影がすんで取り片づけられ、指紋係も仕事をすませて帰ったあとだ。

「彼女をばか者扱いするのは、賢明じゃないな。あの女は絶対にばかじゃないよ。実際、すごく利口で、才気煥発な娘さ」とポアロ。

「あの女がやったと思ってるんだね？」ジャップは希望がわいたように、ちょっと顔を輝かせていう。「かもしれないっていうんだね。アリバイを調べてみなくちゃ。あの青年……あの前途有望な議員のことで仲たがいをしたのかもしれん。あの女、ちょっとあの男のことを酷評しすぎると思ってたんだ！　くさいな。あの男にぞっこんだったのに、棄てられたってとこかな。あの女はその気になれば、人間一人わけないさ。しかも、その最中でも顔色一つ変えないってタイプだ。うん、アリバイを調べなくちゃ。あの女、うまくやったんだ。なんといったって、エセックスは大して遠くない。列車だって何本も通ってるし。でなけりゃ、車をぶっ飛ばすって手もある。たとえば、ゆうべは頭痛がするといって床に入ったんじゃないかな。調べてみるだけのことはあるよ」

「そうだな」

「とにかく、何か隠してるよ。な？　そう思わないかね？　あの娘、何か知ってるよ」

ポアロは思案顔でうなずく。

「うん、そう思われるふしもあるな」

「こういう事件でむずかしいのは、いつもそこなんだ」ジャップが愚痴っぽくいう。

「みんな、なかなか口が堅いからな……ときには面子《めんつ》の問題でいわないってこともあるけど」

「それなら、あながち不都合ともいえないよ、きみ」

「うん。しかし、そのためにとってもやりにくくなるんだ」とジャップはぶうぶういう。

「それならいっそうきみの腕の見せどころってわけじゃないか」ポアロはなぐさめ顔だ。

「それはそうと、指紋はどうだった？」

「うん、他殺にまちがいないんだが。ピストルにぜんぜん指紋が付いてない。彼女の手につかませる前に、きれいに拭いたんだ。いくら手品みたいに首の向こうまで腕を回したって、しっかり握りがきかなくちゃ、とても射てるもんじゃないし、死んだあとで拭くなんて芸当はできっこない」

「そうだな。他殺だってことは一目瞭然だね」

「ほかのとこも指紋については期待外れだよ。ドアのハンドルにもないし、窓にもない。意味深長だな、え？　アレン夫人のはあっちこっちにいっぱい付いてる」

「ジェイムスンのほうは何か収穫があったかね？」

「通いのお手伝いから？　いや。あの女はべらぼうなお喋りのくせに、大したことは知ってないんだ。アレンとプレンダーリースの仲がよかったことは断言した。ジェイムスンは通りへ聞きこみにいかせたよ。レイヴァートン＝ウェスト氏にも訊いてみる必要がある。ゆうべどこにいて、何をしてたかってことをね。それまでにアレン夫人の書類を調べておこう」

　それきり黙って仕事をはじめた。ときどきぶつぶついったり、何かをポアロに投げてよこしたりする。調べは手間取らなかった。机の中の書類もたくさんはなかったし、それもきちんと整理して分類してあったからだ。

　とうとうジャップは背すじを伸ばしながら溜め息をついた。

「大したものはないね？」

「そうだな」

「ほとんどが問題にならん……領収書や請求書ばかり……目ぼしいものはなにもない。

あとは付き合い関係のものだ……招待状なんかね。友だちの手紙さ。これはね」七、八通の手紙の束に手をおいていう。「それから小切手帳に銀行通帳。何か気のついたことがあるかね？」

「うん、当座借り越しをしてるね」

「ほかには？」

ポアロはニコニコする。

「わたしを試験してるのかね？　が、まあいい、きみが考えてることはわかってるから。三カ月前に二百ポンドを署名人払いの小切手で振り出してる……そして、きのうも二百ポンドおろしてるな……」

「それなのに小切手帳の控えには、何も書いてない。ほかの署名人払いの小切手は小額のものばかりだ……十五ポンドが最高だよ。それに言っとくと……家の中には、そんな莫大な金なんか全然ない。一つのハンドバッグに四ポンド十シリング。もう一つのハンドバッグにはばら銭で一、二シリングだけだ。これではっきりしたと思うな」

「つまり、彼女はその金をきのう払ったということだ」

「そう。ところで、誰に支払ったんだろう？」

ドアがあいて、ジェイムスン警部が入ってきた。

「やあジェイムスン。どうだった?」

「はあ、二、三収穫がありました。まず、ピストルの音を実際に聞いたものは一人もいません。二、三の女は聞いたといってますが、それも聞いたような気がするってだけで……それだけのことです。あんなに花火が鳴ってたのでは、とても無理でしょう」

ジャップは鼻を鳴らした。

「聞いた人間がいるとは思ってなかったよ。それから?」

「アレン夫人はきのうの午後も夕方も、ほとんど家におりました。外出しても五時ごろには帰ってきました。それから、もういちど六時ごろ出かけましたが、これは通りのはずれにあるポストへ郵便を入れにいっただけです。九時半ごろ車が一台きて……スタンダード・スワローの高級車ですが……男が一人おりたそうです。年格好は四十五くらいでがっちりした軍人風の男。濃いブルーのオーバーに山高帽。歯ブラシみたいな口ひげ。十八番地に住む運転手ジェイムズ・ホッグは、その男が前にもアレン夫人を訪ねてきたのを見たことがあるといってます」

「四十五か」とジャップ。「レイヴァートン＝ウェストじゃなさそうだな」

「誰か知りませんが、その男はここに一時間足らずしかいなかったそうです。十時二十分くらいには帰っています。入口でアレン夫人と立ち話をしていたそうで、子供のフレデリック・ホッグがすぐそばをうろうろしていて、彼の言葉を聞いています」

「で、なんていってたんだね？」

「〝じゃ、もういちど考えて、返事をください〟って。そして女が何かいうと、〝よろしい。それじゃ〟と男が答えた。それから車に乗って帰っていったそうです」

「それが十時二十分だったんですな」とポアロが考え考え訊く。

ジャップは鼻をこすった。

「すると、十時二十分にはアレン夫人はまだ生きていたわけだ」と彼はいう。「で、次は？」

「調べたところでは、それだけです。二十二番地の運転手は十時半に帰ってきました。子供たちに花火をあげてやると約束してあったんだそうで。子供たちは首を長くしてました……厩舎街《ミューズ》のほかの子供たちもみんなね。彼は花火を上げ、みんなは彼をとりかこんで一生懸命に花火の見物です。そのあとで、みんなベッドに入ったそうです」

「で、ほかに十四番地に入った人間を見たものはないんだね？」

「はあ……しかし、見なかったというだけで、入らなかったということじゃありません。誰も気づかなかったのでしょう」

「ふーん」とジャップ。「なるほど。すると、その〝歯ブラシみたいな口ひげを生やした軍人風の男〟をつかまえなくちゃいかんな。彼女の生きた姿を最後に見たのは、そいつにきまっとる。何者だろうな？」

「ミス・プレンダーリースに訊けばわかるだろう」とポアロ。

「かもしれないな」ジャップは憂鬱そうにいう。「しかし、わからないかもしれん。彼女がその気になれば、話すことはうんとあるにちがいないんだが。あんたはどうだった、ポアロ？　しばらくあの女と二人きりでいたけど。また例の懺悔《ざんげ》聴聞僧みたいなやり方でやったんじゃないのか？　あれもときにはなかなか効果があるけどね」

　ポアロは両腕を広げた。

「とんでもない。ガス・ストーヴの話をしただけだよ」

「ガス・ストーヴ？　ガス・ストーヴだって？」ジャップはいまいましそうにいう。「どうしたんだ、いったい？　ここにきてから、あんたが興味をもったのは、鵞ペンとくず籠だけじゃないか。ああ、そうそう、あんた階下《した》のくず籠を丹念にのぞいてたっけ。何か入ってたのか？」

　ポアロは溜め息をついてみせた。

「球根のカタログと雑誌が一冊だけさ」

「いったいどういう気なんだ？　犯罪に関係のある書類だとか、ま、そういったものを棄てるのに、そいつをくず籠に放りこむなんてことは、まずなさそうだがね」

「そりゃ仰せのとおりだよ。あんなふうに棄てるのは、重要でないものばかりだろうね」

ポアロは逆らわずにそういったが、ジャップは半信半疑の目で彼を見ていた。

「じゃ、ぼくは次の調べにかかるとしよう。あんたは？」

「そうだな。わたしも重要ではないものの調べをすませてしまおうか。まだごみ箱がのこってるからね」

そういうと、彼はさっさと部屋を出ていった。ジャップはそれをいまいましそうな顔をして見送った。

「どうかしとるよ」と彼はいう。「ほんとにどうかしとる」

ジェイムスン警部は遠慮して黙っている。彼の顔はイギリス人の優越感をうかべて、こう言っていた。「外国人だからな！」

それから声に出していった――

「ははあ、あれがエルキュール・ポアロさんですね！　噂は聞いてましたよ」

「ぼくの古い友人さ」とジャップが説明する。「見かけの半分も抜けちゃいないんだぞ。いまでは年をとったがな」

「ちょっとたがが緩んだってとこですな。ま、年のせいでしょう」とジェイムスン警部。

「それにしても、やっぱり何が狙いなのか知りたいな」

そういうと、書き物机のところへ行って、エメラルド・グリーンの鵞ペンを気がかりらしくしきりに見つめた。

5

ジャップが、三人目の運転手のおかみさんと話している最中に、ポアロが猫のようにこっそりと、とつぜん彼のそばにやってきた。

「ひゃあ！　びっくりするじゃないか」とジャップ。「何か見つかったのかね？」

「わたしが探してるものはなかったよ」

ジャップはジェイムズ・ホッグのおかみさんのほうに向き直る。

「で、前にもその男を見たことがあるというんだね？」

「ええ、そうですとも、旦那。うちの亭主もね。あたしらには、すぐあの人だってわかりましたよ」

「ところでね、ホッグ夫人。あんたはしっかり者らしい。あんたなら、厩舎街《ミューズ》の連中のことをなんだって知ってるにちがいない。それにあんたは分別のある人だ……飛び切り立派な分別がね……」臆面もなく彼はその言葉を三度もくりかえしていった。ミセス・ホッグはちょっととり澄まして、絶世の才媛のような顔をする。「あの二人……アレン夫人とミス・プレンダーリースのことをちょっぴり話してくれないか。どういう人柄か、陽気だったか、パーティなどを盛んに開いたかどうか、といったようなことをね？」

「いいえ、旦那、そういうことはありませんでしたよ。外出はよくしたけど……とくにアレン夫人のほうが……でも……つまり、あの二人はご身分がちがいますものね。名前をいってもいいけど、あの向こうに住んでる誰かさんとは違いますからね。スティーヴンズ夫人……夫人かどうかわかりませんけど……あの人の暮らしぶりときたら……まずあたし……あたしは……」

「なるほどなるほど」とジャップは相槌をうって、うまく相手のおしゃべりを食い止めた。「ところで、あんたがいま話してくれたことは、とても重要なことなんだ。すると、アレン夫人とミス・プレンダーリースは、みんなに好意を持たれてたってわけだね？」

「ええ、そうですとも、警部さん。二人とも、とってもいい人たちですからね……とくにアレン夫人のほうが。いつも子供たちに優しい声をかけてね、ほんとですよ。きっと女のお子さんを亡くしたからなんでしょうね、かわいそうに。そうですとも。このあたしだって、三人もお葬式を出しましたからね。ですから、あたし言ってるんですよ……」

「うん、うん、そりゃお気の毒に。で、ミス・プレンダーリースのほうは？」

「ええっと、そりゃあの人だっていい人ですよ……でも、こういっちゃなんですけど、ずっと無愛想です。すれちがっても、いつもうなずくきりで、立ち話なんかしません。といっても、べつにあたし、あの人がどうこうってわけじゃ……いえ、全然どうこういってるんじゃありません」

「彼女とアレン夫人は、折り合いはよかったんだね？」

「ええ、そりゃもう、警部さん。喧嘩とか……そういったことは一度もなかったし。とても仲よしで、折り合ってました……これはピアス夫人だって、きっと裏付けてくれると思いますよ」

「うん、彼女とはさっき話したがね。あんたはアレン夫人の婚約者を、じかに見たことはあるのかね？」

「あの人が結婚するはずだった方ですね？　ええ、そりゃもう。ときどきここに見えましたから。議員さんだそうで」

「ゆうべきたのは、その人じゃなかったんだね？」

「ええ、そうじゃありません」ミセス・ホッグは居住いを直した。いやにとり澄ましてみせたものの、興奮がその声にありありと出ている。「お尋ねですからいいますけど、旦那の想像はぜんぜん見当ちがいです。アレン夫人はそんなことをするような人じゃありませんでした。なるほど家の中には誰もいなかったけど、変なことなんか絶対になかったと思います……けさも、ホッグにいったばかりですよ。〝いいえ、ホッグ、アレン夫人はレディだよ……正真正銘のレディだったんだからね……変なことを考えるのはやめなさい〟って。こんなことをいってなんだけど、男の人ってそんなふうにしかとらないんだから。いつだって考えが下品ですよ」

そうした侮蔑の言葉を聞きながして、ジャップはいった——

「あんたはその人がくるところも見たし、帰るのも見た……そうなんだね？」

「そうです」

「で、ほかには何も聞こえなかったかね？　喧嘩でもしてるような物音は？」

「ええ、警部さん、聞こえなかったたし、旦那、聞こえるわけもありませんよ。つまり、そんな音なんか、聞こえるはずがありませんもの……だって、そんなことなんか、ないにきまってるし、向こう端じゃスティーヴンズ夫人が、かわいそうに、おびえてるメイドをしょっちゅうどなりつけてるし……あたしたち、誰もかれもあの子に、我慢してることはないって忠告してやったんですけど。なんといってもお給金がいいもんですからねえ……あの人はひどい癇癪もちだけど、お給金ときたら……週に三十シリングも出して……」

ジャップはあわてていった——

「すると、十四番地じゃ、そうした物音は全然聞こえなかったんだね？」

「全然。花火があっちでもこっちでも、四方八方で鳴ってるし、うちのエディが眉毛がなくなってしまうほど花火でやけどしたりで、聞こえるわけがありませんよ」

「その男は十時二十分に帰った……そうなんだね？」

「たぶん、そうだと思います。あたしははっきりそうといえませんけど。でもホッグがそうだといってました。彼は嘘をつかないしっかりした男だから」

「あんたはその男が帰るところをちゃんと見てた。話は聞こえたかね？」

「いいえ。聞こえるほど近くじゃなかったのでね。入口に立ってアレン夫人と話してるのを、うちの窓から見ただけです」

「彼女の姿も見えましたか？」

「はい、ドアのすぐ内側のところに立ってましたから」

「彼女の服装はおぼえてるかね？」

「いえ、まったくのところ、わかりません。別段、気をつけてたってわけじゃないので」

するとポアロがいった――

「昼間のドレスを着ていたか、イヴニング・ドレスを着てたかも気づかなかったというんだね？」

「はあ、気づかなかったように思います」

ポアロは思案顔で窓へ目をやると、十四番地のほうを見た。それから微笑して、チラッとジャップの目をとらえた。

「で、男のほうは？」

「濃いブルーのオーバーを着て、山高帽をかぶってました。とてもきちんとして、立派な身なりをなさってました」

ジャップはそのあと二、三質問をしてから、次の面接に移った。今度はフレデリック・ホッグ君で、意地わるそうな面構えの、目がキラキラした少年で、かなり尊大に構えている。

「はい、二人の話は聞きました。〝じゃ、もういちど考えて、返事をください〟とその人はいってました。機嫌がよさそうでした。すると女の人が何かいって、彼が答えたんです。〝よろしい。それじゃ〟って。それから彼は車に乗ったんだけど……ぼくがドアを開けてやったのに、何もくれなかった」ホッグ君はちょっとがっかりしたような口調だ。「そして車でいってしまいました」

「アレン夫人の言葉は聞こえなかったんだね？」

「はい、聞こえませんでした」

「彼女がどんなドレスを着てたか教えてくれないか？　たとえば、どんな色だったとか」

「わかりません、ちゃんと見たわけじゃないから。きっとドアの陰にいたんでしょう」

「そうだろうな」とジャップ。「ところで、いいかい、坊や。これから訊くことに、よく考えて返事をしてもらいたいんだがね。知らなかったり、おぼえてなかったりしたら、そのとおりいってくれればいい。わかったね？」

「はい」

ホッグ君は真剣な目つきで彼を見た。

「ドアはどっちが閉めた？　アレン夫人かね？　それとも男のほうか？」

「玄関のドア？」

「もちろん玄関のドアさ」

子供は考えこんだ。思い出そうと骨折って、目玉をぐるぐるさせる。

「たぶんアレンさんのほうだったと思うけど……いや、そうじゃない。男の人のほうだ。軽くバタンと音をさせてドアを引くと、急いで車に飛び乗ったっけ。どこかへデートにでも出かけるような感じだったよ」

「わかった。うん、坊や。きみはなかなか頭のいい子らしいな。さ、六ペンスあげるよ」

ホッグ少年を引き取らせると、ジャップは友人のほうを向いた。同時に二人はゆっくりうなずき合う。

「くさいね！」とジャップ。

「可能性はあるな」とポアロも相槌をうつ。

彼の目が緑《あお》く光る。猫の目のようだった。

6

もう一度十四番地の居間に入ると、ジャップはさっそく獲物を狩り立てにかかった。単刀直入にはじめる。

「ところで、いいですかプレンダーリースさん。もうここらでぶちまけてお話しくださるほうがいいと思いませんか？　どうせ話さずにおれなくなるんだから」

ジェーン・プレンダーリースは、あきれたように眉を上げた。彼女は炉棚のそばに立って、静かに火で片方の足を暖めている。

「それはどういうことでしょうか？」

「ほんとにおわかりにならないんですか、プレンダーリースさん？」

彼女は肩をすくめた。

「お尋ねのことには全部お答えしました。これ以上どうすればいいのか、わかりませんわ」

「いや、まだまだうんとあると思うんですがね……あなたが話す気になれば」

「でも、それはそうお思いになるだけじゃございませんかしら、警部さん？」

ジャップは顔をいくらか赤らめた。

「思うに、ちゃんと事情を説明すれば、マドモアゼルにきみが訊くわけがよく飲みこんでもらえるんじゃないかな」とポアロ。

「そりゃなんでもないことですよ。ではですな、プレンダーリースさん、じつはこうなんです。あなたのお友だちはピストルを手に持ったまま、頭を射ちぬいて死んでいました。ドアも窓もちゃんと閉まっていた。歴然たる自殺事件のように見える。が、自殺じゃなかったのです。医学的な証拠だけでも、これは明瞭なんです」

「どういう証拠ですの？」

それまでの彼女の皮肉な冷淡さは、跡形もない。彼女は身を乗り出して——一心に——彼の顔を見つめている。

「ピストルは彼女の手にありました……だが、指はそれを握っていない。おまけにピストルにぜんぜん指紋がありません。そして傷の角度から見ても、自分でやることは不可能なはずです。それにもう一つ、遺書がない……自殺としてはむしろ異常なことです。そしてドアは錠がおりているのに、鍵はいままでのところ見つかっていません」

ジェーン・プレンダーリースはゆっくり身体を動かすと、坐り直して二人のほうを向いた。

「やっぱりそうなんですね！」と彼女はいう。「わたし、はじめっからあの人が自殺するなんてあり得ないと思ってました——わたしの勘が当たってたんですわ！　やっぱり自殺じゃなかった。誰かほかの人が殺したんだわ」

一、二分のあいだ、彼女はジッと考えこんだままだった。やがて彼女はつと顔をあげた。

「なんでもお訊きください。精一杯お答えしますわ」

ジャップが訊きだす。

「ゆうべ、アレン夫人のところに客がありました。年齢は四十五歳くらい。軍人風で、歯ブラシみたいな口ひげを生やし、すっきりした着こなしで、スタンダード・スワローの高級車に乗ってきたそうです。誰だかおわかりになりませんか?」

「はっきりはわかりませんけど、なんだかユースタス少佐に似てますね」

「ユースタス少佐って誰です? できるだけ詳しく話していただきたいんですが?」

「バーバラが外国で……インドで知り合った人です。一年ばかり前に姿を見せるようになって、それからときどき見かけましたけど」

「アレン夫人のお友だちだったんですね?」

「彼はそんな様子でした」ジェーンはそっけなく答える。

「彼に対する彼女の態度はどんなふうでした?」

「あんまり好感はもってなかったように思います……いいえ、ほんとは嫌いだったにちがいありません」

「でも、うわべは親しそうにしてたんでしょう?」

「ええ」

「彼女はこれまでに……よく考えてくださいよ、プレンダーリースさん……彼を恐れているふうは見えませんでしたか?」

ジェーンは一、二分ほど思案していたが、やがていった。「たしかに……恐れていたと思います。彼がくると、いつも緊張してましたもの」

「彼とレイヴァートン=ウェスト氏は顔を合わせたことがあるのですか?」

「一度だけあった、と思います。たがいにあんまり好感はもちませんでした。といいましても、ユースタス少佐のほうはできるだけチャールズに愛想よくしてましたが、チャールズはそんな素振りも見せませんでした。チャールズは、よくない人間……まっとうでない人はちゃんと勘でわかったんです」

「すると、ユースタス少佐はそのう……あなたのおっしゃる……まっとうな人間じゃなかったのですな?」とポアロが訊く。

女はそっけない口調でいった——

「ええ、そうです。ちょっと下品で。どう見ても育ちはよくありません」

「おやおや……そういうことをおっしゃるとは意外ですな。つまり、立派な紳士《パカ・サヒブ》じゃなかったわけですね？」

ジェーンの顔をチラッと微笑がかすめたが、答えはきまじめだった。「そうです」

「その男がアレン夫人を脅迫していたのじゃないかといったら、あなたはびっくりなさるでしょうな、プレンダーリースさん？」

ジャップは身を乗り出すようにして、相手の反応をうかがっている。

彼は充分満足した。女は身を乗り出すと、頬を赤らめて、片方の手をピシャッと音を立てて椅子の腕木に置いた。

「やっぱりそうだったんですね！　それくらいの見当がつかなかったなんて、ほんとにわたし、ばかでしたわ！　そうですとも！」

「そういうこともありうると、お思いなんですね、マドモアゼル？」とポアロが尋ねた。

「それくらいのことに気づかないなんて、わたし、ばかでしたわ！　ここ半年ばかりのあいだに、バーバラはわたしからちびちび借金をしてました。そして、あの人が銀行の通帳を調べてるのを見たこともあります。でもわたし、あの人が収入の範囲内で立派に暮らしているのを知ってましたから、心配はしてませんでしたけど、まとまったお金を人に払っていたとすると、もちろん……」

「で、そうだったとすると、普段の彼女の様子とぴったりする……というんですね？」

とポアロが訊く。

「そうなんです。あの人は神経質になってましたもの。ときには、ほんとにおどおどしていました。いつものあの人とはまるきりちがってたんです」

　ポアロは静かにいった——

「失礼ですが、そうすると、さっきお聞きしたのとは、ちょっとちがいますね」

「そんなことありません」ジェーンは苛立たしげに手をふった。「あの人は少しもふさぎこんではいませんでした。つまり、自殺とか、そういったことなどする気はなかったのです。でも脅迫だと……ええ、たしかにそうです。わたしにいってくれればよかったのに。そしたら彼を地獄へ送ってやったわ」

「しかし彼が行ったのは……地獄じゃなく、チャールズ・レイヴァートン＝ウェスト氏のところだったかもしれませんね？」とポアロ。

「ええ」ジェーンはのろのろした口調でいった。「ええ……そうかもしれない……」

「彼が彼女のどんな弱みを握っていたのか、わかりませんか？」とジャップ。

　女は首をふった。

「見当もつきません。バーバラを知ってるだけに、それほど深刻なことだったなんて、とても信じられません。それはそうと……」ちょっと口をつぐんでから、また続ける。

「わたしが申しあげたいのは、バーバラにはどこか抜けたとこがあったということです。他愛なく脅されますもの。ほんとに、バーバラなら脅迫者にはいいかもだったでしょうよ！　憎らしいやつだわ！」

最後の言葉は、いかにも憎々しげに吐き出した。

「運わるくこの犯罪は、筋道が逆だったようですな」とポアロがいう。「脅迫者が彼女を殺すのじゃなくて、彼女が脅迫者を殺すほうが当たり前ですからね」

ジェーンはちょっと顔をしかめた。

「ええ……そりゃそうでしょうけど……いろんな場合が考えられますから……」

「たとえば？」

「たとえば、バーバラがやけくそになったというような。あのばかばかしく小さなピストルで彼を脅したのかもしれません。彼がそれをもぎ取ろうとして争ってるうちに、あの人を射ち殺してしまう。それから彼は自分のやったことが恐ろしくなって、自殺に装う」

「かもしれないが、むずかしいですな」とジャップ。

彼女はけげんそうに彼を見た。

「それがユースタス少佐だったとして、彼はゆうべ十時二十分に、入口でアレン夫人にさよならをいって帰ってますからな」

「あら、そうでしたわね」彼女の顔が曇る。そして一、二分口をつぐんでいたが、「でも、あとでまた戻ってきたかもしれないでしょう」とゆっくりといった。

「ええ、そういうこともあり得ますね」とポアロ。

ジャップはつづけた――

「プレンダーリースさん、アレン夫人はいつもどこで客と応対してましたか？　ここですか、それとも上の部屋でですか？」

「どちらもです。でも、わたしたち二人で開いたパーティだとか、わたし自身の特別な友だちには、この部屋を使ってました。そのう、取り決めで、バーバラは大きな寝室のほうをとって、それを居間にも使ってましたが、わたしの寝室は小さいので、この部屋も使うことにしてたわけです」

「もし、ゆうべユースタス少佐が約束していてきたとしたら、アレン夫人はどっちの部屋で迎えたと思いますか？」

「たぶんこの部屋に入れたと思いますが」その声はいくらか頼りなげだ。「そのほうが、もてなしとして冷たいわけですから。でも、もしあの人が小切手とか、そういったものを書くとなれば、たぶん上に案内するでしょう。ここには書き物をする用意がしてありませんから」

　ジャップは首をふった。

「小切手は問題じゃありません。アレン夫人はきのう、現金で二百ポンド引き出してるんですから。ところが、いままでのところ、家の中にはそれが影も形もないんです」

「じゃ、あの人でなしにやったのかしら？　まあ、かわいそうに、バーバラったら！　ほんとにかわいそうだわ！」

　ポアロが咳ばらいをした――

「あなたがおっしゃるように、何かもののはずみでもないかぎり、彼がどこから見てもいい金づるときまってる者を殺すなんて、やっぱりおかしいですね」

「もののはずみ？　はずみじゃありません。彼はカーッとして、あの人を射ち殺したんです」

「あなたはそうお思いなんですね？」

「ええ」そして意気ごんでいい添えた。「これは他殺です……他殺ですとも！」

　ポアロはまじめな口調でいう。

「あなたのおっしゃることがまちがってるとはいいませんがね、マドモアゼル」

　すると今度はジャップがいった――

「アレン夫人はタバコは何を吸ってました？」

「安い紙巻きタバコです。あの箱に何本か入ってるでしょう」

ジャップはその箱をあけて、一本取り出すとうなずいた。そのままそれをポケットに入れる。

「で、あなたは、マドモアゼル？」とポアロが訊いた。

「同じです」

「トルコ・タバコはおやりにならないんですね？」

「ぜんぜん」

「アレン夫人も？」

「ええ、嫌いでした」

さらにポアロが訊く。

「で、レイヴァートン＝ウェスト氏は？　彼は何を吸ってました？」

女はまじまじと彼を見た。

「チャールズが？　彼の吸うタバコをお訊きになって、どうするんです？　まさか彼が殺したなんておっしゃるんじゃないでしょうね？」

ポアロは肩をすくめた。

「これまでにだって、男が自分の愛する女を殺した例はありますよ、マドモアゼル」

ジェーンはもどかしげに首をふる。

「チャールズが人を殺したりするもんですか。とても慎重な人ですから」

「同じことですよ、マドモアゼル、最も巧妙な殺人を犯すのは、そうした慎重な連中なんですからね」

彼女はあきれ顔で彼を見た。

「でも、あなたがいまおっしゃったような動機からじゃありませんわ、ポアロさん」

彼はていねいに頭を下げる。

「そう、そのとおりです」

ジャップが立ち上がった。

「さて、ここでのわたしの用事は大体すんだようです。もう一度ちょっと見回ってこよう」

「お金がどこかにしまいこんであるかもしれませんからね？　結構ですわ。どこでもご自由にごらんになってください。それからわたしの部屋もどうぞ……バーバラがあそこに隠すとは思いませんけど」

ジャップの捜索は迅速できぱきしている。居間は二、三分もしないうちに、すっかり調べあげられた。それから二階に上がった。ジェーンは椅子の腕木に腰かけて、タバコをふかしながら、暖炉の火を見ている。ポアロはその様子をジッと見ていた。

しばらくして彼は静かにいった——

「あなたはレイヴァートン＝ウェスト氏がいまロンドンにいるかご存じですか？」

「まったくわかりません。ハンプシャーのお宅にいるんじゃないかしら。彼に電報を打っておけばよかったわ。あんまりこわかったので、忘れてましたけど」

「恐ろしいことが起こったときは、何もかも思い出すなんて無理ですよ、マドモアゼル。それに、放っておいても、わるい知らせは伝わります。たちまちみんなの耳に入ってしまいますよ」

「ええ、ほんとにそうだわねえ」女はうわの空だ。

階段をおりてくるジャップの足音がする。ジェーンは立って彼を迎えた。

「いかがでした？」

ジャップは首をふった。

「目ぼしいものは何もなさそうです、プレンダーリースさん。家じゅう調べてみたんですが。そう、この階段の下の戸棚ものぞいてみたほうがよさそうだ」

そういいながら、彼は把手を握って引っぱった。

ジェーンがいった——

「鍵がかかってますよ」

その声の調子に、二人の男はキッと彼女を見た。

「なるほど、かかってますな。鍵はお持ちでしょう？」とジャップは愉快そうにいう。

女は石像のように棒立ちだ。

「あのう……あのう、どこにあるのかよく知らないんです」

ジャップはチラッと彼女に目をやった。彼の声は相変わらずひどく面白そうであけすけだ。

「おやおや、そいつはまずいな。無理にこじ開けると板がわれるし。ジェイムスンに合鍵の束を取りにいかせよう」

彼女はぎごちない様子で進み出た。

「あのう、ちょっと待ってください。ひょっとすると……」

彼女は居間に引き返したが、ほどなく大きな鍵を持って出てきた。

「そこはいつも鍵をかけておくんです。傘なんかがよく盗まれるもんですから」と彼女は弁解した。

「なかなか用心がいいですな」ジャップは気軽に鍵を受け取りながらいう。

彼は錠をはずして、ドアをあけた。戸棚の中は暗い。ポケットから懐中電灯を出して、ぐるっと中を照らす。

ポアロは自分の横で女が身体を固くして、ちょっと息を殺しているのがわかった。彼の目はジャップが照らしている懐中電灯の光を追っている。

戸棚の中には大したものは入っていなかった。傘が三本――うち一本は壊れている――ステッキが四本、ゴルフのクラブが一組、テニスのラケットが二本、きちんとたたんだ膝掛けが一枚。そして、ほころびの程度はまちまちだが、使い古したソファ用クッションが五、六個。そのクッションの上に、小型の形のいいアタッシェ・ケースが一つのっている。

ジャップがそれに手を伸ばそうとすると、ジェーンがあわてていった。

「それはわたしのです。そ……それはけさわたしが持って帰ったものです。ですから、何も入ってるはずがありません」

「ちょっと確かめるだけです」ジャップはいっそうくだけた親しみを見せながらいった。

ケースには鍵がかかっていない。中にはサメ皮のブラシと化粧用の瓶がはめこんである。あとは雑誌が二冊あるきりで、何もない。

ジャップは、ケースの内外を丹念に調べる。やっと彼が蓋をして、ざっとクッションを調べ始めたとき、女はホッと大きく安堵の溜め息をもらした。

戸棚には一目でそれとわかるもの以外は何もない。ジャップの調べはほどなく終わった。

彼はもういちど錠をおろすと、鍵をジェーンに渡した。

「さあ、これですんだ……と。レイヴァートン＝ウェスト氏の住所を教えていただけませんか？」

「ハンプシャーのリトル・レッドベリー、ファールズクーム・ホールです」

「ありがとう、プレンダーリースさん。いまのところはこれだけです。のちほど、また伺うかもしれません。ついでにいっておきますが、これは黙っててくださいよ。世間がうるさいから、自殺ということにしといてください」

「もちろん呑みこんでおりますわ」

彼女は二人と握手をした。

彼らが厩舎街《ミューズ》を歩いていると、ジャップがだしぬけにいった。

「いったい……いったいあの戸棚には何が入ってたんだろうな？　何かが入ってたにちがいないんだが」

「うん、何かあったのさ」

「そしてぼくは九分九厘、あのアタッシェ・ケースがくさいとにらんだんだがなあ！　しかし、何も見つからなかったのは、ぼくもよっぽど焼きがまわったにちがいない。化粧瓶も全部のぞいてみたし……ケースの内張りも触ってみた……いったいどうしたんだろう？」

ポアロは思案顔で首をふる。

「とにかく、あの女はこの事件に関係があるな」とジャップはつづけていう。「あのケースはけさ持って帰ったんだったね？　が、絶対にそうじゃない！　雑誌が二冊入ってるのに気がついたろう？」

「うん」

「ところが、あのうちの一冊は去年の七月号なんだよ！」

7

ジャップはその翌日ポアロの部屋に入ってくると、いかにもいまいましそうに帽子をテーブルに放り出して、どっかり椅子に腰をおろした。

「なあ、あいつはだめだよ！」

「だめって、誰が？」

「プレンダーリースさ。真夜中までブリッジをやってた。泊まり先の主人夫婦と、客の海軍中佐と、二人の召使が、みんなそう断言してる。これがまちがいない以上、あの女がこの事件に関係があると見るのは、やめにしなくちゃならん。それにしても、階段の下のあの小さなアタッシェ・ケースのことで、なぜ彼女があんなに逆上して心配したのか、その理由が知りたいよ。これはどうやらきみの専門になるな、ポアロ。きみは何の価値もない、くだらん謎を解くのが好きだからね。小型アタッシェ・ケースの謎。なかなかいいじゃないか！」

「もう一つ、いいタイトルをやろうか。タバコの煙、謎のにおいってのはどうだ」

「タイトルとしちゃあ、ちょっといただけないな。におい……だって？　ぼくたちが最初死体を調べたとき、クンクンやってたのは、それだったんだね？　この目でも見たし……音も聞こえたよ。クンクン……クンクン……クンクンってね。風邪でもひいたのかと思ったよ」

「それは大まちがいさ」

ジャップは溜め息をついた――

「ぼくはいつも、万事小さな灰色の脳細胞のせいだと思ってたんだがね。今度は鼻の細胞もほかの連中のより立派だというんじゃあるまいな」

「まあまあ落ち着けよ」

「タバコのにおいなんかしなかったがなあ」とジャップはけげんそうにいいつづける。

「わたしだってそうさ」

ジャップは疑わしそうに見る。そしてタバコを一本ポケットから引っぱり出した。

「こいつがアレン夫人の吸ってたやつだよ……安タバコだな。彼女の吸った吸い殻が六本あった。あとの三本はトルコ・タバコだ」

「そうだったな」

「あんたのすばらしい鼻は、見なくたってわかるんだろう！」

「わたしはそんなことには絶対に鼻なんか突っこまない。わたしの鼻には何も記録されとらんよ」

「しかし、脳細胞にはうんと記録されてるんだろう？」

「うん……少しはな……そう思わないか？」

ジャップは横目で彼を見る。

「たとえば？」

「ええっと、あの部屋から何かなくなったものがあることは、絶対まちがいない。が、逆に増えたものもあると思う……それから、書き物机の上に……」

「わかった！　あの鵞《エ・ビアン》ペンのことだろう！」

「とんでもない。あの鵞ペンは陰の役《デュ・トゥ》しか務めてないんだ」

ジャップは安全圏に退却した。

「あと三十分したら、チャールズ・レイヴァートン＝ウェストと警視庁で会うことになってるんだ。あんたも同席したいだろうな」

「そりゃあもう」

「それからもう一つ、あんたをよろこばせることがある……ユースタス少佐の身許を洗ったんだ。クロムウェル街の軍隊宿舎にいるんだよ」

「そいつはすてきだ」

「で、ちょっとそこにも行かなくちゃならん。どうもくさい野郎だよ、ユースタス少佐ってのは。レイヴァートン＝ウェストに会ったら、彼のところへ行こう。いいだろう？」

「いいとも」

「よし、それじゃ出かけるとするか」

十一時半に、チャールズ・レイヴァートン＝ウェストがジャップ主任警部の部屋に案内されてきた。ジャップは立ち上がって握手する。

この下院議員は非常に個性的な中肉中背の男だ。ひげはきれいに剃り、口は活動家らしくよく動く。目は雄弁家によくあるやつで、ちょっと飛び出ている。物静かで育ちのよさそうないい顔立ちだ。

青ざめて、いくぶん元気はないが、態度はいかにもきちんとして落ち着いている。

彼は腰をおろすと、手袋と帽子をテーブルに置いてジャップのほうを見た。

「レイヴァートン＝ウェストさん、まず第一にお悔みを申しあげたいと思います」

レイヴァートン＝ウェストはそれを押し返すようにしていう。

「わたしの気持ちなどはかまいません。主任警部さん、なにかわたしの……いや、アレン夫人の自殺の原因がわかったのでしょうか？」

「あなたのほうに、何かわれわれの参考になるようなことはありませんか？」

「いや、全然」

「喧嘩なんかなかったのですね？　お二人のあいだに、仲たがいをするようなことは？」

「そんなことはまったくありませんでした。こんなに驚いたことはありません」

「あれが自殺でなく……他殺だと申しあげたら、もっと納得がいくかもしれませんね」

「他殺？」チャールズの目玉が顔から飛び出しそうになる。「他殺だというんですか？」

「そのとおりです。ところで、レイヴァートン＝ウェストさん、誰かアレン夫人を殺しそうな人にお心当たりはありませんか？」

「いや……いっこうに……まさかそんなことが！　考えてみようにも……まったく想像もつきませんよ！」

「敵がいるっていうようなことはいってませんでしたか？　彼女に怨みをもってるかもしれないような人のことを」

「全然」

「彼女がピストルを持ってることはご存じでしたか？」

「気がつきませんでしたねえ」

彼はちょっと驚いたような顔をする。

「ミス・プレンダーリースの話ですと、アレン夫人は数年前、そのピストルを外国から持ってきたんだそうです」

「ほんとですか？」

「もちろん、これはミス・プレンダーリースの話ですがね。アレン夫人が何かのことから身の危険を感じて、誰も知らない理由でピストルを身近に置いてたということも、充分ありうるわけです」

チャールズは不審そうに首をふった。すっかり当惑して、ぼんやりしているふうだ。

「ミス・プレンダーリースのことをあなたはどうお思いですか、レイヴァートン＝ウェストさん？　信用のおける誠実な人だとお思いになるか、ということですがね？」

相手はちょっと思案していた。

「そう思います……ええ、そうだというべきでしょうね」

「彼女に好意をお持ちじゃないようですね？」ジーッと相手の顔を見ながらジャップがいう。

「好意を持ってるとはいいかねますね。彼女はわたしの好きなタイプの女性ではありませんから。ああいう皮肉で男まさりなタイプは、わたしの好みじゃありませんが、ごく誠実な人であることはいえます」

「ふーん」とジャップ。「ユースタスという少佐はご存じですか？」

「ユースタス？　ユースタスねえ？　ああそうだ、名前はおぼえてます。バーバラ……いや、アレン夫人のところで一度会ったことがあります。わたしの見たところじゃ、どうもうさん臭い男でした。わたしの……いや、アレン夫人にも、そのことはいいました。彼はわたしたちの結婚後は訪ねてきてもらいたくないタイプの男でしたから」

「で、アレン夫人は何といってました？」

「いや、彼女も大いに賛成でした。口には出しませんが、彼女はわたしの判断を信じていました。ほかの男を見る目は、女よりも男のほうが肥えてますからね。彼女は久しぶりに会った人に失礼な真似はできないといってましたが……彼女は俗物根性がとくに嫌いだったようです。わたしの妻になれば、彼女も当然、昔の付き合い仲間のうちのかなりの者と、そのう……付き合いたくないと思うでしょうね？」

「つまり、あなたと結婚すれば、彼女の身分もよくなるってことですね？」とジャップがぶしつけに訊いた。

レイヴァートン＝ウェストはきれいに爪を磨いた手を上げる。

「いや、いや、それほどでもありません。じつは、アレン夫人の母親というのが、わたしのうちとは遠い親戚でしてね。だからアレン夫人も生まれはわたしとまるきり同じです。しかし、もちろんわたしの地位として、友人の選択はとくに注意しなければなりませんし……妻だって同じことです。誰でもある程度は世間体というものがありますからね」

「ふーん、なるほど」とジャップはそっけなくいう。それからまたつづけた――「では、ぜんぜんご援助はおねがいできないのですね？」

「ええ、そういうことです。わたしはすっかり途方に暮れているのです。バーバラが……殺されるなんて！　とても信じられませんよ！」

「ところでレイヴァートン＝ウェストさん、十一月五日の夜はどうしてらしたか、お話しいただけませんか？」

「どうしてたか？　どうしてたかとおっしゃるんですか？」

レイヴァートン＝ウェストの声が食ってかかるように甲高くなる。

「きまりにすぎないのですから」と、ジャップは説明する。「われわれは……そのう……誰にでも訊かなければならないのでしてね」

チャールズはつんとして彼を見る。

「わたしの身分からして、そういうことは訊かれなくてもいいと思いますがねえ」

ジャップは黙って相手の返事を待っている。

「わたしは……ええっと……ああそうだ。うちにおりました。十時半に家を出ました。

エンバンクメントへ散歩に行ったのです。花火をちょっと見物しました」

「この頃はああいう陰謀がないのでありがたいですな」とジャップは気がるにいった。

レイヴァートン＝ウェストは冷やかに彼を見すえる。

「それから……ええと……歩いて家に帰りました」

「お宅に着いたのは……たしかオンスロー・スクエアだったと思いますが……何時でしたか？」

「はっきりおぼえてません」

「十一時……半ごろですか？」

「その辺でしょう」

「誰かが開けてくれたのでしょうね」

「いや、鍵を持ってますから」

「散歩中、誰かに会いましたか？」

「いや……うーん……まったく、主任警部さん、こういうことを訊かれるのは不愉快ですな！」

「いや、ほんとにこれはただきまりになってましてね。個人的なものじゃありません」

それを聞いて、むかっ腹を立てていた議員も、いくらか気持ちが収まったふうだ。

「ご用がおすみなら……」

「いまはこれくらいで結構です、レイヴァートン＝ウェストさん」

「捜査の経過は連絡してください……」

「もちろんですとも。それはそうと、エルキュール・ポアロ氏をご紹介いたしましょう。名前はお聞きおよびのことと思いますが」

レイヴァートン＝ウェスト氏の目は興味ありげに、小柄なベルギー人にそそがれる。

「え、ええ……名前はお聞きしています」

「ムッシュー」ポアロは急にひどく外国人くさい態度でいう。「ほんとにご愁傷さまです。とんだ災難で！　こんな苦しみを我慢しなければならないなんて！　いや、しかし、これ以上は申しあげますまい。ほんとにイギリスの方は喜怒哀楽を色に現わさずで立派ですなあ」シガレット・ケースをパチンとあける。「失礼……おや、から、からだ！　ジャップ、ないかね？」

ジャップはポケットを軽く叩いて首をふる。

レイヴァートン＝ウェストが自分のシガレット・ケースを差し出して、つぶやくようにいう。

「さあ……わたしのを一つどうぞ、ポアロさん」

「ありがとう……ありがとう」小男は一本取った。

「あなたがおっしゃるようにですな、ポアロさん」と相手はいいはじめる。「われわれイギリス人は、感情をおもてに出しません。困難にあってもくじけるな……これがわれわれのモットーでしてね」

彼は二人にお辞儀をして出ていった。

「いやな気どり屋だな」と、ジャップが吐き捨てるようにいう。「それに気短かなばかときてる！　プレンダーリースって女のいったとおりだ。が、なかなかの色男だな……ユーモアのわからん女なら首ったけかもしれん。タバコはどうだった？」

ポアロは首をふりながら、タバコを手渡す。

「エジプト・タバコだ。安くないよ」

「いや、だめだ。惜しいなあ、あんな弱いアリバイなんて、聞いたためしがない！　まったく、あんなのアリバイなんてもんじゃないよ……だけどなあ、ポアロ、あべこべでないのが残念じゃないか。もしアレン夫人が彼を脅迫してたとしたら……。あいつは脅迫するには、もってこいってタイプだ……仔羊みたいにおとなしく金を出すぜ！　悪い噂が立たないようにするためなら、何でもな」

「おいおい、好きなように事件を組み直すのは結構だが、それじゃあんまり仕事にならんよ」

「そうだ、ぼくたちの仕事はユースタスだった。あいつについちゃ、ちっとばかしねたが挙がってるんだ。まったくひどい野郎さ」

「それはそうと、ミス・プレンダーリースのことは、わたしがいったようにやってくれたかね？」

「うん、ちょっと待ってくれ。電話で最も新しいところを訊いてみるから」

彼は受話器を取り上げて話す。

二言三言《ふたことみこと》話したかと思うと、彼は受話器を置いて、ポアロを見上げた。

「まったく冷血な女だよ。ゴルフに出かけたそうだ。友だちがつい前の日に殺されたばかりだというのに、ひどい真似をするもんじゃないか」

ポアロも嘆声をもらした。

「これからどうしようか？」とジャップ。

だが、ポアロはぶつぶつ独りごとをつぶやいている。

「もちろん……そうだとも……しかし当然……わたしはなんてばかなんだろうな……だって、一目瞭然だったんだからなあ！」

ジャップがつっけんどんにいう。

「うだうだいうのはやめて、ユースタスをとっつかまえに行こうじゃないか」

彼はポアロの顔一面に広がっているはればれとした微笑を見ておどろいた。

「うん、そうだ……もちろんあいつをとっつかまえにいかなくちゃ。だっていいかいきみ、すっかりわかったんだから……何もかもだぜ！」

8

ユースタス少佐はいかにも世慣れた人間らしい、ゆったりした自信ありげな態度で二人を迎えた。

彼の宿舎は手狭で、彼にいわせればほんの仮住《ピエタテール》いということだった。二人に飲みものを出そうといったが、辞退されると、シガレット・ケースを取り出した。

ジャップもポアロも一本ずつ受け取る。二人のあいだに、すばやい視線が交わされた。

「トルコ・タバコをお吸いですな」ジャップがタバコを指先でひねくりまわしながらいう。

「ええ、どうも、紙巻きタバコのほうがよろしいですか？　それなら、どこかその辺にあったはずですよ」

「いやいや、これで結構ですとも」それから身体を乗り出すと、口調を変えていった。「ユースタス少佐、わたしが何の用で伺ったかおわかりでしょうな？」

相手は首をふる。平然たる態度だ。ユースタス少佐は上背があって、いくぶん粗野な感じはあるが、いい男ぶりだ。目のまわりが腫れぼったい――明るいおおらかそうな態度とは裏腹に、小さな目がいかにも狡猾そうだ。

彼はいう――「いや……どうして主任警部のようなお偉方が、わたしのところにいらしたのか、ぜんぜん見当がつきませんな。何かわたしの車に関係したことででも？」

「いや、お宅の車のことじゃありません。あなたはミセス・バーバラ・アレンという女性をご存じでしょうな？」

少佐は椅子の背によりかかると、タバコの煙を吐き出しながら、納得のいったらしい声でいう――

「ああ、そうでしたか！　それなら気がついてもよさそうなもんでした。とんだことでしたな」

「あのことはご存じですね？」

「ゆうべ夕刊で見ました。まったくお気の毒です」

「アレン夫人は、インドでお知り合いだったようですね？」

「そうです。もう五、六年も前のことです」

「彼女のご主人もご存じでしたか？」

間《ま》──一秒足らずの間《ま》──だが、その短い時間のあいだに、小さなくぼんだ丸い眼が二人の顔をすばやく見た。それから答えた──「いや、じつはアレンには会ったことがないんですよ」

「しかし、彼のことを少しはご存じでしょう？」

「少しやくざがかった男だということは聞いてました。が、もちろんそんなことは噂にすぎません」

「アレン夫人は何も話さなかったのですか？」

「彼のことはぜんぜん話しませんでしたね」

「あなたは彼女とは親しかったのでしょう？」

ユースタス少佐は肩をすくめる。

「長い友だち付き合いでしたよ、長い。しかし、あまり会うことはありませんでした」

「しかし、あの最後の晩、あなたは彼女とお会いになりましたね？　十一月五日の晩ですが」

「ええ、じつをいうと、そうです」

「彼女の家をお訪ねになったのでしたね」

ユースタス少佐はうなずく。声が静かな、後悔の念を表わす調子になる。

「ええ、投資のことで相談したいから、きてくれというもんですからね。もちろんお訊きになりたいことはわかってますよ……彼女の心境とか……そういったいろいろなことでしょう。そうですな……いや、これはとても説明しにくいことです。彼女の様子は大していつもと変わりはありませんでしたが、いま思うと、ちょっと興奮してましたね」

「しかし彼女は、どうするつもりかということについては、おくびにも出さなかったんですね？」

「全然です。じつは、暇《いとま》を告げたとき、わたしはあとで電話をかけるから、また相談しようといったんですが」

「電話をかけるとおっしゃったんですか。帰りぎわにそうおっしゃったんですね？」

「ええ」

「変ですな。わたしのほうに入った情報では、何かそれとは全然ちがったことをおっしゃったようですが」

ユースタスは顔色を変える。

「そりゃもちろん、わたしだって言葉までは正確にはおぼえてませんよ」

「わたしの受けた報告だと、あなたがほんとにおっしゃったのは、〝じゃ、もういちど考えて、返事をください〟ってことでしたが」

「ええっと、そうですな。きっとあなたのおっしゃるとおりでしょう。でも、そっくりそのままじゃありませんよ。いつ暇になるか知らせてくれるようにいったのだと思いますが」

「いくらかちがうようですね？」とジャップ。

ユースタス少佐は肩をすくめる。

「おやおや、人間は何かのときに自分がいったことを、いちいちおぼえてるはずなんかありませんよ」

「で、アレン夫人はなんと答えました？」

「電話をするといいました。わたしの記憶するかぎり、大体そんなことでした」

「で、あなたは、〝よろしい。それじゃ〟とおっしゃった」

「ま、そうでしょう。とにかく、そういったことをね」

ジャップは静かな口調でいった――

「あなたはいま、アレン夫人が投資のことで相談したいことがあるからきてくれといった、とおっしゃいましたね。ひょっとすると、彼女は自分の名義で投資してくれといって、二百ポンドを現金であなたに預けませんでしたか？」

ユースタスの顔が真っ赤になった。彼は身体を乗り出すと、どなりつけるようにいう。

「いったいそれはどういうことです？」

「預けたのですか？　預けなかったのですか？」

「そんなこと、わたしの個人的なことじゃありませんか、主任警部さん」

ジャップは静かにつづけた——

「アレン夫人は銀行から現金で二百ポンドおろしました。それには五ポンド紙幣も混じってます。紙幣の番号は、もちろん調べがつきます」

「預けたとしたら、どうなんです？」

「その金は投資のためだったのですか……それとも……脅迫してとったものですか、ユースタス少佐？」

「途方もないいいがかりだ。次におっしゃることを聞こうじゃありませんか」

ジャップはいかにも警官らしい態度でいった——

「ユースタス少佐。その点については、スコットランド・ヤードに出頭して、説明していただかねばなるまいと思います。もちろん強制するわけではありませんし、お望みなら、弁護士をお連れになっても差し支えありません」

「弁護士？　なんだって弁護士の必要がある？　それになんのためにきみはわたしにとやかくいうんだ？」

「アレン夫人の死亡前後の情況をお訊ねしているのです」

「やれやれ、きみ、きみはまさか……だって、そいつはばかげてるよ！　いいかね、こういうことだ。わたしは約束でバーバラを訪問したんだからな」

「それは何時ごろでした？」

「九時半ごろだったろう。わたしたちは坐って話した……」

「そしてタバコも吸いましたね？」

「うん、吸った。それがどうかしたのかね？」喰ってかかるような調子だ。

「話をしたのはどこでした？」

「居間だよ。玄関を入った左手の。いまもいったとおり、わたしたちは友好的に話をした。十時半ちょっと前に腰をあげた。帰りぎわに二言三言《ふたことみこと》、入口で立ち話をしたが……」

「立ち話をね……なるほど」とポアロがつぶやく。

「きみは誰なんだ？　教えてくれ」ユースタスは彼のほうに振り向くと、叩きつけるようにいう。「渡り者のラテン系かなにかだな！　なんだって余計な口を出すんだ？」

「わたしはエルキュール・ポアロです」小男はもったいぶっていう。

「きみがアキレスの銅像だったって、わたしは平気だ。いまもいったように、バーバラとわたしはほんとに気持ちよく別れたんだ。それから車でまっすぐ極東クラブへ行った。十時三十五分に着くと、すぐ娯楽室に入って、午前一時半までそこでブリッジをやったんだ。どうだ、調べてみたらいいだろう」

「その必要はありません」とポアロ。「なかなか立派なアリバイですな、たしかに」

「とにかく金城鉄壁さ！　どうです警部さん」とジャップを見て――「得心がいきましたか？」

「訪問のあいだじゅう、居間だけにいたんですね？」

「そうですよ」

「二階にあるアレン夫人の私室にはいらっしゃらなかったのですか？」

「いいや、いかなかった。われわれは一つ部屋にいて、そこから出なかったんだから」

ジャップは一、二分、しげしげと相手の顔を眺めていたが、それからまた訊いた――

「あなたはカフス・ボタンを幾組お持ちですか？」

「カフス・ボタン？　カフス・ボタンだって？　それとこれと、どう関係があるんだ？」

「もちろん無理にお答えくださらなくとも結構ですがね」

「答える？　答えるのはかまわんさ。何も隠すことはないんだから。でも、あとで理由を説明してもらうよ。これが一つ……」そういいながら、両腕を伸ばして見せる。

ジャップは金とプラチナでつくったカフス・ボタンに目をやってうなずく。

「それからまだある」

彼は立ち上がって机の引出しを開け、ケースを一つ取り出すと、それを開けて、ジャップの鼻っ先へ突きつけるように乱暴に差し出す。

「とてもいいデザインですな」と主任警部。「一つ壊れてますね……エナメルがちょっと欠けてる」

「それがどうした？」

「いつ欠けたか、おぼえていらっしゃらないようですね？」

「せいぜい一日か二日前さ」

「欠けたのはアレン夫人の家でだ、と申し上げたらびっくりなさいますか？」

「びっくりするわけがないじゃないか。あそこに行ったといっとるんだから」少佐は偉そうにいう。それからどなり散らして、いきり立ったふうをみせたが、両手はブルブル震えていた。

ジャップは身体を乗り出すと、声に力を入れていった――

「それはおっしゃいました。が、そのカフス・ボタンのかけらは居間にあったんじゃありません。二階のアレン夫人の私室に落ちていたんです……彼女が殺された部屋で……一人の男が坐って、あなたが吸っておられるのと同じ種類のタバコを吸っていた部屋でです」

これは効《き》いた。ユースタスは椅子でのけぞった。目はおろおろしている。偉そうな態度がくずれて、おどおどしているざまは見られたものではなかった。

「わたしは何もしてない」彼の声は悲鳴に近かった。「とんだ濡れぎぬだ……しかし、だめだぞ。わたしにはれっきとしたアリバイがある……わたしはあの晩はあれっきり、あの家に近寄りもしなかったし……」

ポアロが代わっていった――

「そう。あなたは二度とあの家に近寄らなかった……その必要がなかったのだ……あなたがあそこを出たとき、たぶんアレン夫人はすでに死んでいたのだから」

「そんなばかな……ばかな……すぐ中にいたんだ……おれに物もいった……聞いた者もいるにちがいない……見た者だって……」

ポアロの口調はおだやかだった――

「そりゃあなたの言葉を聞いたものはいますよ……それから相手の返事を待つふりをして、また話したのもね……でもこれは古い手で……みんなは彼女がそこにいると思ったかもしれないが、彼女がイヴニング・ドレスを着ていたかどうかも……いや、着ていたものの色さえいえないところを見ると、彼女の姿を見たものは誰もいないのです……」

「とんでもない……そりゃ嘘だ……嘘だ……」

彼はガタガタ身体を震わせて――そしてがっくりした……

ジャップは憎々しそうに彼を見ながら、てきぱきした口調でいった――

「ご同行ねがいましょう」

「わたしを逮捕するのか？」

「取り調べのための勾留です……そうすることにします」

震えおののく長い溜め息が沈黙を破った。今さっきまでふんぞり返っていたユースタス少佐が、打って変わった絶望的な声でいう――「おれはもうだめだ……」

ポアロは両手をこすり合わせて、愉快そうに微笑した。いかにも痛快そうだった。

9

「やったなあ、あれでやつもおしまいだ」その日もあとになって、ジャップはいかにも警察官らしい感慨にふけりながらいった。

ポアロと車でブロンプトン・ロードを走っているときのことだ。

「彼もこれで勝負のついたことがわかったろう」ポアロは放心したようにいう。

「あいつのねたはうんとつかんどるからな」とジャップ。「偽名が二つ三つ。小切手詐欺《さぎ》が一件。リッツ・ホテルに滞在中、バース大佐の偽名でやった巧妙な事件。ピカデリーの商人も五、六人ひっかけた。いまのところはこの名目で勾留しとこう……今度の事件を調べ上げてしまうまでな。なんだってこんなほうへ行くんだね、ポアロ？」

「いや、事件はちゃんと締めくくりをつけなくちゃいかんからさ。何もかも納得のいくようにしなくちゃだめだ。きみのいった謎を解こうとしてるんだよ。〈アタッシェ・ケース紛失の謎〉ってやつをさ」

「ぼくがいったのは、〈小型アタッシェ・ケースの謎〉だぜ。それにぼくも知ってるけど、あれはなくなっちゃおらんよ」

「まあ待てよ、きみ《モナミ》」

車は厩舎街《ミューズ》へ曲がる。十四番地の前までくると、ちょうどジェーン・プレンダーリースが小型のオースティン・セヴンから降りるところだった。ゴルフ用の服を着ている。

彼女は二人の男を一人ずつ見てから、鍵を出してドアを開けた。

「どうぞ」

彼女は先に立って入る。ジャップは彼女のあとから居間に入ったが、ポアロはそのまちょっとホールに残って、何かぶつぶつつぶやいている。

「厄介《セタンベータン》だな……どうやって切り抜けたらいいか、むずかしいなあ」
一、二分すると、彼もコートを脱いで居間に入ったが、ジャップは口ひげの生えた口をへの字にゆがめている。戸棚のドアを開けるごく微かなきしみの音が聞こえたからだ。
ジャップが問いかけるように目をチラッと向けると、ポアロはわずかにうなずいてみせる。

「お手間はとらせません、プレンダーリースさん」とジャップが歯切れのいい口調でいった。「アレン夫人の弁護士の名前をお聞かせねがいたいと思って伺っただけです」

「あの人の弁護士ですか？」女は首をふる。「そんな人がいたかどうかも存じませんけど」

「そうですか。あなたとお二人でこの家を借りたとき、誰かに契約の手続きをしてもらったはずですがね？」

「いいえ、そんなことないと思いますけど。だって、わたしの借家人名義で、わたしがこの家を借りたんですもの。バーバラは家賃の半分をわたしに払ったんです。これはぜんぜん正式じゃないでしょうけど」

「わかりました。では、ほかには用件もなさそうですから」

「どうもお役に立ちませんで」とジェーンはていねいだ。

「べつにどうってことありませんから」ジャップが入口のほうに向きながらいう。「ゴルフにお出かけでしたか？」

「ええ」彼女はサッと頰を染めた。「ずいぶん人でなしだとお思いでしょうね。でも、この家の中におりますと、ほんとにうっとうしくて。外に出て何かせずにおられませんの……身体をくたびれさせなくちゃ……でないと、息がつまってしまいそうで！」

思いつめたような口調だ。

ポアロはあわてていった――

「お気持ちはわかりますよ、マドモアゼル。ようくわかります……当然ですとも。この家の中に坐って考えごとをしたりなんて……いや、面白かろうはずがありませんからね」

「わかっていただければ、うれしいですわ」ジェーンは手短かにいう。

「クラブに入っていらっしゃるんですか？」

「ええ、ウェントワースの」

「今日は天気でよかったですね」とポアロ。「ああ、しかし、もう木はほとんど葉が落ちてしまいましたなあ！　一週間前は森もうっそうとしていたのに」

「今日はほんとにいいお天気でしたわ」

「ではさようなら、プレンダーリースさん」とジャップが切り口上でいった。「少しでも片がつきましたら、またご連絡します。じつは、ある男を容疑者として勾留したんですよ」

「どんな人を？」

彼女は真剣な目で二人を見る。

「ユースタス少佐です」

彼女はうなずいて背を向けると、かがみこんで、暖炉に火をつけた。

「それで？」車が厩舎街《ミューズ》の角を曲がると、ジャップがいった。

ポアロはニヤッとする。

「簡単明瞭さ。今度はドアに鍵がはめてあったんでね」

「というと……？」

ポアロは微笑した――

「ええっと《エ・ビャン》、ゴルフ・クラブがなくなってたよ……」

「そりゃそうさ。あの女は絶対ばかじゃないからな。ほかになくなったものがあったかね？」

ポアロはうなずく。

「あったとも、きみ……例の小型アタッシェ・ケースがね！」

ジャップの足の下でアクセル・ペダルが跳び上がった。

「畜生！　何かあるってことはわかってたんだ。だが、いったいなんなんだろうな？　あのケースはずいぶんよく調べたんだが」

「おいおいジャップ……こいつはな……どうだい、〝一目瞭然じゃないか、ワトスン？〟ってとこだぜ」

ジャップは彼に憤然とした目を向けた。

「どこへ行くんだ？」

ポアロは時計を見る。

「まだ四時前だな。暗くならないうちにウェントワースに行けるだろう」

「ほんとにあの女がそこに行ったと思うのかね？」

「そう思うよ……うん。あの女もわたしたちが調べるかもしれないってことくらい承知してるだろう。うん、そうとも、わたしはあの女があそこにいたってことがわかると思うよ」

ジャップは不満そうにぶつぶついう。

「まあいいや、行こう」行き交う乗物の間をうまく縫って行く。「だけど、あのケースが今度の犯罪にどういう関係があるのかなあ。第一、関係があるのかないのか、さっぱりわからん」

「まさにきみのいうとおりさ……ぜんぜん関係ないよ」

「じゃ、なんだって……いや、いわんでもいい！　万事捜査はきちんと運んでるんだからな！　いやあ、まったく今日はいい天気だ」

車は馬力のあるやつだった。ウェントワース・ゴルフ・クラブには四時半ちょっとすぎに着いた。ウィークデイなので、あまり混んでいない。

ポアロは、つかつかとキャディー係の主任のところへ行って、ミス・プレンダーリースのゴルフ・クラブはどこだと訊いた。あす彼女は別のコースでやることになったので、と彼は説明する。

主任が大声で叫ぶと、キャディーが一人、隅に立てかけてあるクラブを調べる。ようやく彼はJ・Pと頭文字のついたバッグを差し出した。

「ありがとう」とポアロ。彼はゆっくり歩き出したが、それからさり気なく振り返って訊いた。「小型のアタッシェ・ケースを預けていかなかったかね？」

「今日はお預けになりませんでした。クラブ・ハウスに置いてあるかもしれませんが」

「今日ここには見えたんだね？」

「はい。お姿をお見かけいたしました」

「キャディーは誰を連れていったね？　ケースをどこかに置き忘れてね。どこだったか思い出せないっていうんだ」

「キャディーはお連れになりませんでした。ここへいらっしゃって、ボールを二個おもとめになりまして。アイアンを二本だけお取り出しでした。そのとき、小さなケースをお持ちだったような気がいたしますが」

ポアロは、礼をいうと立ち去った。二人はクラブ・ハウスの裏へまわる。ポアロはちょっと立ち止まって、景色を眺めた。

「いい景色じゃないか。黒々とした松林に……湖。うん、湖ねえ……」

ジャップがすばやく相手に目をやった。

「それがどうした？」

ポアロは微笑する。

「誰か見た者がいるかもしれん。わたしがきみだったら、さっそく調査にかかるところだがね」

10

ポアロは首をちょっと傾げて後ずさりしながら、部屋の中の家具の配置を見ていた。

――椅子がこっちに一つと、向こうに一つ。うん、なかなかいい。おや、ベルが鳴ってるな……ジャップだろう……

警部がつかつかと入ってくる。

「まさに図星だったよ、ポアロ！　あっけないくらいさ。きのうのウェントワースの湖に、若い女が何か投げこむのを見た者があってね。それによると、人相はミス・プレンダーリースにぴったりだ。放りこんだものは、大したことなく拾い上げることができた。

あそこには葦《あし》がたくさん生えてるからね」

「で、それは？」

「やっぱりアタッシェ・ケースだったよ！　しかし、いったいどうしたんだろうな？　いや、まいったよ！　中はからっぽなんだ……雑誌も入っとらん。狂ったわけでもあるまいに、なんだってうら若い女が豪華なケースを湖に放りこむ気になったんだろう……ぼくはどうもピンとこないんで、一晩中眠れなかったよ」

「かわいそうに！　しかし、もう心配はいらんよ。返事がきた。ほら、ベルが鳴ってるだろう」

　ポアロの忠実な召使いのジョージが、ドアを開けて取り次ぐ。

「ミス・ブレンダーリースがお見えになりました」

　女は例によって例のごとく、自信たっぷりな様子で入ってきた。そして二人に挨拶する。

「どうも、わざわざおいでていただいて……」とポアロ。「どうぞここにお掛けください。それからジャップ、きみはここがいいだろう……ちょっとあなたたちに話しておきたいことがあったもんだからね」

　女は腰をおろす。帽子をちょっと横へ押しやるようにして、二人を代わる代わる見る。

それから帽子をとって、いらいらした様子でそばに置いた。

「あのう、ユースタス少佐が逮捕されたんですね」

「朝刊でご覧になったんでしょう？」

「ええ」

「いまのところは微罪で勾留されてるんですがね」とポアロは続ける。「その間に今度の殺人事件に関する証拠固めをしてるわけです」

「じゃ、やっぱり他殺だったんですね？」

女は熱心な口調で訊く。

ポアロはうなずいた。

「そうです。他殺です。一人の人間が他の人間の手で故意に殺されたんですからね」

女はちょっと身震いをした。

「やめてください」とつぶやくようにいう。「あなたがそういうふうにおっしゃると、恐ろしくて」

「いやあ……しかし、ほんとに恐ろしいことですな！」

彼はちょっと口をつぐんでから、また話しはじめる。「ところで、プレンダーリースさん。これからわたしが真相をつきとめた次第をお話ししようと思うんですがね」

彼女はポアロからジャップへと目を移す。ジャップは微笑している。

「彼には彼のやり方がありますからね、プレンダーリースさん」とジャップ。「ま、話してもらいましょう。傾聴することにしましょう」

ポアロは話しはじめる――

「マドモアゼル。ご存じのように、わたしはこの友人と、十一月六日の朝、事件の現場に行きました。わたしたちはアレン夫人の死体が発見された部屋に入りましたが、わたしにはいくつかの重要なものが、すぐ目につきました。あの部屋には、どう見ても腑に落ちないことがいくつかあったのです」

「つづけてください」と女。

「まず第一に、タバコの煙のにおいです」

「どうもあんたのいうことは大げさだよ、ポアロ」とジャップ。「においなんかしてなかったよ」

ポアロはジロッと彼を見た。

「なるほど。きみはタバコのむっとするにおいは嗅がなかった。ぼくだってそうさ。しかし、それがおかしい……じつにおかしいんだ……だって、ドアも窓もきっちり閉まっていたし、灰皿には十本くらいもタバコの吸い殻が入ってたんだからね。部屋にタバコのにおいがするはずなのに……そうじゃなくて、まったくさわやかだったんだからおかしいじゃないか……すこぶるおかしいだろう」

「また始まった！」ジャップは溜め息をつく。「いつだって、そういう持って回ったい方をするんだから」

「きみの崇拝するシャーロック・ホームズだってそうだったじゃないか。いいかね、彼は夜の妙な犬の事件に人の注意を向ける……そしてその結果がどうかといえば、妙な事件でも何でもない。犬は夜、なにもしやしなかったんだ。ま、先を話そう……

次にぼくの注意を惹いたのは、被害者が着けていた腕時計だった」

「それがどうしたんだね？」

「べつにどうってことはないが、右の手首にはめてあった。ところでぼくの経験じゃ、時計は左の手首にはめてるほうが多い」

ジャップは肩をすくめた。彼が口を開けないうちに、ポアロは急いで話をつづける。

「しかし、これもきみがいうように、べつにこれといったことはない。右手に時計をはめるのが好きな人だっているからね。ところで、こいつはほんとにおもしろいんだが……わたしは書き物机のところに行ってみた」

「うん、それはぼくもおぼえてるよ」とジャップ。

「こいつがまたほんとに妙なんだ……いや、まさに驚くばかりにな！　その理由は二つある。第一の理由は、その机の上からなくなったものがあったことだ」

ジェーンが口をきいた──

「何がなくなってたんですの？」

ポアロは彼女のほうを向く。

「吸取紙が一枚ですよ、マドモアゼル。吸取器には、きれいな、一度も使ったことのない吸取紙がつけてありました」

ジェーンは肩をすくめた。

「そりゃあ、ポアロさん。誰だって、さんざん使った吸取紙はときどき破り棄てるじゃありませんか！」

「そりゃそうです。しかし、それをどうするでしょう？　紙くず籠に放りこむでしょう？　ところが、あの部屋の紙くず籠にはありませんでした。わたしは調べたんです」

ジェーンはじれったそうにしている。

「くず籠の中のものは、すでに前の日に棄てられていたからかもしれないでしょう。吸取紙がきれいだったのは、バーバラがその日は一度も手紙を書かなかったからですわ」

「それはいただけませんな、マドモアゼル。その夕方、アレン夫人がポストへ手紙を出しに行くのを見た者がいるんですからね。だから手紙は書いたにちがいありません。階下《した》では書けませんね……道具がないのですから。あなたの部屋へ手紙を書きに行くということも、まず考えられません。すると、手紙に当てた吸取紙はどうしたんでしょう？　なるほど、ときにはくず籠でなく、火の中へ放りこむこともありますが、あの部屋にはガス・ストーヴしかありません。それに階下の暖炉は、あなたがおっしゃったように、火を焚きつけるばかりになっていたところを見ると、前の日は火が焚かれなかったことになります」

彼はここでちょっと息をついた。

「いささか妙な問題です。わたしはくず籠も、ごみ箱も、そこらじゅう全部調べましたが、使った吸取紙は見つかりませんでした……で、これはすこぶる重大なことだという気がしたのです。誰かがわざとその吸取紙を取っていったように思われました。なぜでしょう？　それに字が写っていて、鏡に映せば簡単に読みとれるからです。

しかし、机には、もう一つ妙な点がありました。ジャップ、机の上がどうなっていたか、きみも少しはおぼえてるだろう？　真ん中に吸取器とインク・スタンド。左にペン皿。右手にカレンダーと鵞ペン。どうだ？　おぼえがないかね？　思い出してみたまえ。エ・ビアン《エ・ビアン》ぼくは鵞ペンを調べてみたが、これは飾りでね……使った形跡はなかった。やれやれ！

まだ思い出せないんだな？　もう一度いおう。吸取器が真ん中で、ペン皿が左……左手にだよ、ジャップ。しかしだ。ペン皿は右手で使いやすいように、右側にあるのが普通じゃないか？

うん、やっと思い出したようだね？　左にペン皿……右の手首に腕時計……吸取紙ははずされ……何かほかの物が持ちこまれている……タバコの吸い殼の入った灰皿だ。あの部屋は何のにおいもなく新鮮でさわやかだったろう、ジャップ……窓は一晩中閉めずにおいてあったんだ……そこで、わたしは一つの推理を立ててみた」

彼はくるっとジェーンのほうに向き直る。

「あなたに対する推理をね、マドモアゼル……タクシーでやってくる。料金を払うと、階段を駆け上がって、たとえば、〝バーバラ〟って呼ぶとする……そこでドアを開けて見ると、お友だちがピストルを握ったまま倒れて死んでいる……彼女は左利きだから、ピストルを握っているのは、もちろん左手です……したがって、弾丸《たま》も頭の左側に射ちこまれている。あなた宛ての書き置きがある。そこには彼女が、我と我が命を絶つにいたったいきさつが記されている。きっと胸を打たれる文句だったろうと思います……若くて、優しく、不幸な女が、脅迫されて死に追いやられるなんて……

書き置きを見たとたんに、あなたは考えただろうと思いますね。これはある男のせいだと。よし、そいつに思い知らせてやろう……いやというほど思い知らせてやろう！　そこでピストルを取ってきれいに拭くと、それを右手に持ち換えさせる。書き置きを手に持ち、それを書いたときにインクを吸いとった吸取紙を吸取器からちぎりとる。階下におりて暖炉に火を入れ、書き置きも吸取紙も焼いてしまう。それから灰皿を二階へ持っていく……そればかりでなく、床に落ちていたエナメルのカフス・ボタンのかけらも持っていく。このかけらは何よりの発見で、犯罪のきめ手になるだろうとあなたは考える。それから窓を閉め、ドアに鍵をかける。あなたが部屋に手をつけたと思われてはまずい。そのままを警官に見せなくちゃならない……そこで厩舎街《ミューズ》の連中の助けはもとめずに、いきなり警察に電話をかける。

そして事は予定どおりに運んだ。あなたはよく考えて、冷静に自分の役を演じる。はじめのうちは利口に、自殺説ばかり主張する。そしてあとでは、警察がユースタス少佐を調べることに乗り気になってみせる。

そうです、マドモアゼル。利口でした……いや、すこぶる利口な殺人でした……ほんとにそうなんですからね。ユースタス少佐に対する計画的な殺人ですよ」

ジェーン・プレンダーリースはいきなり立ち上がる。

「殺人じゃありません……当然の報いです。あの男が、かわいそうにバーバラを追いつめて死なせたんです！　あんなに優しくて身寄りのない人を。かわいそうに、あの人ははじめてインドへ行ったとき、ある男に騙されたのです。やっと十七で……相手はずっと年上で、妻もある男でした。やがて赤ちゃんができました。子供をホームに預けることもできたのに、彼女は聞き入れませんでした。どこか辺鄙なところへ行って、帰ってくるとアレン夫人と名乗るようになりました。ここにきてからチャールズと恋に落ちたのです……あの威張りくさったいやらしい男と。彼女は彼に夢中でした……そして、彼女が熱をあげたので彼は悦に入ってました。あんな男でなかったら、わたしも彼女に何もかも話してしまうように勧めたでしょう。でも、あんな男ですから、黙っているように忠告したのです。だって、そのことについては、わたし以外誰も知らなかったんですから。

ところが、そこへユースタス少佐のやつが現われたんです！　あとはあなたもご存じです。彼は計画的に彼女を苦しめだしたんですが、彼女はあの晩になってはじめて、自分のためにチャールズまでが悪い噂を立てられそうになってることに気づいたのです。チャールズと結婚したとなれば、もうあとはユースタスの思うつぼです……ちょっとした評判でも気にする金持ちと結婚するわけですからね！　ユースタスが彼女の用意しておいた金を握って帰ったあと、彼女はそのことで考えこみました。それから二階に上がって、わたしに書き置きを書いたのです。チャールズを愛していて、彼なしには生きていけないが、彼のために自分は結婚してはならないのだと書いてありました。自分は一番いい方法をとる、とも書いてありました」

ジェーンはきっと顔を起こした。

「これでもまだ、あなたはわたしのいうことを疑いますか？　これでもまだそうして、これは殺人だとおっしゃるんですか！」

「殺人だからですよ」ポアロの口調はきびしい。「殺人が殺人でなく見えることもありますが、やっぱり殺人は殺人です。あなたは誠実で心のきれいなかたです……真実を見ることとですよ、マドモアゼル！　あなたのお友だちは生きる勇気がなくなったから、最後の手段として死んだのです。同情もできるし、お気の毒にも思います。しかし、事実はあくまでも事実です……その行為は彼女の行為であって……他人の行為ではないのです」

そこで彼はちょっと息をついた。

「ところで、あなたですがね？　あの男はいま勾留されていますが、いずれほかの罪で長い刑を申し渡されるでしょう。あなたはほんとうに、自分から進んで……そのう……つまり……一人の人間の一生を……いいですか、一生を……台なしにしてしまいたいのですか?」

彼女はまじまじと彼を見た。彼女の目は暗い。とつぜん彼女はつぶやくようにいった。

「いいえ。あなたのおっしゃるとおりです。わたしもそうしたくはございません……」

そういうと彼女はくるっと背を向けて、さっさと部屋を出て行った。玄関のドアがバタンと閉まった……


ジャップは長く——いやに長く口笛を吹いた。「なるほどなあ、参ったよ!」

ポアロは腰をおろしたまま、愛想のいい微笑をうかべている。そのまましばらく経ってから、やっと沈黙が破られた。ジャップがいう。

「自殺と見せた他殺じゃなくて、他殺らしく見せかけた自殺だったんだな!」

「うん。しかし、うまい手ぎわだったよ。ごく自然につくってあったからなあ」

だしぬけにジャップがいう——

「しかしアタッシェ・ケースは? あれはどうなんだ?」

「そりゃあきみ、前にもいったように、どうってことないよ」

「じゃ、なんだって……?」

「ゴルフのクラブさ。ゴルフのクラブだよ、ジャップ。あれは左利き用のクラブだったたのさ。ジェーン・プレンダーリースはクラブをウェントワースに置いてあった。あそこにあったのはバーバラ・アレンのクラブだったんだ。きみのいうように、ぼくたちが例の戸棚を開けたとき、あの女があわてたのも無理はない。計画が根こそぎだめになるかもしれなかったからね。しかし彼女は頭がいいからな。たちまち尻っぽをつかまれたことを感づいた。ぼくたちの気持ちをちゃんと見抜いたんだね。その場の思いつきで、最上策を講じた。何でもないものにぼくたちの注意をそらそうとした。アタッシェ・ケースのことを、こういったろう。〝それはわたしのです。……それはけさわたしが持って帰ったものです。ですから、何も入ってるはずがありません〟ってね。すると彼女の思惑どおり、きみはとんでもないほうへ調査の目を向けてしまった。翌日ゴルフのクラブを始末しに出かけたときも、それと同じ理由で、彼女はアタッシェ・ケースを利用した……ええっと……はごらかしにね」

「はぐらかしだろう。すると、ほんとの目的は……？」

「考えてみたまえ、きみ。ゴルフ・クラブのバッグを始末するのに、どこが一番いいと思う？　焼くわけにもいかないし、ごみ箱に棄てるわけにもいかない。放ったらかしにしておけば、きみの手に入るだろうしさ。ミス・プレンダーリースはゴルフ・コースへ持っていった。自分のバッグからアイアンを二本出すあいだ、それをクラブ・ハウスに置いておいて、それからキャディーを連れずに出かけた。きっと適当な間隔をおいては一本ずつクラブを折り、そいつをどこか深い茂みにでも放りこんだんだろう。そして最後にからのバッグを棄てる。万一、誰かがあちこちで折れたクラブを見つけたって、びっくりしたりしないよ。ゲーム中に腹立ちまぎれにクラブを全部へし折って棄てるやつだっているんだから。ゴルフって、実際そんなゲームだからね。

　しかし彼女は、そうした真似がとやかくいわれるもとになるかもしれないと思ったので、例の有効なはぐらかし……あのケースを……ちょっとこれ見よがしに湖へ放りこんだんだ。どうだね、君。これが〈アタッシェ・ケースの謎〉の正体さ」

　ジャップはしばらく黙ったまま友人の顔を見ていた。それから立ち上がって相手の肩を軽くたたくと、いきなり笑い出した。

「あんたにしちゃあ上出来だよ！　ほんとに、大したもんだ《ユー・テイク・ザ・ケイク》！　さ、飯でも食いに行こうか？」

「いいとも。しかし、ケーキはごめんだぜ。まず、マッシュルームのオムレツ、仔牛肉のホワイトシチューにグリーンピースのフランス風。それから……次は……ババ・オ・ロム（ラム酒に漬けた乾ブドウ入りのカステラ）といこう」

「あんたのお好きなように」とジャップはいった。

謎の盗難事件

The Incredible Theft

1

　給仕長がスフレを皿にとり分けているあいだ、メイフィールド卿は右隣に坐ったジュリア・キャリントン夫人のほうへ、馴れ馴れしく身体を寄せていた。客の応対にそつがないといわれているだけに、そうした評判を落とすまいとするメイフィールド卿の苦労も、並大抵ではなかった。独り者ではあったが、いつもご婦人連中には人気があった。

　ジュリア・キャリントン夫人というのは、四十歳で、背が高く、髪は黒くて朗らかな女だ。ひどく痩せてはいるが、それでも美人だった。手足がとくにほっそりしている。物腰は、たえず神経がピリピリしている女のくせで、衝動的でせかせかしている。

　丸テーブルをかこむ彼女の真向かいあたりに、彼女の夫の空軍中将ジョージ・キャリントン卿が坐っている。彼は最初、海軍に籍をおいていたので、いまでも海軍出らしいぶっきらぼうな生きのよさがある。彼はメイフィールド卿の左隣に坐っている美しいヴァンダリン夫人を笑いながらからかっている。

ヴァンダリン夫人はすばらしく美しい金髪だ。声にちょっとアメリカ訛りがあるが、大げさな抑揚がないので、けっこう耳ざわりはいい。

ジョージ・キャリントン卿の左は下院議員のマキャッタ夫人。彼女は住宅問題と児童福祉の権威だ。話しぶりは、話すというよりも、短い文句を吼え立てるというふうで、全体としての感じも、どことなくすさまじい。空軍中将が、右側に坐っている人のほうが話し相手にいいと思うのも、無理からぬことだろう。

マキャッタ夫人は時と場所の見さかいなく専門の話ばかりする女だが、いまも左隣のレジー・キャリントン青年を相手に、専門的なことを大声でひとくさりわめき立てている。

レジー・キャリントンは二十一歳だが、住宅問題や児童福祉にはいっこうに興味がなく、じつをいうと、政治問題にもまるきり無関心なのだ。「すごいですね」とか、「ぼくも絶対にそう思いますよ」とか相槌をうってはいるものの、まるきり上《うわ》の空だった。

レジー青年とその母親のあいだに、メイフィールド卿の秘書をしているカーライル氏がいる。鼻眼鏡をかけ、いかにもインテリらしい控え目な様子の青白い青年で、口数も少ないが、いつ何時どんな話にでも乗る身構えはできている。いまも、レジー・キャリントンが退屈であくびを噛み殺すのに苦心しているのを見ると、身を乗り出して、マキャッタ夫人の〝児童の適応性〟について、うまい質問をした。

テーブルの周囲の、やわらかな琥珀色の明かりの中を、給仕長と二人のボーイが料理を出したり、グラスにワインを注いでまわったりしている。メイフィールド卿は料理長に非常な高給を払い、ワインにかけてはなかなかの目利きという評判だった。

テーブルは丸テーブルだが、主人役が誰かということは一目でわかる。メイフィールド卿の坐っているところが、絶対に上席だった。大柄な男で、肩が張り、銀髪は濃く、大きく鼻筋が通り、顎がちょっと出っぱっている。似顔の描きやすい顔だ。チャールズ・マックローリン卿という肩書きの時代に、メイフィールド卿は、ある大土木建築会社の社長として政治面に顔を出したのだった。彼自身が一流の技術者だった。一年前に貴族に列せられたが、それと同時に、当時新設されたばかりだった兵器省の初代長官に任命された。

食後のデザートが出た。もう一渡り食後酒が回されていた。ジュリア夫人はヴァンダリン夫人に目配せして席を立つ。三人の女性は部屋を出て行った。

もう一度食後酒が注がれると、メイフィールド卿は気軽に雉《きじ》猟の話をはじめた。五分ばかり狩猟が話題になる。しばらくしてジョージ卿がいった。

「おまえはもう、客間の方々のところへ行ってもいいよ、レジー。メイフィールド卿もいいとおっしゃるだろうから」

青年は待ってましたとばかりに腰を上げた。

「ご馳走さまでした、メイフィールド卿。失礼いたします」

カーライル氏も呟くようにいう——

「よろしかったら、わたくしも失礼させていただきます、メイフィールド卿……覚え書きやその他の整理がございますので……」

メイフィールド卿はうなずく。二人の青年は部屋を出た。使用人たちはしばらく前に下がっていた。あとは兵器省長官と空軍の首脳だけだ。
一、二分して、キャリントンが口を開いた。
「どうだ……大丈夫かね？」

「絶対だ！　ヨーロッパのどの国にだって、この新型爆撃機に匹敵するものはありゃしないよ」

「断然速いんだろうな？　そこが狙いなんだが」

「空軍の花形さ」メイフィールド卿は断定的にいう。

ジョージ・キャリントン卿は深い溜め息をついた。

「時間の問題だよ！　な、チャールズ、きわどい仕事だったたな。ヨーロッパじゅう至るところに火薬は山ほどある。それなのに、こっちは残念ながら準備ができていなかった！　あぶない瀬戸際だったたな。しかし、どんなに生産を急いだって、まだ危機を脱したわけじゃない」

メイフィールド卿は呟くようにいう——

「しかしだよ、ジョージ。出足が遅れるのにも、いいとこがあるさ。ヨーロッパのやつは、ほとんどがもう旧式だからな……それに、どこもかも財政的に行きづまってるし」

「そいつはあまり問題にならんと思うな」ジョージの声は暗い。「あの国この国が財政的に行きづまってるってことを耳にするのは、いつものことだよ。そのくせ、どこの国だってちゃんとやっている。まったく、経済ってやつは、わたしにはわからんよ」

メイフィールド卿の目がちょっと光った。まったく、ジョージ・キャリントンという男は、こうしたじつに昔気質《かたぎ》のざっくばらんで正直一途なおやじなのだ。が、一部には、それは彼がわざと見せるポーズだという者もあった。

キャリントンは話題を変えると、いかにもさりげない口調で切り出した——

「なかなか魅力的な女性だな、ヴァンダリン夫人は……え？」

「きみは彼女がここで何をしていると思ってるんだね？」とメイフィールド卿。

彼の目はおもしろがっているふうだ。

キャリントンはちょっとどぎまぎした顔をする。

「そんな……そんなことはまったく」

「いや、わかってる。そうなんだ！　ごまかすなよ、ジョージ。きみはわたしが目下の相手じゃなかろうかと、半信半疑でそう思ってるんだ」

キャリントンはゆっくりいった――

「じつはな、わたしは彼女がここにきてるので、ちょっと妙だと思ったのさ……うん、わざわざ週末にな」

メイフィールド卿はうなずいた。

「死骸のあるところには、禿鷹《はげたか》が集まるからな。ここには立派な死体があるんだから。さしずめヴァンダリン夫人は、禿鷹第一号というところかもしれん」

空軍中将は取って付けたようにいう――

「ヴァンダリン夫人って、どういう女なんだね？」

メイフィールド卿は葉巻の先を切り取って、念入りに火をつけると、仰向いて、ゆっくり考え考え話しはじめた。

「わたしが知ってるわけがないだろう？　わたしが知ってるのはこれだけさ。彼女はアメリカ人で、夫は三人持った。イタリア人とドイツ人とロシア人だ。そしてその結果として、この三ヵ国に、いわゆるコネってやつをうまくつけたらしい。非常に高価な衣類を買ったりして、とても贅沢な生活をしてるが、そんなことのできる金の出所については、いくぶんあいまいなところがある」

キャリントンは顔をしかめると、呟くようにいった――

「きみのスパイたちも、のらくらしてたわけじゃないようだな、チャールズ」

「わたしの聞いたところではな」とメイフィールド卿はつづける。「魅力ある美人というほかに、ヴァンダリン夫人はなかなかの聞き上手で、いわゆるおしゃべりにおそろしく興味を見せているらしい。つまり、男は彼女に自分の仕事のことを洗いざらいしゃべって、自分が大いに女性にもてた気でいるわけだ。若い将校たちは彼女にもてようとして、もっと突っこんだことまで話し、あげくの果てに勤務上まずいことになったりしてる。ヴァンダリン夫人に限度以上の話をしたのさ。あの女の友人は、ほとんど全部といっていいくらい軍人だが……去年の冬はわが国第一級の軍需工場に近い郡で猟をしてね。猟なんかやる柄じゃない友人をいろいろとつくった。要するに、あの女は大いに役立つ人物だってことだ。誰の役に立つかってことは……」彼は葉巻で宙に輪を描いた。「ま、いわぬが花だよ。ヨーロッパのある強国の役に、とだけはいってもよかろう……それも一国だけじゃないってことだけはな」

キャリントンは深く息をついた。

「よく話してくれた、チャールズ」

「きみは、わたしがあの女の虜《とりこ》になってると思ってたんだろう？　なあ、ジョージ！　わたしみたいに用心深いおやじにかかっちゃ、あんな女の手の内は丸見えだよ。それに、あの女はみんなのいうほど若くはないんだ。きみんとこの若い空軍将校たちは、若い娘がおずわかってないんだろう。しかし、わたしは五十六だ。あと四年もしたら、若い娘がおずおずと初登場する社交パーティにしょっちゅう出入りする、いやらしい老人になるんだぜ」

「わたしはばかだったよ。しかし、ちょっと奇妙だったのでね……」とキャリントンが弁解がましく言う。

「防空問題を根こそぎ改革させることになるような発見を、きみと二人で相談しようという今夜みたいな内輪だけのパーティに、彼女が顔を出したのがおかしいと思ったんだろう？」

キャリントンはうなずく。

メイフィールド卿は微笑しながらいった――

「まさしくそれなんだよ。それがえさなのさ」

「えさ？」

「そうだろう、ジョージ。映画のせりふじゃないが、わたしたちはべつにあの女が目当てじゃない。狙いはほかにある！　あの女は以前許される以上の情報を握って逃げおおせた。が、用心深い……いやに用心深い。こっちにはあの女の腹がわかってる。しかし、はっきりした証拠がない。何か大きなものであの女を釣らなくちゃだめなんだ」

「その大きなものってのは、新型爆撃機の設計明細書のことだね？」

「そうだ。あの女に危い橋を渡ろうという気にさせるくらい大きなものでなくちゃだめさ……正体を現わすくらいに大きなやつでないとな。そしたら……ふんづかまえてやる！」

キャリントンは不満そうだった――

「うん、まあ、うまい戦法かもしらんが。あの女が危い橋を渡らなかったらどうする？」

「そうなりゃまずいがね」とメイフィールド卿。そして付け加えていう。「しかし、わたしはきっとあの女が……」

そういいかけて、立ち上がった。

「客間のご婦人方のところへ行こうか？　きみの奥さんのブリッジのお相手をしなくちゃならんからな」

キャリントン卿は不服そうだ。

「ジュリアはブリッジとくると、目がないからな。いつだって負けてばかりいるのに、下手の横好きってやつさ。わたしはあれにそういってるんだ。厄介なのは、あれが根っからのギャンブラーなんでね」

テーブルをまわってメイフィールド卿のそばにくると、彼はいった。

「さてと、きみの計画どおりに事が運ぶことを祈るよ、チャールズ」

2

客間では再三会話がだれ気味になっていた。ヴァンダリン夫人は女同士だけになると、いつも勝手が悪い。男性から非常に高く買われている男心をそそる魅惑的な物腰も、どういうわけか女性に対してはいっこうに効果がないのだ。ジュリア夫人はひどく親切な態度か、ひどく感じの悪い態度しかとれない女だ。この席では、ヴァンダリン夫人が気にくわなかったし、マキャッタ夫人にも退屈したが、そうした気持ちを彼女は隠そうとしなかった。会話はしぼみがちで、マキャッタ夫人がいなければ、途切れてしまいそうな有様だった。

マキャッタ夫人はひどく一途《いちず》な性分の女だ。彼女はヴァンダリン夫人をなんの役にも立たないへつらい型の女と見てとると、たちまち見向きもしなくなった。そして自分が音頭をとって近いうちに開こうとしている慈善の催しに、ジュリア夫人の興味を惹こうとしていた。ジュリア夫人はあくびを一つ二つ噛み殺して、生返事をすると、勝手に考えごとをはじめた。

――どうしてチャールズとジョージはこないんだろう？　この人たちったら、どうしてこうも退屈なんだろう……考えごとに耽れば耽るほど、彼女の受け答えはますますおざなりになっていた。

やっとチャールズたちが入ってきたときは、三人の女は黙って坐っているきりだった。

メイフィールド卿は頭の中で考えた。

――今夜ジュリアはご機嫌が斜めらしい。女ってやつは、どうしてこうも気分屋なんだろうな……

それから彼は大声でいう――

「一勝負いきましょうか……どうです？」

たちまちジュリアの顔が明るくなる。彼女にとっては、ブリッジだけが生甲斐なのだ。

そのとき、レジー・キャリントンが入ってきたので、メンバーは揃った。ジュリア夫人、ヴァンダリン夫人、ジョージ卿、そしてレジー青年が、トランプ用のテーブルにつく。メイフィールド卿は、厄介なマキャッタ夫人の相手を引き受けた。

三回勝負が二度すむと、ジョージ卿はマントルピースの置時計をわざとらしく見ていった――

「とてももう一度やる間《ま》はないな」

彼の妻はおもしろくなさそうな顔をする。

「まだ十一時十五分前じゃありませんか。もう一勝負だけなら」

「だめだよ、おまえ」ジョージ卿は機嫌よくいう。「とにかく、わたしはチャールズと二人でしなくちゃならない仕事があるんだから」

ヴァンダリン夫人がつぶやいた――

「とても大事なお仕事らしゅうございますこと！　あなたのように人の上に立たれるお偉い方には、しんからのんびりなさることがございませんのね」

「われわれには週四十八時間制なんてありませんからな」とジョージ卿。

ヴァンダリン夫人がまたつぶやくようにいった——

「じつはわたくし、自分が粗野なアメリカ人であることを恥ずかしく思ってるくらいなんですけど、一国の運命を支配するような方々にお会いしますと、ほんとにもう胸がわくわくするようで。あなたからご覧になれば、なまな見方とお思いでございましょうけど」

「いや、ヴァンダリン夫人。決してあなたを未熟だとか、粗野だとか思ってやしませんよ」

　彼は彼女の目をのぞくようにして微笑する。そういう声にちょっと皮肉な響きがあるのを、彼女は聞きもらさなかった。さりげなくレジーのほうを向くと、彼の目にやさしく笑いかけた。

「せっかくあなたと組んだのに、トランプがすんでしまって残念ですわね。あなたが切り札なし《ノー・トランプ》の宣言を四度もなさったのは、ほんとにお上手でしたわ」

　レジーは頬を赤らめながらも喜んでぶつぶついった——

「ちょっとしたまぐれですよ」

「いいえ、あなたの腕がよかったからですわ。相手の手の内を見抜いたからこそ、ああいう手が打てたのですもの。すばらしいと思いましたわ」

ジュリア夫人はいきなり立ち上がる。

――この女ったら、おべんちゃらばかりいって……彼女は思わず虫酸が走るような気がした。

だが、その目は、息子の上にとまるとなごやかになった。

――この子は本気にしている。かわいそうに。うれしそうな顔をして。疑うことを知らないんだから、純真なものだ。彼が面喰らうのも無理はない。何でも人のいうことをすぐ信用するんだから。ほんとにこの子は気立てが優しすぎる。ジョージは少しもそれがわかってない。男って、まったく冷たく割り切るんだから。自分だって若い時代があったのに、それを忘れてるのだ。ジョージはレジーに対して、あんまり厳しすぎるわ……

……

マキャッタ夫人はとっくに立ち上がっている。口々におやすみをいった。

三人の女は部屋を出た。メイフィールド卿はジョージ卿に一杯勧めると、自分も飲む。それから、入口に現われたカーライル氏へ目を上げた。

「ファイルと書類をみんな出して置いてくれよ、カーライル？　図面も印刷物も一緒にな。ジョージ卿とわたしもすぐ行くから。その前にちょっと外に出てみようか、ジョージ？　雨もやんでるようだから」

　カーライル氏は部屋を出ようとしたが、ヴァンダリン夫人にぶつかりそうになって、小声で失礼を詫びた。

　彼女は独りごとをつぶやきながら、彼らのほうへゆっくり近づいて行った――

「わたくしの本は……、お食事の前に読んでたんだけど……」

　レジーがすばやく行って本を取りあげる。

「これですか？　ソファの上にあったんですけど？」

「まあ、そうですわ。どうもありがとう」

　彼女は美しい微笑をうかべると、もう一度おやすみなさいをいって、部屋を出る。

　ジョージ卿はフレンチ・ウィンドーを一つ開けた。

「きれいな夜になったたな。散歩とはいい思いつきだよ」

　レジーがいった。

「では、おやすみなさい。ぼくはぼつぼつ休むことにしますから」

「おやすみ、レジー」とメイフィールド卿。

　レジーは夕方前から読みだしていた探偵小説の本を取りあげると、部屋を出た。

　メイフィールド卿とジョージ卿はテラスへ出て行く。

すっかり美しい夜になって、晴れた空には星が散りばめられていた。

ジョージ卿は深い息を一つつく。

「ふう！　あの女はやけに香水の匂いをさせるな」と彼はいう。

メイフィールド卿は笑った。

「とにかく、安香水じゃないよ。とびきり高いやつだろう」

ジョージ卿はしかめ面をする。

「それじゃ、ありがたいと思わなくちゃいかんわけか」

「まったくそのとおりさ。この世の中で安香水をぷんぷんさせる女くらい、いやなやつはないからね」

ジョージ卿は空を見上げる。

「いやにカラッとしちゃったな。食事中は雨の音が聞こえていたが」

二人は静かにテラスを散策する。

テラスは建物の幅だけつづいている。そこから下はなだらかな傾斜を描いていて、サセックス広野が一目で眺め渡せた。

ジョージ卿は葉巻に火をつけた。

「そこでその合金のことだがね……」と彼はいいはじめる。

話は専門的になった。

五度目にテラスの端までできかかったとき、メイフィールド卿が溜め息まじりにいった。

「うん、なるほど。さっそく取りかかったほうがよさそうだな」

「うん、やり甲斐のある仕事だよ」

二人が踵《きびす》を返した途端、メイフィールド卿がとつぜんびっくりしたような声をあげた。

「おい、あれを見たか？」

「何を？」ジョージ卿が訊いた。

「誰かがわたしの書斎の窓からテラスの向こうへ走っていくのが見えたような気がしたんだが」

「ばかな。何も見えやしなかったよ」

「ふーん、わたしには見えた……いや、見えたような気がしたがなあ」

「錯覚さ。わたしはまっすぐテラスを見ていたから、何かあれば見えたはずだよ。見えないものはほとんどないわけだ……そりゃ新聞なんかは、腕を伸ばさなくちゃ見えないけどさ」

メイフィールド卿はくすくす笑う。

「その点でわたしはきみに付けこむことができるね。わたしは眼鏡なしで楽に読めるよ」

「しかし、きみだって建物の向こう端にいる人間が、はっきり見定められるわけでもあるまい。それともきみの眼鏡はだて眼鏡かね？」

二人は笑いながらメイフィールド卿の書斎に入ったが、そこのフレンチ・ウィンドーは開いていた。

金庫のそばではカーライルが、ファイルの書類を整理している。

二人が入って行ったので彼は目を上げた。

「やあカーライル、用意はできたかね？」

「はい、書類は全部デスクにお載せしておきました」

カーライルのいうデスクは、窓に近い一隅に置いてあるマホガニー材の、どっしりした大きな書き物机だ。メイフィールド卿はそこへ行くと、置いてあるいろいろな書類を選り分けはじめる。

「いい晩になったね」とジョージ卿。

カーライルがそれに応じた——

「はあ、ほんとに。すてきな雨上がりでございますね」

それからファイルを片づけて訊いた——

「今晩はもうほかにご用はございませんでしょうか、メイフィールド卿？」

「うん、なさそうだよ、カーライル。これはみんなわたしが自分で片づける。遅くなるかもしれんから、もう休んでいいよ」

「ありがとうございます。では、おやすみなさい、メイフィールド卿。おやすみなさい、ジョージ卿」

「おやすみ、カーライル」

秘書が部屋を出ようとしかけたとき、メイフィールド卿がするどい声で呼んだ。

「ちょっと、カーライル。きみはいちばん大事なやつを出し忘れとるぞ」

「なんでございましょうか？」

「爆撃機の本物の設計図だよ、きみ」

秘書は目を丸くする。

「いちばん上に載っておりますが」

「そんなものはないよ」

「でも、ちゃんとそこに置いたのでございますが」

「自分で探してみてくれ、きみ」

青年は当惑しながらもどってくると、メイフィールド卿のいるデスクのそばへ行く。

卿はいくぶんいらいらした様子で、書類の山を指さした。カーライルは書類をかき分けて調べていたが、当惑の表情はいよいよひどくなる。

「見ろ、ないだろう」

秘書はどもりながらいう——

「し……しかし、とても信じられません。わたくしは三分足らず前に置いたのでございますが」

メイフィールド卿は機嫌よくいった——

「きみの勘ちがいで、まだ金庫に入っとるにちがいないよ」

「わけがわかりません！……ちゃんとまちがいなくここに置いたのでございますから」

メイフィールド卿は彼の横をすり抜けるようにして、開いたままの金庫へ向かった。ジョージ卿も行った。二、三分もしないうちに、爆撃機の設計書類がそこにないことがわかった。

三人は頭が混乱して、信じられない思いでデスクにもどると、もういちど書類をひっくり返して探した。

「何てことだ、なくなってるじゃないか！」とメイフィールド卿。

カーライルは叫ぶようにいう——

「しかし、そんなはずはないのです！」

「この部屋に誰がいた？」メイフィールド卿は叩きつけるようにいう。

「誰も。全然どなたも」

「いいか、カーライル、あの設計図が宙に消えるなんてはずはないんだぞ。誰かが持ってったんだ。ヴァンダリン夫人はここにいなかったか？」

「ヴァンダリン夫人がでございますか？　いいえ、いらっしゃいません」

「それはそうだろうな」とキャリントンはいって、クンクン空気の匂いを嗅いでみせる。「いたら、すぐに匂いでわかるはずだ。彼女のあの匂いでな」

「どなたもいらっしゃいませんでした。さっぱりわけがわかりません」とカーライルはいい張る。

「いいか、カーライル」とメイフィールド卿。「しっかりしなくちゃだめだぞ。わたしたちはこれを徹底的に調べてみなくちゃならんのだから。あの設計図が金庫に入ってたことは、まちがいないんだな？」

「絶対にまちがいございません」

「ほんとに見たんだね？　ほかの書類と一緒にあったような気がするだけじゃあるまいな？」

「いいえ、決して。ちゃんとこの目で見まして、デスクのほかの書類のいちばん上に置いたのでございます」

「で、そのあとは、きみのいうように、誰もこの部屋にはこなかった。きみはこの部屋を出たかね？」

「いいえ……少なくとも……いや、出ました」

「えっ！」ジョージ卿が叫んだ。「それでだんだんわかってきたぞ！」

メイフィールド卿はするどい口調でいう。

「いったいなんだって……」そう言いかけたとき、カーライルがさえぎった。

「メイフィールド卿、普通なら、大事な書類が置いてあるのでございますから、もちろん部屋を出るなんて思いもよりませんが、女の悲鳴が聞こえたものでございますから——

——」

「女の悲鳴が？」メイフィールド卿はびっくりした声でいう。

「はい。とても口では申し上げられないほどびっくりいたしました。それが聞こえましたのは、ちょうど書類をデスクの上に置いているときでございましたが、わたくしはすぐホールへ駆け出しました」

「誰が悲鳴を上げたのだ？」

「ヴァンダリン夫人のフランス人のメイドでございました。階段の途中にまっ青な顔をして突っ立ったまま、身体じゅうを震わせておりました。幽霊を見たと申すのでございます」

「幽霊を見た？」

「はい。まっ白な着物をきた背の高い女で、音一つ立てないで宙に浮いていたんだそうです」

「なんてばかげた話だ！」

「はい、メイフィールド卿、わたくしもそう申したのでございます。そういえば、彼女もだいぶ恥ずかしそうにしておりました。で、彼女は二階へ、わたくしはここへ戻ってきたのでございます」

「それはどれくらい前のことだ？」

「あなたさまとジョージ卿が入っていらっしゃるほんの一、二分前のことでございました」

「で、きみが部屋を出ていたのは……どれくらいのあいだだったんだ？」

秘書は考えていた。

「二分……せいぜい三分でございましょう」

「それだけありゃ充分だ」メイフィールド卿はうめくようにいう。そして、だしぬけに友人の腕をぐいっとつかんだ――

「ジョージ。わたしの見たあの影だよ……この窓からこっそり出て行った……。あれだよ！　カーライルが部屋を出るとすぐ忍びこんで、設計図を盗んで逃げたんだ」

「汚い真似をするなあ！」とジョージ卿。

それから友人の腕をつかんだ――

「おい、チャールズ。こいつはおおごとだぞ。いったいどうすればいい？」

3

「とにかく調べさせようじゃないか、チャールズ」

それは一時間後のことだった。二人はメイフィールド卿の書斎にいた。さっきからジョージ卿は、友人に何かてを打たそうとして口説きづめだったのだ。

メイフィールド卿もはじめのうちはすこぶる乗り気ではなかったが、だんだんジョージ卿の意見に反対しなくなった。

ジョージ卿はつづけた――

「あんまり強情を張るなよ、チャールズ」

メイフィールド卿の口は重い。

「なんだってどこの馬の骨かわからん外国人を引っぱりこむんだ？」

「しかし、わたしはその男のことをよく知ってるんだ。あれは驚嘆すべき男だよ」

「ふむ」

「いいかね、チャールズ。いまがチャンスだよ！　この事件は何よりも慎重が第一だ。もし漏れたりしたら……」

「漏れたら最後だっていうんだな！」

「とはかぎらんがね。このエルキュール・ポアロって男が……」

「ここにやってきて、奇術師が帽子から兎を出すみたいに設計図を出してくれるっていうんだろう？」

「彼なら真相はつかむさ。なにより、われわれが知りたいのは真相だからな。いいかね、チャールズ、その責任はわたしが負う」

メイフィールド卿は重い口調でいった――

「うん、いいだろう。きみのやりたいようにやるがいい。だが、その男にやれるかどうか、わたしは疑問だな……」

　ジョージ卿は受話器をとりあげた。

「彼に電話するよ……いますぐ」

「もう寝てるだろう」

「起きてもらうよ。急がなくちゃ、チャールズ。あの女が書類を持って逃げたらまずいだろうが」

「ヴァンダリン夫人がだろう？」

「そうさ。きみだって、あの女が黒幕だと思ってるんだろう？」

「うん、まちがいない。あの女はわたしに、やる気まんまんで仕返しをしてきた。なあ、ジョージ、わたしは利口すぎる女は苦手でな。どうも気にくわん。いや、ほんとうさ。あの女は尻っぽを出すまいが、わたしたちは二人ともあの女が主謀者ってことはわかってるんだ」

「女は魔物だよ」ジョージ卿も感情をこめていう。

「いまいましいが、まるきり尻っぽがつかめん！　あの女がメイドにひと芝居打たせたんだし、外へこそこそ逃げ出して行った男は共犯者にちがいないんだが、残念ながらそれを証明できない」

「エルキュール・ポアロならできるかもしれんよ」

だしぬけにメイフィールド卿が笑いだした。

「やれやれ、ジョージ、きみは図抜けたイギリス人気質で、頭もずいぶんいいが、フランス人を信用するとは思わなかったな」

「彼はフランス人なんかじゃない、ベルギー人さ」ジョージ卿はちょっとばつが悪そうにいう。

「そうか、ベルギー人まで引っぱり出したのか。ま、せいぜいやらせてみるがいいさ。わたしたちとどっこいどっこいだと思うがね」

それには答えずに、ジョージ卿は電話へ手を伸ばした。

4

エルキュール・ポアロは目をちょっとしょぼつかせながら、見比べるように二人を見た。目立たぬようにあくびを噛み殺している。

午前二時半。寝ているところを起こされた彼は、大型のロールス・ロイスに乗って闇を突っ走ってきた。そしていまちょうど二人の話を聞き終わったところなのだ。

「そういう次第でしてな、ポアロさん」とメイフィールド卿がいう。

彼は椅子の背にもたれて、ゆっくり片眼鏡をかけた。眼鏡の奥から、鋭い薄青い目がジッとポアロを観察する。その目は鋭いばかりでなく、不信の色をありありとうかべている。ポアロはジョージ・キャリントン卿にチラッと目を向けた。

こっちは子供みたいに頼りきった顔で、身体を乗り出すようにしている。

ポアロはゆっくりと口を開いた——

「情況はわかりました。メイドが悲鳴を上げた。秘書が部屋から出る。誰かわからないが、それを狙っていたやつが入ってくる。設計図はそこのデスクの上に載っていた。そいつは書類を鷲づかみにして逃げる。情況は……なかなかよくできてますな」

最後の言葉の言い方が、メイフィールド卿の気にかかった。彼がちょっと上体を起こして居ずまいを直したので、片眼鏡がはずれる。急に乗り気になったふうだ。

「というと、ポアロさん？」

「いえ、メイフィールド卿。情況がなかなかよくできてると申したんですよ……泥棒にとって。それはそうと、あなたがごらんになったのが男だったというのは、まちがいありませんね？」

メイフィールド卿は首を横にふった。

「そうとは言いきれません。ほんの……影だったんですから。じつは、見たのかどうかも自信がないのでしてな」

ポアロは視線を空軍中将に移した。

「で、あなたは、ジョージ卿？　男だったか女だったか、いかがでしょう？」

「わたしは誰も見てないんでね」

ポアロは思案顔でうなずく。それからいきなり立ち上がると、書き物机のところに行く。

「設計図は絶対そこにはない」とメイフィールド卿。「わたしたち三人で六回は調べたんだから」

「三人で？　秘書のかたも一緒に？」

「ええ、カーライルです」

いきなり振り向いてポアロが訊いた。

「メイフィールド卿、あなたがデスクのところにいらっしゃったとき、どの書類がいちばん上に載ってましたか？」

メイフィールドはちょっとむずかしい顔をして、なんとか思い出そうとする。

「ええっと……そうそう、わが国の防空配置に関する概略図でした」

ポアロは器用にそれを選び出して、持ってきた。

「これですね、メイフィールド卿？」

メイフィールド卿はそれを手にとって、ざっと目を通す。

「ええ、これです」

ポアロはそれをジョージ卿に手渡す。

「あなたはこれがデスクの上に載ってるのにお気づきでしたか？」

ジョージ卿は受け取ると、目から遠く離して見ようとしたが、すぐに鼻眼鏡を出してかけた。

「ええ、そのとおりです。わたしもカーライルやメイフィールドと一緒に書類を調べましたからな。これがいちばん上に載ってましたよ」

ポアロは考え考えうなずく。そして書類をデスクの上にもどした。メイフィールドはちょっと当惑顔で彼を見ていた――

「ほかに何か問題になることがあったら……」

「ええ、たしかに問題になることが一つあります。カーライル。そう、カーライルが問題ですな！」

メイフィールド卿の顔色がちょっと変わる。

「ポアロさん、カーライルは疑う余地がありませんよ！　彼は九年間もわたしの秘書を務めております。わたしの秘密書類のいっさいを扱っておるし、その気になれば、あの書類や細かい設計図を、誰にも気づかれずに写しを取ることだってできたわけだからね」

「なるほど」とポアロ。「もし彼がやったのなら、盗まれたなんて下手な芝居を打つ必要はないわけですな」

「とにかく、わたしはカーライルは無実だと信じますな」とメイフィールド卿。「わたしが保証しますよ」

「カーライルは潔白です」とジョージ卿も声を荒らげていう。

ポアロは優雅な身ごなしで両手を広げた。

「すると、このヴァンダリン夫人というのが……彼女が絶対に怪しいんですね？」

「彼女がまず怪しいでしょうな」とジョージ卿。

メイフィールド卿はジョージ卿よりも分別くさい口ぶりでいった——

「ポアロさん、ヴァンダリン夫人の……そのう……行動については、疑わしい点はあるまいとは思いますがね。外務省にお訊きになれば、もっと詳しくわかるでしょう」

「そしてメイドもその女主人と同様だとお考えなのですね？」

「そうに決まってる」とジョージ卿。

「どうもこれがもっともらしい芝居をやってみせたような気もするにはするんだが」メイフィールド卿の口調は一段と慎重だ。

しばらく沈黙がつづいた。ポアロは溜め息をついて、右手でテーブルの上のものを一つ二つぼんやり置き直したりしている。しばらくしていった――

「ここにある書類は金になると思いますが？　つまり、盗まれた書類は莫大な値打ちがあるのでしょうね？」

「出すべきところに出せば……そうなりますな」

「たとえば？」

ジョージ卿がヨーロッパの二大強国の名を挙げる。

ポアロはうなずいた。

「値打ちがあるということは、いずれみんなに知られていたのでしょうね？」

「ヴァンダリン夫人はちゃんとわかっていたでしょう」

「みんなに、と申しあげたんですが？」

「たぶん、そうでしょう」

「ちょっとでも目のある者なら、あの設計図がどれくらいの金になるかわかるとおっしゃるんですね？」

「そうです。しかしポアロさん……」メイフィールド卿はちょっと不愉快そうな顔を向けた。

ポアロは手を挙げて、それを抑えた。

「ま、わたしはいわゆる石橋をたたいて渡る式に調べますので……」

いきなり彼は立ち上がると、さっさとフレンチ・ウィンドーから出て、テラスのはしの芝生を懐中電灯で調べはじめた。

ほかの二人はその様子を黙って見ている。

彼はもどってきて腰をおろした――

「ところで、メイフィールド卿。この泥棒をですな……その影のようにこっそり逃げて行ったやつを、あなたは追わなかったんですね？」

メイフィールド卿は肩をすくめた。

「庭の奥から大通りに出られますからな。そこに車でも置いてあれば、たちまち逃げ失せてしまうでしょうし……」

「しかし、警察や……自動車協会のパトロール・カーだってあるんですから……」

ジョージ卿がさえぎっていう――

「いや、ポアロさん、あなたは忘れていらっしゃる。これは公《おおやけ》にしたくないんですよ。もしこの設計図の盗まれたことが世間に知れてごらんなさい。わが党にとってゆゆしいことになりますからなあ」

「ああ、なるほど」とポアロ。「政治的な面も考慮に入れなければなりませんな。秘密が守られないと具合が悪い。そこで、わたしが呼ばれたというわけですな。はあ、なるほど。まあ、これは比較的簡単でしょう」

「というと、うまくいきそうなんですね、ポアロさん?」とメイフィールド卿はいったが、ちょっと半信半疑の様子だ。

ポアロは肩をすくめてみせた。

「無理だとおっしゃるのですか? 筋道を立てて……よく考えてみれば何でもありませんよ」

彼はちょっと口をつぐんでから、また話しだした。

「ところで、ちょっとカーライルさんと話してみたいのですが」

「いいですとも」メイフィールド卿は立ち上がる。「待ってるようにいってありますから。どこかその辺にいるでしょう」

彼は部屋を出て行った。

ポアロはジョージ卿のほうを見た――

「ところで《エ・ビアン》、そのテラスにいた男を、あなたはどうお思いです？」

「ポアロさん、わたしに訊いたってだめですよ！　わたしはその男を見なかったんだから、どうこういえません」

ポアロは身体を乗り出す。

「それはさっきお聞きしました。わたしがお訊きしてるのは、そういうことじゃありません」

「というと？」ジョージ卿はびっくりしたように訊く。

「どういったらいいでしょうな？　あなたがそれを信じていらっしゃらないこと、これがなかなか意味深長なんでしてね」

ジョージ卿は何かいいかけたが、すぐにやめた。

「いや、そうなんです」ポアロははげますようにいう。「いいですか。あなた方は二人ともテラスの端にいらっしゃった。メイフィールド卿は窓から芝生を越えて逃げていく人影を見ている。それがどうしてあなたには見えなかったんでしょう？」

ジョージ卿はまじまじと彼を見つめる。

「いいところに気がつきましたな、ポアロさん。さっきからその点で、わたしも考えあぐんでいたのです。ええ、わたしは絶対にこの窓から出たものはないと信じてます。メイフィールドの気のせいだと思うんです……木の枝がゆれるか……ま、そういったものだったんだろう。ところがここに入ってきてみると、盗難があったもんだから、メイフィールドのいうのが本当で、わたしのほうがまちがってるような具合になった。しかし……」

ポアロは微笑する。

「しかしあなたは、胸の奥では、やっぱりご自分の目を……見なかったということですが……信じてらっしゃるのでしょう？」

「そうなんですよ、ポアロさん」

ポアロはふとまた微笑をうかべる。

「いや、あなたはほんとにしっかりしていらっしゃる」

ジョージ卿は鋭い口調でいう――

「芝生の端のほうに足跡はなかったんでしょうな？」

ポアロはうなずく。

「一つも。メイフィールド卿ですが、彼は人影を見たような気がしたのでしょう。そこへもってきて盗難があったもんですから、信じてしまったのです……いや、確信してしまったのですな。もはや気のせいじゃなく……ほんとに見たということになったわけです。が、じつはそうじゃありません。わたしとしては、足跡などには重きを置いておりませんが、何もないよりはましで、消極的な証拠にはなります。芝生には、、、、足跡なしです。今晩は宵のうち、ひどい降りでしたからね。もしテラスから芝生に下りたのなら、足跡がついたはずです」

ジョージ卿は視線をそらさずにいう。「しかし、そうなると……そうなると……」

「この建物……つまり、内部の者ってことになりますね」

ドアが開いて、メイフィールド卿がカーライル氏を連れて入ってきたので、彼は話をやめた。

秘書はまだひどく青ざめて心配顔だったが、いくぶん落ち着きをとりもどしている。鼻眼鏡を直しながら腰かけると、問いかけるような目でポアロを見た。

「悲鳴が聞こえたのは、この部屋にきてどれくらい経ってからでした、ムッシュー？」

カーライルは考える。

「五分ないし十分くらいだと思います」

「そしてそれまでには、仕事の邪魔になるようなことはなかったのですね？」

「はい」

「パーティに出た人たちは、宵のうちはほとんど一部屋にしかいなかったはずですが」

「そうです。客間でした」

ポアロは手帳をあけて見る。

「ジョージ・キャリントン夫妻に、マキャッタ夫人。ヴァンダリン夫人。レジー・キャリントン氏。メイフィールド卿に、あなたですね。まちがいありませんな？」

「わたしは客間にはいませんでした。宵のうちはほとんどここで仕事をしていましたから」

ポアロはメイフィールド卿のほうを向く。

「いちばん最初に二階の寝室へ引きとったのは、どなたでしたか？」

「ジュリア・キャリントン夫人だったと思います。いや、ほんとは、ご婦人方は三人とも一緒に出て行きましたな」

「そして次は？」

「カーライル君が入ってきたので、わたしとジョージ卿はちょっと散歩するから、書類を出しておくように言いつけました」

「そこでテラスを散歩なさることになったわけですね？」

「そうです」

「書斎で仕事をなさるといったようなことを何か、ヴァンダリン夫人の聞こえるところでおっしゃいましたか？」

「いったと思いますな、ええ」

「しかし、カーライルさんに書類を出せとおっしゃったときは、彼女は部屋にいなかったのでしょう？」

「ええ」

「失礼ですが、メイフィールド卿」とカーライル。「あなたさまがそうおっしゃったすぐあとで、わたしは部屋の入口で彼女にぶつかりました。彼女は本を取りにきたのでしたが」

「すると立ち聞きしたかもしれないと？」

「充分その可能性はあると思います、はい」

「本を取りにきたのですね」ポアロは考え考えいう。「本を見つけたのはあなたでしたか、メイフィールド卿？」

「はい、そしてレジーが彼女に渡しました」

「ははあ、なるほど。本を取りにもどってくるとは、あなたのおっしゃるとおり、なめてますな……いや、失礼、ふざけてますね。このても、時にはなかなか有効です」

「てだというんですな？」

ポアロは肩をすくめた。

「で、そのあと、お二人はテラスへ出て行かれたわけですが……ヴァンダリン夫人は？」

「彼女は本を持って部屋を出て行きました」

「そしてレジー青年も……彼も寝室に引きとったのですね？」

「ええ」

「そしてカーライルさんがここにきて、五分か十分すると悲鳴が聞こえた。その先をどうぞ、カーライルさん。あなたは悲鳴を聞きつけてホールへ行った。ああ、そうですね、もう一度そのときのようにやってみてくださると、わかりやすいかもしれないですね」

カーライル氏はいくぶんおずおずと立ち上がる。

「さあ、悲鳴を上げますよ」ポアロが促すようにいう。そして口をあけると、甲高い山羊の鳴き声のような声を出した。メイフィールド卿は顔をそむけて笑いを隠し、カーライル氏は不愉快きわまるといった顔をする。

「さ、歩いて！　前へ！　歩いて」とポアロは叫ぶ。「いまの悲鳴で始めるんです」

　カーライル氏はぎごちない足どりで入口へ行くと、ドアを開けて出て行く。そのあとからポアロが行き、ほかの二人もつづいた。

「ドアは閉めましたか？　開けっぱなしでしたか？」

「よくおぼえてませんが。きっと開けたままだったでしょう……」

「結構です。では先を」

　相変わらずぎごちない格好で、カーライル氏は階段の下まで行くと、立ちどまって上を見る。

「メイドが階段にいたということでしたね。どの辺ですか？」とポアロ。

「真ん中あたりでした」

「で、彼女は泡を食ってたんですね？」

「ええ、とてもひどく」

「それでは、わたしがメイドになりましょう」そういうと、ポアロはさっさと階段を駆けのぼる。「この辺ですか？」

「もう一、二段上です」

「ここ？」

　それからポアロはポーズをとる。

「いや……そのう……そういう格好じゃありません」

「というと？」

「ええと……両手を頭に当てていました」

「ほほう、両手を頭にね。そいつはおもしろい。こうですか？」ポアロは両腕を上げると、手を耳のすぐ上のあたりに当てる。

「ええ、そうです」

「なるほど！　それで、カーライルさん、彼女は美人なんでしょうね……そうでしょう？」

「じつのところあまり気がつきませんでした」

カーライルは感情を抑えた声でいう。

「ほう、気がつきませんでしたか？　しかし、あなたはお若いんですからね。若ければ、相手の女性が美人だと気がつくんじゃありませんか？」

「ほんとに、ポアロさん、何度いっても、わたしは気がつかなかったとしか申しあげられません」

カーライルは困ったような目を主人のほうに向けた。ジョージ卿は急にクスクス笑いだした。

「ポアロさんはきみを遊び人だと思ってるようだな、カーライル」

「わたしなら、相手が美人だと、すぐ気がつくがなあ」とポアロは階段を下りながらいう。

その言葉に対してカーライル氏は何も言わなかったが、感情はいくぶんとがったようだ。ポアロはつづけていう――

「で、それから彼女はあなたに、幽霊を見たといったんですね？」

「ええ」

「ほんとだと思いましたか？」

「いや、とんでもない！」

「あなたが幽霊を信じる信じないじゃありません。彼女が何か見たと本気で信じているようだったかどうか、と訊いてるんですがね？」

「いや、それはとてもわかりません。しかし、息をはずませて取り乱していたことは確かです」

「彼女の主人の姿を見るとか、声を聞くとかってことはなかったですか？」

「ええ、じつは見たんです。彼女は自分の部屋から上の廊下に出てきて、〝レオニー〟と呼びました」

「それから？」

「メイドは彼女のところへ駆け上がって行き、わたしは書斎にもどったのです」

「あなたがこの階段の下に立ってるあいだに、開け放したドアから、誰かが書斎に入ろうと思えば入れましたか？」

カーライルは首を横にふった。

「わたしのそばを通らなくては入れません。ご覧のように、書斎のドアは廊下の奥にあるのですから」

ポアロは思案顔でうなずいた。カーライル氏は慎重な、はきはきした口調で話しつづける。

「わたしから申しますと、メイフィールド卿が窓から逃げ出した泥棒の姿をご覧になられたことは、ほんとにありがたく思っております。でなければ、わたし自身がとてもいやな立場に置かれたはずですから」

「とんでもないよ、カーライル」メイフィールド卿がもどかしそうに口を入れる。「きみに疑いがかかるはずなんかないじゃないか」

「そうおっしゃってくださるのは、ほんとにありがたいのですが、メイフィールド卿、事実は事実で、わたしの立場がまずいことはよく承知しております。とにかく、わたしの所持品検査と、身体検査はしていただきたいと存じます」

「何をばかな」とメイフィールド卿。

ポアロは呟くようにいった。

「ほんとにそうお望みですか？」

「絶対にそうしていただきたいです」

ポアロは一、二分、何か考えているような目で彼を見たが、〃わかりました〃と呟くようにいった。

それからまた質問をつづける。

「書斎から見て、ヴァンダリン夫人の部屋はどの辺になりますか？」

「ちょうど真上になります」

「窓はテラスに面していますね？」

「はい」

もう一度ポアロはうなずいた。そして、いった。

「客間に行ってみましょう」

そこにくると、彼は部屋の中を歩きまわって、窓の戸締りを調べたり、ブリッジ用のテーブルに載っている得点表をちょっと見たりしたあとで、メイフィールド卿に話しかける。

「この事件は見かけよりも複雑ですな。しかし、はっきりわかっていることが一つだけあります。盗まれた設計図はこの家から外に出ていないということです」

メイフィールド卿は彼を見つめた。

「しかしポアロさん、わたしが書斎から出て行くのを見た男は……」

「男などいません」

「しかしわたしは見たんだから……」

「メイフィールド卿、失礼ですが、それはあなたの気のせいです。木の枝の投げた影を見まちがえたのです。盗難があったので、錯覚をほんとだとお思いになったのも無理はございませんが」

「いや、ほんとにポアロさん、わたしは現にこの目で見たという証拠が……」

「いつでも目玉を交換してやるよ、きみ」とジョージ卿が口を出す。

「メイフィールド卿、はっきりその点を申しあげましょう。テラスから芝生へ行ったものは誰もいないのです」

まっ青になって、声をこわばらせながらカーライル氏がいった——

「そういうふうに、ポアロさんがおっしゃるとおりだとすると、疑いは当然わたしにかかってきます。盗み出せるのは、わたししかいないことになりますから」

メイフィールド卿がいきなり立ち上がった。

「ばかな。ポアロさんがどう考えようと、わたしは賛成できない。わたしは君の潔白を信じとるぞ、カーライル。実際、その証人にだってなってやる」

ポアロは小声でおだやかにいった——

「しかし、わたしはカーライル氏が怪しいとは、一言《ひとこと》も申しあげてはおりませんよ」

カーライル氏が答えていった——

「おっしゃってはいませんが、わたし以外の者に盗みをする機会はなかったと、はっきりおっしゃってるようなものじゃありませんか」

「ちがう《デュ・トゥ》！　とんでもありません《デュ・トゥ》よ！」

「しかし、さっきも申しましたように、ホールにいるわたしのそばを通って書斎に入った者は、誰もいなかったのですから」

「なるほど。しかし、書斎の窓から入りこんだ者がいるかもしれませんよ」

「しかし、そんなことはないって、たったいまおっしゃったばかりじゃありませんか？」

「外部からきて、芝生に足跡を残さずに出て行った者はない、といったのです。外へ出ずにうまくやったんでしょう。この部屋の窓から出て、テラスを通って書斎の窓から忍び込み、もう一度ここに引き返すことはできたはずですからね」

カーライルは反対した。

「しかしテラスには、メイフィールド卿とジョージ卿のお二人がいらっしゃったんですよ」

「なるほどお二人はテラスにおられた。が、歩いていたのですからね。ジョージ・キャリントン卿のお目は、最も信頼できるものと考えます」ポアロはちょっと頭を下げる。

「が、背中に目はありませんからな！　書斎の窓はテラスの左はしにあって、この部屋の窓がそれにつづいています。しかし、テラスは右手へ、一つ、二つ、三つ……たぶん四部屋分くらいつづいてるんじゃないでしょうか？」

「食堂に、撞球室《ビリヤード》に、居間に、書庫です」とメイフィールド卿。

「ところで、あなた方は何度くらいテラスを往復なさいました？」

「少なくとも五、六度はね」

「それご覧なさい。泥棒はうまいチャンスを狙いさえすればいいんだから、わけはありませんよ！」

カーライルがゆっくりとした口調でいった——

「すると、わたしがホールでフランス人の女と話していたとき、泥棒は客間で待っていたとおっしゃるのですか？」

「そうじゃないかと思うんです。もちろん、じゃないかと思うだけですがね」

「そいつはあまり当てにならんな。危険すぎるじゃないか」とメイフィールド卿。

空軍中将がそれに異議をとなえる——

「わたしはそうは思わんよ、チャールズ。その可能性は充分ある。わたし自身、それを思いつくだけの機転の利かなかったのが不思議なくらいだ」

「それならおわかりでしょう」とポアロ。「設計図はまだ屋内にある、とわたしの信じるわけが。問題はそれを見つけ出すことです」

ジョージ卿は鼻を鳴らして荒々しくいう——

「そいつはわけないじゃないか。全員の身体検査をすればいい」

メイフィールド卿は反対しようと口を開けかけたが、すかさずポアロがいった。

「いやいや、そう簡単にはまいりませんよ。どうせ設計図を盗んだ犯人は、調べられることくらい予期してるでしょうし、それが男にせよ女にせよ、自分の所持品の中から発見されないようにしてるでしょうからね。案外気づかぬところに隠してあると思いますよ」

「このだだっ広い家の中で宝探しをするってわけですか？」

ポアロは微笑する。

「いやいや、そんなご苦労をおねがいするまでのことはないでしょう。よく考えれば隠し場所か、でなければ、犯人が誰かくらいわかります。そのほうが手軽です。朝になったら、家じゅうの人にお会いしたいと思います。いまそんなことをするのは、あまり賢明ではないと思いますから」

メイフィールド卿はうなずいた——

「午前三時にみんなを叩き起こしたりしたら、説明が大変ですからな。とにかく、うまい口実をつけてやってくださいよ、ポアロさん。この問題は秘密にせにゃなりませんからな」

ポアロは軽く手をふった。

「エルキュール・ポアロにお任せください。わたしのつく嘘は、いつもじつにうまくて、立派に通るものばかりです。では、あした調査をいたします。ところで今夜はまずあなた、ジョージ卿とお話をして、次にあなた、メイフィールド卿とお話ししたいのですが……」

そういって、彼は二人に頭を下げた。

「というと……一人ずつですか？」

「そうです」

メイフィールド卿はちょっと不服そうに目を上げて、そしていった——

「いいですとも。じゃ、ジョージ卿とお残りください。ご用の節は書斎におりますから。来なさい、カーライル」

彼と秘書はうしろ手にドアを閉めて出て行く。

ジョージ卿は腰をおろすと、機械的にタバコに手をやる。それから当惑げな顔をポアロに向けた。

「いやどうも、さっぱりわたしにはわかりませんな」とゆっくりいう。

「簡単明瞭ですよ」ポアロはニコニコしながらいった——「ずばり、ヴァンダリン夫人ですよ！」

「ああ、それならわたしにもわかったような気がしますな。ヴァンダリン夫人ですか？」

「そうですとも。メイフィールド卿では、お訊きしたいこともお訊きしにくかったもので。どうしてヴァンダリン夫人が、とおっしゃるのですか？　この婦人はですよ、怪しい人物として有名ですからね。次に、どうして彼女がここにきたか？　これには三つの説明づけができます。第一に、メイフィールド卿がこの婦人に好意《パンシアン》をもっていること。ま、それでわたしも、あなたと二人だけでお話ししたかったわけです。彼を当惑させたくありませんからね。第二に、ヴァンダリン夫人がこの家の中のほかの誰かと親交があるのじゃないか、ということ」

「わたしは遠慮しておくよ！」ジョージ卿が苦笑しながらいう。

「そして、これが二つともはずれたとしても、倍も強く蒸し返される疑問があります。どうしてヴ、ヴァ、ヴァンダ、ダ、リ、リン夫人が？……ということです。ところで、うっすらとながら解答はわかったような気がします。理由があるからです。よりによってこういう時に彼女が居合わせたのは、ある特別な理由で……ぜひにとメイフィールド卿に所望されたからです。そうでしょう？」

ジョージ卿はうなずいた——

「そのとおりです。メイフィールド卿は年甲斐もなく、彼女の色香に迷ってましてな。彼女をここに呼んだのは、まったく別の理由でです。じつは……」

彼は食事の席で交わされた会話の一部始終を話して聞かせる。ポアロはじっと耳を傾けた。

「ほほう、それでよくわかりました。それにしても、あの婦人はずいぶんうまくあなた方お二人を不利な立場に追いこんだものですなあ！」

　ジョージ卿もこれはあっさり認めた。

　ポアロはちょっとおもしろそうに彼を見やってからいった――

「あなたは、この盗難事件の犯人が彼女だということを疑っていらっしゃらないようですね？……つまり、彼女が直接的に行動した、しないは別として、彼女が糸を引いたということを？」

　ジョージ卿は目を見張る。

「もちろんですとも！　九分九厘、疑う余地がありませんからな。だって、あの設計図を盗み出そうと考えるなんて、ほかに誰がいます？」

「なるほど！」ポアロはそういうと、椅子の背にもたれて天井を眺めた。「しかしジョージ卿、十五分ほど前には、あの書類は絶対に金になるものだということだったでしょう。紙幣とか、金貨とか、宝石とかいったような、はっきりした形でというわけではありませんが、とにかく莫大な金にはなるんでしょう。もしここに金に困っている人間がいるとしたら……」

　相手は鼻を鳴らして彼をさえぎる。

「今時そうでない人がいますか？　わたし自身そうだといったとしても、別にわたしが犯人だということにはなるまいと思いますがね」

彼は微笑した。ポアロも微笑を返すと小声でいった――

「そりゃそうですとも《メ・ウィ》、そうおっしゃっても、どうということはありません。だってジョージ卿、あなたはこの事件では申し分ないアリバイがありますからね」

「しかし、わたしはとても金に困ってますよ！」

ポアロは気の毒そうに頭をふる。

「ええ、確かに、あなたほどの地位の方なら、生活費もずいぶんかかりますからね。それにご子息もいちばん金のかかる年ごろですし……」

ジョージ卿はうめくような声をもらした。

「教育ってやつは厄介なもんで、その上に借金もかさむ。しかしねえ、あの子は悪い子じゃありませんよ」

ポアロは同情して耳を傾ける。空軍中将の積もりに積もった愚痴をさんざん聞かされた。若者たちの勇気と元気のなさ。子供を甘やかし放題に甘やかし、無条件に子供の味方をする母親たちのだらしなさ。女が一度とばくに耽ると身ぐるみはがれるまで深入りする愚かさなどを。ジョージ卿はそうしたことを一般的ないい方で話して、はっきり妻子を名指ししたわけではないが、持ち前の正直さで、そうした遠まわしないい方をしても、本心は丸見えだった。

　彼はふと口をつぐんだ。

「いや、どうも失礼。こんな夜の夜中に脱線話ばかりして……いや、もう朝か……お邪魔しましたな」

　彼はあくびを嚙みしめる。

「ジョージ卿、もうお休みになったらいかがでしょう。お陰さまでとても参考になりました」

「そうだな、休むとしようか。で、あなたはほんとにあの設計図が取りもどせると思ってるんですか？」

　ポアロは肩をすくめた。

「やってみます。取りもどせないとは思えませんからね」

「じゃ、わたしは引き取りましょう。おやすみ」

　彼は部屋を出た。

　ポアロは椅子に坐ったまま、じっと天井をにらんで考えこんだ。それから小さな手帳を取り出すと、ページをめくって、書いた——

ヴァンダリン夫人？
ジュリア・キャリントン夫人？
マキャッタ女史？
レジー・キャリントン？
カーライル氏？

その次に、こう書き加える――

ヴァンダリン夫人とレジー・キャリントン氏の二人？
ヴァンダリン夫人とジュリア夫人の二人？
ヴァンダリン夫人とカーライル氏の二人？

彼は不満そうに首をふりながら呟いた――「これじゃ簡単すぎるな《セ・プリュ・サンプル・ク・サ》」
それからまた少し書き加える――

メイフィールド卿は人影を見たのか？　もし見たのでなかったら、どうして見たといったのか？　ジョージ卿は何か見たのだろうか？　わたしが花壇を調べたあとで、何も見なかったと断言した。〈覚え書〉――メイフィールド卿は近視。眼鏡なしでものを読むことはできるが、部屋の向こうを見るには片眼鏡をかけなければだめ。ジョージ卿は遠視。従って、テラスの反対の端から見た場合は、メイフィールド卿の視力よりは彼の視力のほうが信頼できる。しかし、メイフィールド卿は、実際に何かを見たと強く主張し、友人が否定しても断乎としてゆずらない。

　カーライル氏ほど潔白に見える者が、ほかにいるか？　メイフィールド卿はカーライルの潔白を力説している。度がすぎるほどだ。なぜか？　内心カーライルを疑っていながら、そうして疑惑をもつことに良心の呵責を感じるからだろうか？　それとも、はっきり誰かを……すなわち、ヴァンダリン夫人以外の誰かを疑っているからだろうか？

5

彼は手帳をしまった。それから立ち上がって、書斎へ行った。

ポアロが書斎に入ってみると、メイフィールド卿は机に向かっていた。彼は振り向くと、ペンを置いて、問いかけるような目を向ける。

「やあポアロさん、キャリントンとの話はすみましたか?」

ポアロはニコニコしながら腰をおろす。

「ええ、すみました。おかげで疑問が一つ解けましたよ」

「どういう疑問です?」

「ヴァンダリン夫人がここにきた理由です。おわかりでしょうが、わたしはひょっとすると……と思ったものですから」

メイフィールド卿はポアロのいくぶん大げさな当惑顔の意味を、すぐ諒解した。

「わたしが女に弱いと思ったのでしょう? とんでもない! そんなことはありません。しかし、妙だな、キャリントンもそう思っとるらしい」

「ええ、そのことであなたとした話を、さっきお聞きしました」

メイフィールド卿は情けなさそうな顔をする。

「わたしのささやかな計画は実現しなかった。女にしてやられるなんて、考えてみただけでもおもしろくない」

「いや、まだしてやられちゃいませんよ、メイフィールド卿」

「まだわれわれが勝てるかもしれんと思ってるんですな？　いや、そう聞くだけでもうれしいですよ。そうあってくれればいいですがね」

彼は溜め息をつく。

「わたしは自分のやったことが大ばかみたいな気がする……あの女をわなにかける作戦にうつつを抜かすなんてね」

ポアロは例によって短いタバコに火をつけながらいった——

「あなたの作戦というのは、正確にいって、どんなことだったんですか、メイフィールド卿？」

「それがそのう」メイフィールド卿はちょっと口ごもる。「細かい点までは、まだ充分検討してなかったのでね」

「誰かと相談はなさらなかったのですか？」

「うん」

「カーライル氏ともですか？」

「うん」

ポアロは微笑する。

「策略は密なるをもってよしとす、というわけですな」

「いつだって、それに越したことはないからね」と相手はいささか不機嫌だ。

「ははあ、なかなか賢明ですね。他人を信用するな、ですか。しかし、ジョージ卿には
お話しになったじゃありませんか？」

「それはただ、あの男があんまりわたしのことを心配してたからですよ」

メイフィールド卿はそのときのことを思い出したらしく、微笑する。

「彼はあなたの旧友の一人ですね？」

「ええ。もう二十年以上も前からの友人です」

「で、彼の奥さんとは？」

「奥さんのほうも、もちろん知ってますよ」

「しかし……こんなことを申しあげるのは失礼ですが……奥さんとはさほど親しいお付
き合いじゃないのでしょう？」

「人との個人的な関係が、今度の事件に関係があるとは思いませんがね、ポアロさん」

「ですが、わたしは大いに関係があると思っているのです。さっきわたしが、誰かが客
間にいたのかもしれないと申し上げたら、あなたは賛成なさったじゃありませんか？」

「そうだね。じつは、あんたがそうにちがいないといったことに賛成したまでですよ」

「ちがいないというい方はやめましょう、独断的すぎますから。しかし、わたしの説が正しいとすると、いったい客間にいたのは誰だとお考えになりますか？」

「ヴァンダリン夫人にきまってるでしょう。彼女はいちど本を取りに戻ってきた。別の本とか、ハンドバッグとか、落としたハンカチとか……女の持ち物はいろいろある……その何かを取りに戻ってくることが口実になりますからな。女中に悲鳴を上げさせて、カーライルを書斎からおびき出す。そうしといて、あんたのいうように、窓から忍びこんで、またそこから出る」

「あなたはお忘れのようですが、それがヴァンダリン夫人ってはずはありません。カーライル氏がメイドと話をしているあいだに、二階からメイドの名前を呼ぶ彼女の声が聞こえたのですから」

メイフィールド卿は唇を嚙む。

「なるほど。そいつはうっかりしてたな」そしていかにも困ったような顔をする。

「いいですか」とポアロ。「調べは進んでいます。最初われわれは泥棒が外部からやってきて、お目当てのものを持って逃げたという、単純な考え方をしました。それはその時わたしが申しましたように、すこぶる好都合な推理……いや、すぐに納得のいくような、都合のよすぎるものでした。われわれはそれで一応片づけたわけです。その次にわれわれは、ヴァンダリン夫人という外国人に対する問題にぶつかりました。ところが、これまたある点に対してはじつにぴったり当てはまると思われました。しかし、いまになってみると、それも納得がいきすぎるほど簡単明瞭で都合よくできすぎているような気がしますね」

「すると、あんたはヴァンダリン夫人にはぜんぜん疑う余地がないというんですな？」

「客間にいたのはヴァンダリン夫人ではありません。盗んだのは、彼女の共犯者だったかもしれませんが、ぜんぜん無関係な人間の仕業という可能性も充分あります。とすれば、われわれは動機の点を考えなければならないことになります」

「そいつはちょっとこじつけじゃないかな、ポアロさん？」

「そうは思いません。ところで、どういう動機があるでしょう？　まず金銭上の動機があります。あの書類を金に換える目的で盗んだのかもしれません。これは最も単純な動機ですがね。しかし、今度の動機は案外それとはまるでちがったものかもしれないのです」

「というと？」

ポアロはゆっくりと説明する――

「誰かを破滅させようという考えだけでやったのかもしれません」

「誰が?」

「たぶんカーライル氏でしょう。彼は明白な容疑者ですからね。しかし、それ以上のものがあるのかもしれません。メイフィールド卿、一国の運命を左右する人たちは、世論の非難を受けやすいですからね」

「というと、この盗難はわしの失脚を狙ってのことというのかね?」

ポアロはうなずく。

「こう申し上げてもよろしいかと思うのですが、メイフィールド卿。五年ほど前、あなたにはかなり苦しい時があったでしょう。当時わが国の選挙民にひどく受けの悪かったヨーロッパのある強国と、つながりがあると疑われていましたね」

「まったくそのとおりですよ、ポアロさん」

「今日の政治家はなかなか仕事がやりにくい。自分の国に有利だと思われる政策は遂行せねばならず、同時にまた、世論の力もよく見きわめなければなりませんからね。世論というものは、往々にして感傷的で、まぬけで、きわめて不健全ですが、といって無視するわけにもいかないものです」

「まったくうまいことをいいますな! まったくそれが政治家生活の鬼門なんですよ。国民感情というやつには、たとえそれがどんなに危険で無鉄砲だとわかっている場合でも、政治家は頭を下げなくちゃなりませんからな」

「そこがあなたのジレンマだったのでしょう。あなたが問題の国と契約を結んだという噂も流れましたしね。国民も、新聞も、そのことではまっ向から攻撃しました。幸い、首相がそうした噂をきっぱり否定したので、あなたは自分がその国のシンパであることはそのままにして、噂だけを否定することができました」

「まったくそのとおりだ、ポアロさん。しかし、なんだって過去のことをほじくり出すんです？」

「あなたが危機をうまく逃れたのを見て失望した敵が、あなたをもう一度窮地に追いこもうとしてるかもしれないと考えられるからです。あなたは国民の信用を間もなく取り返しました。人の噂も七十五日ですからね。いまではあなたも政界の名士のお一人で、ハンバリー氏が退けば、次期の首相はあなただという噂がもっぱらです」

「あんたは今度のことが、わたしの信用を落とそうという計略だと思ってるんですな？とんでもない！」

「しかしですよ、メイフィールド卿、さるとても魅力のあるご婦人《トゥー・ド・メーム》が客人として招かれた週末に、イギリスの新型爆撃機の設計図が盗まれたことが世間に知れたら、これはどう見てもまずいでしょう。そのご婦人とあなたの関係がちょっとでも新聞に出たら、あなたに対する不信の気持ちが起こってくるのじゃないでしょうか」

「そんなこと、まともに信じる者なんかありゃせんよ」

「いや、メイフィールド卿。あなただってその懸念は充分おわかりのはずです！　ある人間に対する大衆の信用を失墜させることなどまったく朝飯前ですからね」

「なるほど、そりゃそうだ」とメイフィールド卿。彼は急にひどく困った顔をする。

「弱ったなあ！　こんなことがなんだってまた、こうもややっこしくなったんだろう。ほんとにあんたは……しかし、そんなばかな……ありえない……」

「お心当たりはございませんか……誰かあなたを妬んでるような……？」

「ばかばかしい！」

「とにかく、これでわたしがお宅のパーティに集まった方々とあなたとの個人的関係をお尋ねしたのも、まるきり見当ちがいでなかったことだけはお認めになるでしょう」

「ああ、たぶんね……たぶん。あんた、さっきジュリア・キャリントンのことを訊いてたが。じつは、あんまりいうこともないんだ。わたしは彼女があまり気に入らんし、向こうでもわたしは好きじゃなかろう。あの女《ひと》は落ち着きのない神経質な女でな。途方もない浪費家で、トランプ遊びにはまるで目がない。なかなかの昔気質だしするから、わたしのことなどは、成り上がり者だと軽蔑してるだろう」

「わたしはこちらに伺う前に、紳士録で見てまいりました。あなたは有名な土木建築会社の社長で、ご自身も一流の技術者でいらっしゃいますね」

「実際面では、まず知らないことはありません。工員からの叩き上げだからな」

メイフィールド卿はいくらかつっぱねるような口調だ。

「やれやれ《オー・ラ・ラ》！　わたしはばかだった……いや、大ばかだった！」

相手はあきれて彼を見る。

「どうしたんです、ポアロさん？」

「謎の一部が、それではっきりしたんです。今までわからなかったことが……いや、それで何もかもしっくりします。そう……これでじつにぴったりです」

メイフィールド卿はちょっと驚いたらしい問いかけるような目で彼を見た。

しかしポアロは、かすかに微笑しながら首をふった。

「いやいや、いまはだめです。もう少しはっきり考えを整理しなけりゃだめです」

彼は立ち上がる。

「おやすみなさい、メイフィールド卿。設計図の在所《ありか》はわかったようです」

メイフィールド卿は大声を上げた――

「わかった？　じゃ、いますぐに取りもどそう！」

ポアロは首をふる。

「いやいや、それはだめです。急《せ》いては事を仕損ずる、ですからね。ま、万事このエルキュール・ポアロにお任せください」

彼は部屋を出て行った。メイフィールド卿は軽蔑したように肩をすくめた。

「あいつは山師だ」と呟くようにいう。それから書類を片づけて明かりを消すと、自分も二階の寝室へ上がって行った。

6

「もし泥棒が入ったのなら、いったいどうして、メイフィールドさんは警察に届けないんだろう？」とレジー・キャリントンがいう。

それから椅子をちょっと朝食のテーブルから後ろへ引く。

食事に降りてきたのは彼が最後だった。この家のあるじも、マキャッタ夫人も、ジョージ卿も、すでにしばらく前に食事をすませていた。彼の母とヴァンダリン夫人はベッドで朝食をとっていた。

ジョージ卿は、メイフィールド卿とエルキュール・ポアロのあいだで意見の一致した線に関して自分の意見を話してきかせながら、内心では、ポアロも今度はいままでのようにうまくいってないなと考えていた。

「そんな変ちくりんな外国人を呼んでくるなんて、ぼくにはとてもおかしな気がする。何が盗られたんです、お父さん？」

「よくわからないんだよ、レジー」

レジーは立ち上がる。けさはなんとなくそわそわして、苛立っているようだ。

「べつに……重要なものじゃないんでしょう？　その……書類とか、そういったものじゃね？」

「じつをいうとな、レジー、はっきりいうわけにはいかないんだよ」

「極秘ってわけだね？　わかったよ」

レジーは階段を駆け上がったが、途中でちょっと立ちどまって顔をしかめ、それからまたのぼりつづけると、母親の部屋のドアをノックする。入れという母親の声がした。

ジュリア夫人はベッドに坐って、封筒の裏に数字を書いていた。

「おはよう、レジー」彼女は見上げたが、すぐとがめるような口調でいう。

「レジー、どうかしたのですか？」

「大したことないんだけど、ゆうべ泥棒が入ったらしいね」

「泥棒？　何が盗られたの？」

「ううん、ぼくは知らない。極秘だってさ。階下《した》におかしな私立探偵がきていてね、みんなに質問するんだって」

「そりゃ大変ね！」

「いやんなっちゃうな」とレジーは重い口調でいう。「こんなことが起こったときに、家の中にいるなんて」

「ほんとにどんなことがあったの？」

「知らないよ。ぼくたちみんなが寝てからしばらくあとだから。ほら、気をつけなくちゃ、お母さん、お盆が落ちそうだよ」

彼は朝食の載った盆を押さえると、それを窓ぎわのテーブルへ持って行く。

「お金が盗られたの？」

「知らないってば」

ジュリア夫人はゆっくりいう――

「その探偵の人は、みんなにいろんなことを訊くんでしょうね？」

「たぶんね」

「ゆうべどこにいたのかとか……そういったことをいちいちね？」「でしょうね。でも、ぼくは大して話すことなんかないよ。まっすぐ寝室に上がって、すぐ寝ちゃったんだから」

ジュリア夫人は答えない。

「ねえお母さん、お小遣いをちょうだいできないかなあ。ぼく、一文《もん》なしなんだけど」

「いいえ、だめですよ」母親はきっぱりという。「銀行からの借りがこんでしまってるから。お小遣いだなんて、お父さまの耳に入ったら大変ですよ」

ドアにノックが聞こえて、ジョージ卿が入ってくる。

「おや、おまえもきてたのか、レジー。書斎へ行ったらどうだ？　エルキュール・ポアロさんがおまえに会いたいそうだ」

ちょうどその頃、ポアロは手強いマキャッタ女史との面会をすませたところだった。二つ三つの質問で、女史は十一時ちょっと前に寝室に上がったきり、参考になるようなことは何ひとつ見聞きしてないことがわかった。

ポアロは盗難事件よりも個人的な事柄へ、それとなく話題を移した。メイフィールド卿に対しては、彼自身大いに尊敬している。社会の一員として、メイフィールド卿こそ、ほんとに偉い人物だと思っていた。が、その点については、もちろんマキャッタ女史のほうが内情に通じているので、自分よりも気の利いた評価ができると思ったのだ。

「メイフィールド卿は頭がいいのです」とマキャッタ女史はいう。「それにまったく立志伝中の人ですからね。親の七光りなんてことは、まるきりないのですもの。たしかに夢などというものはないかもしれません。でもそれはどんな男性でも似たり寄ったりです。男性には女性の想像力ほど幅がありません。ポアロさん、もう十年もしたら、女性は政治面で偉大な勢力を占めるようになりますよ」

それはまちがいありますまい、とポアロはいう。

彼は話題をヴァンダリン夫人へ向けた――彼が耳にしたように、ヴァンダリン夫人とメイフィールド卿は、ごく近しい間柄なのだろうか？……

「とんでもない。じつを申しますと、わたくしはここであの女《ひと》にお会いして、とてもびっくりいたしました。ほんとに、それはそれは驚ろかされましたのよ」

ポアロがヴァンダリン夫人に対するマキャッタ女史の持論をうまく訊き出したところでは、こうだった――

「まったくいてもいなくてもいいような女ですわ、ポアロさん。女同士が見ても、がっかりするような女ですもの！　男に寄生する女、徹底的に男を食いものにする女ですよ！」

「男性は彼女を誉めてますがねえ？」

「男なんて！」マキャッタ女史はさもばかにしたようにいう。「男なんて、ああいうパッとした美人を見ると、うつつを抜かすのにきまってますよ。ほら、あの子……レジー・キャリントンだって、彼女が話しかけるたびにまっ赤になりながら、彼女の目を惹いたというので逆上《のぼ》せあがってるじゃありませんか。それに彼女のあの歯の浮くようなお世辞といったら。ブリッジがうまいといって誉めたりして……あんなの、うまいどころの話じゃありませんわ」

「彼はうまくありませんか？」

「ゆうべはへまばかりやってましたよ」

「ジュリア夫人は上手なんじゃありませんか？」

「わたしの見たところじゃ、上手なんてもんじゃありませんねえ」とマキャッタ女史。

「彼女はプロみたいなもんですよ。朝も昼も晩もですからね」

「うんと賭けるんですか？」

「ええ。まったく、わたしにはとても賭けきれないくらいです。実際、あれじゃいいとは思いませんわ」

「賭け勝負でずいぶん儲けてるんでしょうね？」

マキャッタ女史はいかにもおもしろくなさそうに大きな音を立てて鼻を鳴らした。

「彼女はあれで借金払いをするつもりなんでしょうけど。この頃はさっぱり芽が出ないらしくて。ゆうべはなんだか心配顔をしてましたわ。ねえ、ポアロさん、ばくちの害は酒の害よりちょっとましなだけですよ。もしわたしの思うようにやれたら、この国もきれいになるんですがねえ……」

ポアロは否応なく、ここでしばらくの間イギリスの道徳刷新論を聞かされた。それからうまく話にけりをつけると、次はレジー・キャリントンを呼びにやった。

彼は部屋に入ってくる青年の様子を注意ぶかく眺める。愛想笑いを浮かべてごまかしてはいるが、気の弱そうな口、優柔不断らしい顎の線、眉間が間延びした目、すこし細長い頭……。レジー・キャリントンのようなタイプの青年なら、かなりよく知っているような気がした。

「レジー・キャリントン君ですね?」

「ええ。何かご用ですか?」

「ゆうべのことを、できるだけ詳しく話していただきたいのですが」

「はあ。ええっと……ブリッジをしました……客間で。そのあと、寝室に上がりました」

「それは何時でした？」

「十一時ちょっと前です。そのあとで泥棒が入ったんじゃありませんか？」

「ええ、そのあとです。あなたは何も見たり聞いたりしませんでしたか？」

レジーは残念そうに首をふる。

「どうも。ぼくはまっすぐベッドに入ったし、かなりぐっすり眠るたちだから」

「客間からまっすぐ寝室に上がって、朝までそこにいたんですね？」

「そうです」

「おかしいな」とポアロ。

レジーが鋭く訊く――

「何がおかしいんです？」

「たとえば、悲鳴なんか聞こえなかったんですか？」

「ええ、聞こえませんでした」

「ふーん、じつにおかしいですなあ」

「ねえ、なにがおかしいのか、ぼくにはわかりませんけど」

「もしかすると、あなたは耳が聞こえないのじゃありませんか？」

「とんでもない」

ポアロの唇が動いた。もう一度、「おかしい」といいかけたのかもしれない。それから彼はいう。

「いやどうも、ありがとう、キャリントン君。これで結構です」

レジーは立ち上がったが、ちょっともじもじしている。

「じつは」と彼はいう。「あんたが言いだしたからいうんですが、何かそんなものが聞こえたような気がします」

「ほほう、何か聞こえましたか？」

「ええ。しかし、ぼくは本を読んでたもんだから……じつは、探偵小説をね。だからぼくは……そのう、ほんとはよくわからなかったんです」

「ほほう」とポアロ。「きわめて満足すべきご説明ですな」

彼の顔はごく平静だった。

レジーはなおもためらっていたが、クルッとむこうを向いて、ゆっくりドアのほうへ歩いて行く。そこまで行くと、また立ちどまって訊く――

「ところで、何が盗まれたんですか？」

「非常に大事なものですよ、キャリントン君。わたしにはそれだけしかいえません」

「ふーん」レジーはすこしうわの空だ。

それから部屋を出て行く。

ポアロは独りでうなずいている。

「これで合う」と呟くようにいう。「じつにぴったりだ」

彼はベルを押して、ヴァンダリン夫人はまだお休みかどうか、ていねいに訊いた。

7

ヴァンダリン夫人はすこぶる愛嬌のいい顔をして、しずしずと部屋に入ってきた。髪のほんのりとした明るい感じを引き立てる朽ち葉色の、凝《こ》った仕立てのスポーツ着をきている。そしてしずしずと椅子のところへやってくると、前の小男に向かってにっこりとほほ笑みかけた。

一瞬、その微笑は何かいわくありげに見えた。勝ち誇ったようなところもあり、あざけっているのではないかと思われるふしもある。それはあっという間に消えはしたが、浮かんだことはまちがいなかった。ポアロはそうした微笑のもつ意味に興味を感じた。

「泥棒ですって？　ゆうべ？　でも、なんて恐ろしいんでしょう！　とんでもございません。わたくしには何ひとつ聞こえませんでしたわ。警察の方はどうしたのでしょう？何もできないんですの？」

もう一度、ほんの束の間だったが、彼女の目にあざけるような色が浮かぶ。

ポアロは胸の中で思った――

――あなたが警官を恐れないのは当たり前さ、夫人。警官が呼ばれないってことを、ちゃんと心得てるからだ……さて……どういうふうに切り出そうかな？……

彼は落ち着きはらっていった――

「おわかりのことと思いますが、これはたいへん慎重を要する事件でして」

「そりゃもう……ポアロ……さんでしたわね？……そんなことおくびにも出しはいたしませんわ。わたくし、メイフィールド卿の大の礼讃者ですもの。これっぽっちだって、あの方のご迷惑になるようなことはいたしませんよ」

彼女は膝を組む。絹靴下をはいた足先に、茶革のピカピカした部屋ばきをひっかけている。

そして、申し分なく健康で、満ち足りた満足感から生まれる、挑発的で、人を惹きつけずにはおかない微笑を浮かべている。

「わたくしでお役に立つことでしたら、なんなりとどうぞ」

「ありがとうございます、ヴァンダリン夫人。ゆうべは客間でブリッジをなさったのでしたね？」

「ええ」

「そのあと、ご婦人の方はみなさんお休みになったそうですが？」

「そうでございます」

「しかし、どなたか本を取りに戻ってこられたそうですが。あなただったのじゃありませんか、ヴァンダリン夫人？」

「はじめに戻ったのは、わたくしでございましたわ……ええ」

「どういうことでしょうか……はじめに、とおっしゃるのは？」ポアロが鋭い口調で訊く。

「わたくしはすぐに引き返しましたから」とヴァンダリン夫人は説明する。「そのあと、上に上がってメイドを呼んだのですけど、なかなかまいりませんでした。もう一度ベルを押しました。それからわたくし、階段の踊り場へ出てみました。メイドの声が聞こえたので、呼びました。髪をブラッシングさせてから引き取らせたのですけど、あの子はそわそわ取り乱しておりましてね。一、二度ブラシに髪をからませたりしました。そのとき……ちょうどあの子を下がらせたとき、ジュリア夫人が階段を上がってくるのが見えました。あの方も本を取りに戻ったのだそうで。変じゃございません？」

　そういい終えると、ニコニコと、ちょっとずるそうな微笑を見せた。ポアロは内心、ヴァンダリン夫人はジュリア・キャリントン夫人が嫌いなんだなと思った。

「お言葉のとおりだとするとですな、夫人。お聞かせねがいたいのですが、メイドの悲鳴をお聞きになりませんでしたか？」

「聞きましたとも。何かそのような声を、たしかに聞きましたわ」

「そのことをメイドさんにお訊きになりましたか？」

「ええ。まっ白なものを着たふわふわしたものを見たような気がしたなんて……とんでもないことを申しておりました」

「ゆうべジュリア夫人はどんなものを着てらしたんでしょう？」

「まあ、するとあなたは……いえ、ごもっともですわ。あの方はまっ白なイヴニング・ドレスを着ていらっしゃいました。もちろんそれで話はわかりました。きっとあの子は、まっ暗な中で、まっ白い幽霊そっくりな夫人の姿を見たにちがいございません。ああした子は、とても迷信的ですからね」

「メイドさんはあなたのお部屋に長いあいだいたのですね？」

「いいえ」ヴァンダリン夫人はちょっと目を見張る。「ほんの五分ばかりでございました」

「お差し支えなければ、のちほどメイドさんに会わせていただきたいのですが……？」

ヴァンダリン夫人はびっくりしたようで――「ようございますとも」とかなり冷やかに答える。

「いろいろ訊いてみたいと思うのです……」

「結構ですとも」

彼女の目がまたおもしろそうにキラッと光った。

ポアロは立ち上がると、お辞儀をした。

「ヴァンダリン夫人、あなたはほんとにご立派ですな」

これにはさすがのヴァンダリン夫人も、いささか泡を喰ったようだった。

「まあ、ポアロさん、お上手ですこと……でも、どうしてそんなことを？」

「申し分なく用心深くて、自信たっぷりでいらっしゃいますからね」

夫人はあいまいな微笑を浮かべる。

「それじゃ、お世辞かどうかわかりませんわね？」

「警告かもしれませんよ……人生を甘く見ちゃいけないという……」

ヴァンダリン夫人はさらに自信たっぷりに笑った。そして立ち上がると、手を差し出す。

「ポアロさん、心からご成功をお祈りいたしますわ。いろいろ参考になることをお聞かせくださってありがとうございました」

彼女は出て行った。ポアロは独り言を呟く。

「ご成功をお祈りいたしますわ……か。すると、わたしが成功しないという確信がたっぷりあるんだな！　となると、こいつはすこぶる厄介だぞ」

どこか不機嫌な様子でベルを押すと、メイドのレオニーをよこしてくれといった。

彼女がおずおず戸口に立つと、彼の目は何かを見極めるように彼女の様子を眺めまわす。地味な黒のドレスをつけ、黒い髪をきちんとまん中から分けて、目をつつましくうつ向けている。彼は得心したように、ゆっくりうなずいた。

「お入り、レオニーさん。こわがることはありませんよ」

女は入ってくると、つつましやかに彼の前に立つ。

すると、ポアロはいきなり口調を変えていう。「いやあ、あんたはすこぶるつきの美人ですね」

レオニーはすかさず応じる。チラッと流し目に彼を見て、静かに小声で答えた。

「どうもありがとう存じます」

「だって考えてもごらん、カーライル君に、あんたが美人かどうか訊いたら、わかりませんなんて答えるんだからね」

レオニーはさも軽蔑したように顎をつき出していう――

「あんなでくの棒なんか！」

「なかなかうまいことをいうね」

「女なんて一度も見たことがないんでしょう、きっと」

「そうかもしれないね。かわいそうに。大きな見落としだ。が、ここにはもっと目のある人間もいるんじゃないかな？」

「あのう……それはどういうことでしょう？」

「いや、ちゃんとわかってるはずだがね、マドモアゼル・レオニー。あんたがゆうべ見たといってる幽霊話のことさ。あんたが頭に手をやって立ってたと聞いて、わたしはちゃんと、これは幽霊じゃないってすぐわかった。女の子ってものはね、こわかったら胸を抱きしめるか、悲鳴を抑えようとして口に手を当てるかするもので、髪に手をやるってのは、だいぶ話がちがう。つまり、くしゃくしゃになった髪を急いでなおそうとした仕草だ！　ところで、本当のことを聞かせてもらいたいんだが。どうして階段で悲鳴を上げたのです？」

「でもムッシュー、本当なんですもの。まっ白な背の高い幽霊を見たので……」

「マドモアゼル、人をばかにしたことをいっちゃいけないね。そんな話はだ、カーライル君には通じるかもしらんが、はばかりながらエルキュール・ポアロには通じないよ。ほんとは、ちょっとキスをされたんじゃないのかね？　そして、察するところ、キスをしたのは、レジー・キャリントンってとこだろう」

　レオニーははにかみもせずに、チラッと彼を見た。

「ですけど《エ・ビアン》、キスがどうしたっておっしゃるんですの？」

「どうしたって？　なるほどね」とポアロはおとなしくいう。

「じつは、若い男の方が後ろからきて、あたしの腰を抱いたんです……だもんですから、あたし、びっくりして思わず悲鳴を上げちゃったんです。もしわかってたら……そりゃあ、あたしだって悲鳴なんか上げなかったにちがいないんですけど」

「なるほどね」とポアロは相槌を打つ。

「ところが、あの人はまるで猫みたいにとびかかってきたんですもの。そしたら書斎のドアが開いて秘書さんが出てきたもんだから、その若い男の人は階上へ逃げてしまうし、あたしだけがそのままばかみたいに突っ立ってたんです。どうしたって何かいわなくちゃ……ことに……」といいかけて、あとは急にフランス語になる。「あんなにきちんと《アン・ジューヌ・コム》した若い方なんですもの《サ・テルマン・コミ・フォ》……」

「それで、幽霊をつくり出したってわけだね？」

「そうなんです、ムッシュー。それしか考えつかなかったんです。フワフワ動くまっ白な背の高い幽霊。おかしいけど、ほかにしようがなかったんですもの」

「そりゃそうだ。さて、それですっかり訳がわかった。最初から眉つばものだと思ってたんだ」

レオニーは色っぽい目を、チラッと彼に向けた。

「旦那さんはとても頭がよくて、それにとても思いやりのある方ですのね」

「ところで、もうこの事件じゃ、あんたにかれこれいわないから、その代わり、ちょっとやってもらいたいことがあるんだがね？」

「よろこんで、ムッシュー」

「奥さんのことは、どの程度知ってる？」

女は肩をすくめた。

「よくは存じません。もちろん、あたしなりにわかってるつもりですけど」

「というと？」

「あのう……はっきりわかっておりますことは、奥さまのお友だちが、そろいもそろって陸軍とか海軍とか、あるいは空軍とかの軍人ばかりということ。それからほかにもお友だちはございますが……これがまた外国の方ばかりで、ときどきこっそりお見えになります。奥さまはとってもおきれいでいらっしゃいます……もっとも、それもそういつまでもとはいきますまいけど。それを若い殿方たちときたら、奥さまにとっても魅力を感じるらしくて。誉めすぎると思うことだってございます。でも、これはあくまでもあたし一人の考えでして。奥さまはあたしを信頼されてるわけじゃございませんし」

「あんたがいま聞かせてくれたことは、つまり、奥さんのすることは秘密に包まれてるってことだね？」

「そのとおりでございます、ムッシュー」

「つまり、わたしの参考になることはないってことか」

「どうもすみません。できますことなら、なんでもいたしますけど」

「ところで、奥さんは今日はご機嫌はいいんだろうね？」

「とてもおよろしいようで」

「何かうれしいことでもあったのかな？」

「こちらにいらしてからは、ずっとご機嫌がよろしいんです」

「ふーん。レオニー、あんたならわかるはずだものね」

女は自信たっぷりに答える——

「はあ、その点はまちがいございません。奥さまのご気分はもうすっかり呑みこんでおりますから。とても上機嫌でいらっしゃいます」

「勝ち誇ってるみたいにかね？」

「そのお言葉にぴったりでございますわ、ムッシュー」

ポアロは憂うつそうにうなずいた。

「どうも……ちょっと隠しきれないってわけだ。が、それも無理はなかろう。ありがとう、マドモアゼル、もう結構だよ」

レオニーは媚びるような流し目を投げた。

「失礼いたしました、ムッシュー。こんどムッシューと階段でお会いしても、あたし、絶対に悲鳴なんか上げませんから」

「きみきみ」ポアロは威厳をつくろっていう。「わたしはもういい年なんだよ。そんな悪ふざけをしてどうなるというんだ？」

しかし、レオニーはクスクス笑いながら部屋を出て行った。

ポアロはゆっくり部屋の中を行ったりきたりする。彼の顔は引き締まって心配げだった。

「さて、今度はジュリア夫人の番だが……彼女はなんていうかな？」あげくの果てにそう洩らした。

ジュリア夫人は静かなしっかりした態度で入ってきた。しとやかに頭を下げ、ポアロが勧める椅子に腰をおろすと、育ちのよさを思わせる低い声でいう――

「メイフィールド卿のお話では、わたくしに何かお尋ねのことがおありだそうでございますが？」

「はい、奥さま。昨晩のことでちょっと」

「昨晩のことと申しますと？」

「ブリッジのあとでどうなさいました？」

「夫がもう一勝負するには遅すぎると申しましたので、休みました」

「それから？」

「眠りましたけど」

「それだけでしょうか？」

「はい。どうもあまりお役に立つようなことが申し上げられなくて。今度の……」と口ごもった――「盗難事件は……いつ起こりましたのでしょう？」

「あなたが階上《うえ》へ行かれたすぐあとでした」

「さようでございましたか。で、実際に盗られましたものは？」

「秘密書類です、マダム」

「重要な書類なので？」

「非常に重要なものです」

彼女はちょっと眉をひそめてから、つづけていった――

「それは……貴重なものでございましょうね？」

「ええ。金額にすれば莫大なものでしょう」

「さようでございますか」

話がちょっと途切れる。やがてポアロが――「本はどうなさいました？」

「本と申しますと？」と彼女はけげんそうな目を彼に向ける。

「ええ、ヴァンダリン夫人のお話ですと、あなたがたご婦人が三人で部屋へお引き取りになったあと、しばらくして、あなたは本を取りに引き返されたということですが」

「あ、そうそう、引き返しました」

「すると、実際には、二階へお上がりになってから、すぐにお休みになったわけじゃありませんね？　客間へおもどりになったのでしょう？」

「はあ、そのとおりでございます。うっかりしておりました」

「客間にいらっしゃるあいだに、誰かの悲鳴をお聞きになりませんでしたか？」

「はあ……いいえ、聞かなかったように思いますけど」

「ほんとですか、マダム。客間におられたのなら、聞こえなかったはずはないんですがねえ……」

ジュリア夫人はツンと首をそらして、きっぱりいった――

「何も聞こえませんでした」

ポアロは驚いたように眉をあげたが、何も言わなかった。

沈黙が堪えられなくなったのか、夫人がだしぬけに訊く――

「で、どうなっておりますのでしょう？」

「どうなってると申しますと？　おっしゃる意味がわかりかねますが、マダム」

「つまり、泥棒のことですの。きっと警察で調べているとは思いますけど」

ポアロは首を横に振る。

「警察には連絡してありません。調査はわたしが依頼されておりますので」

彼女は彼をまじまじと見る。心配そうなやつれた顔は頬骨がとがり、緊張している。

そして黒い、さぐるような目は、無表情な彼の目の奥を見通そうとしている。

が、とうとうその目も――彼の視線に負けて――伏せられた。

「どのような処置をおとりになっていらっしゃるのか、お話し願えないでしょうか？」

「草の根を分けても調べずにおかない、とだけは断言できますよ、マダム」

「泥棒を捕まえるためにで……それとも、書類を取りもどすためにですの？」

「書類を取りもどすのが第一の目的ですがね」

彼女の態度が打って変わったように、退屈で気抜けしたようになる。

「なるほど、そうでございましょうね」とうわの空だ。

また話が途切れた。

「ほかにまだ何か、ムッシュー・ポアロ？」

「いえ、マダム。これ以上お引き留めすることはございません」

「では失礼させていただきます」

彼は彼女のためにドアを開けてやる。彼女は彼に目もくれずに出て行った。

ポアロは暖炉のところにもどると、炉棚の置物をていねいに置きなおす。その最中に、メイフィールド卿がフレンチ・ウィンドーから入ってきた。

「どうですかな？」

「上首尾だと思います。真相がつかめかけておりますから」

メイフィールド卿はジロジロ彼を見ながらいった——

「ご機嫌ですな」

「いえ、ご機嫌なんかじゃありません。が、満足はしております」

「いや、まったくあんたという人はわかりませんな」

「あなたがお考えになってるほど、ほら吹きじゃありませんよ」

「そんなことわたしは何もいいは……」

「いえ。でも、そうお思いでしょう！　いや結構です。べつに腹を立てたりいたしませんから。ポーズをつくることが、時には必要なんでしてね」

メイフィールド卿は半信半疑の態で、けげんそうに彼を見る。エルキュール・ポアロなる人物が、彼には不可解なのだ。眼中にないといった態度を見せたいのだが、どことなくこのおかしな小男が、見かけほどつまらぬ人間ではないという気がして油断がならなかった。チャールズ・マックローリンなら、一目で能力のあるなしがわかったにちがいないのだが……。

「ま、万事お任せしてあるのですからな。次に何かわたしのできることがあったら……」

「お客さま方をお帰ししていただけるでしょうか？」

「その手筈はできると思いますがね……今度の事件で、ロンドンへ行かなくちゃならなくなったという口実をつくれば。そうすれば、みんなもたぶん帰るといい出すでしょう」

「結構。じゃ、そういうふうにやってみてください」

メイフィールド卿はちょっとためらった。

「あんたはまさか……？」

「たしかにそれがいい方法だと思うんです」

メイフィールド卿は肩をすくめる。

「そうですか。そうおっしゃるなら……」

そういうと、彼は部屋を出て行った。

8

来客たちは昼食後に帰って行った。ヴァンダリン夫人とマキャッタ女史は列車で、キャリントン家の人たちは自動車だった。ポアロがホールに立っていると、ヴァンダリン夫人があるじに愛想よく別れの挨拶をした。

「あんな厄介な心配ごとが起こって、ほんとにお気の毒に存じますわ。うまく片づきますよう、心からお祈りいたします。わたくし、なんにも口外などいたしませんから」

彼女は彼の手を固く握ってから、駅まで彼女を送るロールス・ロイスの方へ歩いて行く。マキャッタ女史はもう乗っている。彼女の別れの挨拶は簡単で無愛想なものだった。運転手と一緒に前の席に乗っていたレオニーが、いきなりホールへ駆けこんできた。

「奥さまの化粧箱が……車の中にございませんので」

急いで探しものが始まる。メイフィールド卿がやっと、古い樫のチェストの陰に置いてあるのを見つけた。レオニーはうれしそうに小さな叫び声を上げながら、緑色のモロッコ革のきゃしゃな箱を受け取ると、急いで出て行った。

そのときヴァンダリン夫人が車から身を乗り出した。

「メイフィールドさま、メイフィールドさま」そういって、彼に一通の手紙を手渡した。「すみませんけど、これ、お宅の郵便袋に入れていただけませんかしら？　町でポストに入れるつもりで持っておりますと、忘れるにきまってますので。手紙が何日も何日もハンドバッグに入ったきりになってしまうんですの」

ジョージ・キャリントン卿は懐中時計をおもちゃにして、蓋を開けたり閉めたりしている。彼は人並みはずれて時間にきちょうめんなのだ。

「時間がなくなるのになあ、まったく。気をつけないと、列車に乗り遅れてしまうじゃないか」と呟く。

彼の妻はいまいましそうにいった——

「まあ、そんなに大騒ぎしなくたっていいじゃありませんか、ジョージ。列車に乗るのは、どうせあの人たちで、わたしたちじゃないんですもの」

彼はとがめるように妻を見る。

ロールス・ロイスは走り出した。

レジーは自家用のモリスのフロント・ドアまで歩いて行く。

「さ、もういいですよ、お父さん」

使用人たちがキャリントン家の人たちの手回りの品物を運び出すと、レジーが指図して後部の座席に入れさせる。

ポアロは玄関から出てきて、そうした仕事を見物していた。

とつぜん誰かが彼の腕に触った。ジュリア夫人が興奮した小声でささやく——

「ポアロさん。ちょっとお話があるのですけど……いますぐに」

彼は彼女の手が引っぱるままについて行く。彼女は彼を小さな居間へ連れて行くと、ドアを閉めて、彼のそばに寄ってきた。

「あれは本当なんでございましょうか……メイフィールド卿にとっていちばん大事なのは、書類を取りもどすことだとおっしゃいましたのは？」

　ポアロはけげんそうに彼女を見る。

「本当ですとも、マダム」

「もしも……もしも書類があなたの手にもどりましたら、そのままメイフィールド卿にお渡しになって、何も訊かないとお約束願えますね？」

「どうもおっしゃることが呑みこめないのですが」

「とんでもない！　わかってらっしゃるにきまってますわ！　わたくしの申しますのは、もしも書類がもどったら、その……犯人の名前は伏せていただけないかと申し上げているのでございます」

「書類がもどるのはいつ頃でしょう？」とポアロは尋ねた。

「十二時間以内にはまちがいなく」

「お約束できますね？」

「約束いたします」

　彼がまだ答えないうちに、彼女はたたみかけるように繰り返していう――

「公表なさらないってこと、保証していただけましょうか？」

ややあって、ポアロはきまじめな口調で答えた。

「大丈夫。保証いたしましょう」

「では万事、手配いたしますから」

彼女はさっさと部屋を出る。そしてほどなく、ポアロは車の走り去る音を聞いた。

彼はホールを通り抜けると、廊下づたいに書斎へ行った。そこにはメイフィールド卿がいて、彼が入って行くと目をあげた。

「どうですな？」と訊いた。

ポアロは両手を広げて見せる。

「事件は落着いたしましたよ、メイフィールド卿」

「なんだって？」

ポアロはジュリア夫人との一問一答を逐一話した。

メイフィールド卿はぽかんとした表情で彼を見ている。

「しかし、それはどういうことかね？　どうもわたしにはわからん」

「簡単明瞭じゃありませんか？　ジュリア夫人は設計図を盗んだ犯人を知っているのですよ」

「まさか本人が盗んだわけじゃありますまいな？」

「もちろんちがいます。ジュリア夫人はギャンブラーではありますが、泥棒じゃありません。しかし、彼女が設計図を取り返すといってるところを見ますと、犯人はご主人かご子息ということになります。ところでジョージ・キャリントン卿は、あなたとご一緒にテラスに出ていらっしゃいました。すると、あとはご子息ですが。わたしは昨晩の事件の真相を、かなり正確にお話しできる自信があります。ジュリア夫人はゆうべご子息の部屋へいらっしゃったのですが、部屋はから《ヽヽ》だった。そこで階下《した》へ探しに行ったが見つからない。ところがけさになって盗難事件を聞き、そのうえ息子は息子でまっすぐ部屋に帰って、それきり一度も部屋を出なかったという。それが嘘であることは、夫人は百も承知なわけです。そのほかにも息子について知っていることがある。気が弱く、小遣いにひどく不自由していたこと。ヴァンダリン夫人にのぼせていることにも気づいていました。何もかも明々白々。ヴァンダリン夫人はレジーをそそのかして設計図を盗ませた。が、ジュリア夫人も夫人で一計をめぐらしました。レジーを取っつかまえ、書類を取りもどして返そうと考えたわけです」

「しかし、そんなばかなことあるもんか！」とメイフィールド卿は叫ぶ。

「そう、ありえません。が、ジュリア夫人にはそれがわからないのです。かく申すエルキュール・ポアロにわかっていることをご存じないのです。つまり、ゆうべレジー・キャリントン青年は書類を盗んだのではなく、ヴァンダリン夫人が使っているフランス人のメイドといちゃついていたのです」

「とんだから騒ぎってわけだな！」

「そのとおり」

「じゃ、事件はまるきり片づいたことにならんじゃないか！」

「いや、片づいております。かく申すエルキュール・ポアロには、ちゃんと真相がわかっております。お信じになりますまいね？　きのうわたしが書類の在所《ありか》を知っていると申しあげたときも、お信じになりませんでした。しかし、わかっていたのです。すぐ手近なところにあったのですから」

「どこに？」

「あなたのポケットに入っておりました」

しばらく沈黙がつづいてから、メイフィールド卿は口を開いた。

「きみは本気でそんなことをいっておるのかね？」

「ええ、本気ですとも。たいへん頭のいい方とお話ししていることも承知しております。正真正銘の近眼のあなたが窓から出て行く姿を見たといって頑張るのが、最初からおかしいと思いました。あなたはその線での解決策を……都合のいい解決策を押しつけようとなさいました。なぜでしょう？　そこで、わたしはその後、シロの人を一人一人消していきますと、結局ほかの者はみんな消えてしまいました。ヴァンダリン夫人は二階、ジョージ・キャリントン卿はあなたと一緒にテラス。レジー・キャリントンは階段のところでフランス人のメイドと一緒。マキャッタ女史は部屋に入りっきりですからシロ。じつは、女史の部屋は家政婦の部屋の隣りで、女史は大いびきをかいていたそうです。ジュリア夫人はご自分の息子を犯人だと思いこんでいる始末ですからね。こうなると可能性は二つしか残りません。一つはカーライルが書類をデスクの上に置かずに、自分のポケットに突っこんだということ。が、これはあなたも指摘なさいましたように、写そうと思えば写せたのですから筋が通りません。もう一つの可能性は、あなたがデスクのところへおいでになったとき、もし書類がそこにあって、そこからなくなったのだとすれば、あなたのポケット以外に行き場がないということです。そうしてみれば、なにもかもはっきりいたします。あなたが人影を見たとあくまで主張なさったわけも、カーライルはシロだと頑張られたわけも。それから、わたしを呼ぶのに反対なさったわけも。

　ひとつだけわたしのわからないことがございました……動機です。あなたが正直で、清廉潔白な方だということは、わたしも確信しておりました。だからこそ、それが無実な人間を罪に陥れまいとするお心遣いとなって表われたわけです。と同時にまた、この設計図の盗難事件が、あなたの前途を台なしにするかもしれないことも明らかです。

　では、どうしてこんなまるで辻つまの合わない盗みをしたのか？　そのうちに、やっと解決のめどがつきました。数年前の、あなたのキャリアの危機。首相が、あなたは問題の強国と何の関係もないと公表して弁護してくれたことです。もし、それがかならずしも真実でなく、あなたが公然と否定なさった行為が、実際はあったのだという証拠になる記録が……あるいは手紙かもしれませんが……もしも、そうしたものが残っているとしたら。ああした否定も、政治家としてやむを得なかったのかもしれません。しかし、世間の人たちが額面どおりに取ってくれるかどうか怪しいものです。あなたがすばらしい権力を握ったとたん、そうした過去からのばかばかしい跳ね返り《エコー》が、何もかも台なしにしてしまうことにもなりかねません。

　わたしは、その手紙がある政府の手に入っていて、その政府があなたに取り引を……その手紙と新型爆撃機の設計図との交換を申し入れてきたのではないかと思うのですが……。人によっては、そんな場合、拒否するでしょう。が、あなたは……そうなさらなかった！　承知なさいました。ヴァンダリン夫人はこの取り引きの相手方の使いで、前もっての取り決めで、その交換をしにきたわけです。あなたは彼女をわなにかける明確な戦術を前もって何一つたてていなかったことを認められたとき、尻っぽを出してしまわれました。そのことを認めたために、彼女をここへ信じがたいほど薄弱な理由で招待せざるを得なかったのです。

それからあなたは、盗難のお膳立てをなさいました。テラスで犯人の姿を見たと偽って……カーライルに嫌疑がかからないようになさったのです。たとえカーライルが一歩も部屋を出なかったとしても、デスクは窓のすぐそばにあったのですから、彼が背を向けて、せっせと金庫の始末をしているあいだに、犯人は設計図を盗めるわけです。あなたはデスクのところへ歩いて行って図面を取ると、予定どおりヴァンダリン夫人の化粧箱に入れてしまうまで、ご自分の身につけていらした。そしてそれと引き換えに彼女は、ポストに入れる自分の手紙と見せかけて問題の手紙をお渡ししたわけです」

そこまで話すと、ポアロは言葉を切った。

メイフィールド卿が口を開いた――

「ポアロさん、あんたの読みは申し分ない。さだめしあんたはわたしを、言語道断な卑劣漢とお思いでしょうな」

ポアロはあわてて手をふる。

「いえいえ、メイフィールド卿。いまも申し上げたように、わたしはあなたをたいへん頭のいい方と信じております。昨晩ここでお話ししているうちに、ふと思いついたのですが。あなたは技師としても一流の方でしたね。だから、あの爆撃機の設計図のどこかに、容易に気づかれない変更をしたのじゃないか、どうして機械が設計どおりに動かないのか調べようがないほど巧妙に書き換えたのじゃなかろうかと思うのですが……。某強国はこの型の爆撃機は失敗だと考えるでしょう……きっとがっかりするにちがいありません」

　また沈黙が流れた。やがてメイフィールド卿がいった。

「あんたの頭は恐ろしいほどですなあ、ポアロさん。あんたにぜひとも信じていただきたいことがひとつだけある。わたしは自分を信じてきたということです。わたしは自分が、いまや迫りつつある危機の中を、イギリスを引っぱって切り抜けて行く責任を負わされた人間だと信じています。もしわたしが自分こそ祖国の帰趨《きすう》を決する責任を、国家から負わされた人間だとしんから信じているのでなければ、今度のような……双方の要求をうまく通す真似……うまいからくりを使って、わが身を災いから救うような真似はしなかったでしょう」

「閣下。相反する要求をうまく活かせないようでは、とても政治家とはいえますまい！」

死人の鏡

Dead Man's Mirror

1

そのアパートは近代的な建物で、部屋の調度も現代風だった。肘かけ椅子は四角ばった造りで、背のまっすぐな椅子も角張っている。現代的な書き物机も、窓の前に直角に置かれている。そしてその机に、小柄な年輩の男が向かっている。その部屋で角ばってないものといえば、この男の卵型をした頭だけだ。

エルキュール・ポアロは一通の手紙を読んでいた。

（ウィムパリー駅　ハムバラ・セント・ジョン電報局）

一九三六年九月二十四日

ウェストシャー、ハムバラ・セント・メアリー、ハムバラ荘

エルキュール・ポアロ様

拝啓

極秘に処理しなければならない事件が起こりました。小生はかねがねあなたの名声を聞いておりますので、この事件の処理をあなたに一任することにいたしました。じつは小生、謀略の犠牲となりかねない情況にあるのですが、いろいろと家庭の事情があるので、警察には訴えたくないのです。もとより小生としても事件の処理に万全をつくす所存ですが、万一電報をお受けとりになった場合は、即刻当地へ出張しうるよう準備をお整え置きください。この手紙に対する返事はご無用に願い上げます。

敬具

ジャーヴァス・シェヴニックス＝ゴア

ポアロの眉が、額の生え際まで行ってしまうのではないかと思うほどあがった。

「ところで、このジャーヴァス・シェヴニックス＝ゴアってのは誰だろう？」と手紙を見ながら呟く。

それから本棚へ行って、大きな分厚い本を取り出す。調べはすぐについた。

シェヴニックス＝ゴア　ジャーヴァス・フランシス・ザヴィア卿。一六九四年に授爵された准男爵第十代の当主。第十七槍騎兵隊付き陸軍大尉（退役）。一八七八年五月十八日生。第九代准男爵ガイ・シェヴニックス＝ゴア卿と、第八代ウォリングフォード伯爵の次女クローディア＝ブレザートン夫人の長子。一九一一年相続。一九一二年フレデリック・アーバスノット大佐の長女ヴァンダ・エリザベスと結婚。イートン卒。一九一四〜一八年――ヨーロッパ大戦に従軍。趣味――旅行、大規模な狩猟。現住所――ウェストシャー、ハムバラ・セント・メアリー、および、ロンドン南西一局区内、ラウンズ・スクエア二一八番地。所属クラブ――騎兵クラブ、旅行者クラブ。

ポアロはちょっと不満げに首をふる。一、二分考えこんだあげく、机のところへ行くと、引き出しを開けて招待状の束を取り出した。

彼の顔が明るくなる。

「しめしめ《ア・ラ・ボヌール》！　仕事、仕事！　彼はきっと出席するにちがいない」

一人の公爵夫人が大げさな口調でポアロに挨拶する。

「やっときていただけましたのね、ポアロさま！　まあ、すてきですわ」

「おそれ入ります、マダム」とポアロは頭を下げながら呟くようにいう。

彼は、何人かの身分の高い上流の人たち——有名な外交官や、これまた有名な女優や、音に聞こえた狩猟家の貴族たち——から離れると、必ず招ばれてきているにちがいない目的の人物を探して、やっと見つけた。その人というのは、サタースウェイト氏だった。

サタースウェイト氏は愛想がいい。

「ああ、あの公爵夫人かね……うん、あの女《ひと》のパーティはいつも愉快だよ……こういうとなんだが、あのお人柄がいいねえ。数年前コルシカ（地中海にあるフランス領の島）にいた頃は、よくあの女《ひと》に会ったもんだが……」

サタースウェイト氏の話は、身分のある人たちと知り合いであることをひけらかすくせがある。ジョーンズ氏とか、ブラウン氏とか、ロビンスン氏といった名もない人たちとの付き合いだって、結構たのしいこともあったにちがいないが、そうしたことはおくびにも出さない。といっても、サタースウェイトを俗物だと片づけてしまうのは、彼に対して礼を失することになる。彼はなかなか人を見る目があり、傍目《おかめ》八目《はちもく》としても、なかなか人生の機微に通じているのだ。

「いやきみ、ほんとに久しぶりだね。例の〈鳥の巣事件〉で、きみが快刀乱麻を断つごとく真相をあばいていくのをこの目で見たのは、まさに千載一遇のことだった、とわたしはいまでも思ってる。あのとき以来、わたしは、ま、いわば、あの事件の裏を知ってるのはわたし一人だという気でいるんだ。それはそうと、メアリー夫人には、つい先週会ったがね。美しいなあ、あの人は……ラヴェンダーの香り豊かでさ！」

伯爵令嬢の無分別な真似だとか、ある子爵の放蕩、といったような、目下うわさにのぼっている二、三のスキャンダルで軽口をたたいたあと、ポアロはうまくジャーヴァス・シェヴニックス＝ゴアの名を持ち出した。

サタースウェイト氏はすぐに応じた。

「うん、まあ、これまたひとかどの人物といっていいだろうな。〈最後の准男爵〉……というのが彼の渾名《あだな》だ」

「ちょっと待ってくれたまえ。どうもよく呑みこめないんだが」

サタースウェイト氏は外国人の呑みこみの悪さを、快くほぐしてくれる。

「冗談だよ、これはね……冗談さ。もちろん彼が実際にイギリス最後の准男爵ってわけじゃない……が、一時代の終末を代表する人物ということなんだ。〈大胆な悪党男爵〉

……前世紀の小説によく出てくる陽気で無鉄砲な准男爵……まるきり分《ぶ》の悪い賭けをやっても、まんまと勝利をせしめる、といったような男だからね」

それから彼は微に入り細をうがつ長広舌をふるった。その話によると、ジャーヴァス・シェヴニックス＝ゴアは若い頃、帆船で世界一周したこともあるし、北極探検隊に加わっていたこともあった。また、競馬狂の貴族に決闘をいどんだこともある。賭けをして、公爵邸の階段を愛馬にまたがってのぼりもした。一度などは客席から舞台へとびあがって、芝居の最中に有名な女優を連れ去ったこともある。

彼に関する逸話は数限りがない。

「なかなかの旧家だよ」とサタースウェイトは話をつづける。「ガイ・ド・シェヴニックス＝ゴア卿は第一次十字軍の遠征に加わったんだからね。しかし、この血筋ももうおしまいらしい。ジャーヴァス君がシェヴニックス＝ゴア家の最後だろうからな」

「所有地もだめになってしまったのかね？」

「とんでもない。ジャーヴァスは途方もない金持ちだよ。たいそうな家屋敷もあるし……炭田もあるし……おまけに若いころ南米のペルーかどこかの鉱山を買収したんだがね、こいつで一財産できちゃったんだ。たまげた男さ。何をやってもついてるんだからね」

「もういまでは、もちろん相当な年なんだろうね？」

「うん。ジャーヴァスも気の毒さ」サタースウェイト氏は溜め息をついて首をふる。

「人に訊けば、おおかたは彼をまったく気が狂っているというだろう。なるほど、それも一理はある。たしかに常軌を逸したところがあるからな……医学的に異常者だと認定できるとか、妄想を抱いているとかいう意味じゃない……とにかく異常という意味での狂人さ。昔から一風変わった性格の男だったよ」

「その風変わりなところが、年の経つにつれて、とっぴな行動をするようになったんだね？」

「そうそう。ジャーヴァスの場合は、それがぴったりだよ」

「たぶん彼は、自分はよっぽど偉いんだという誇大妄想的な考え方をしてるんだろう？」

「そうだとも。わたしはね、ジャーヴァスの頭の中じゃ、この世界が常に二つの部分に分かれてるんじゃないかという気がするんだ……こっちはシェヴニックス＝ゴア家の領分。あっちはその他のやつらの領分……とね」

「度の過ぎた家族意識だなあ！」

「うん。シェヴニックス＝ゴア家の連中は、みんなとてつもなく傲慢不遜だよ……身勝手もいいとこだ。ジャーヴァスはその最後ときてるので、なお始末が悪い。彼は……そう、まったく、あいつの話を聞いたら、こいつは神《オールマイティ》さまのつもりかって気がするよ！」

ポアロはゆっくりと考え深そうにうなずく。

「ははあ、想像どおりだ。じつはね、彼から手紙がきたんだ。妙な手紙でね。お願いしますじゃなくて、来いといった口調なんだ！」

「ご命令か」サタースウェイト氏はクスクス笑いながらいう。

「そうなんだよ。ジャーヴァス卿には、かく申すエルキュール・ポアロが偉い立派な探偵だということがわかってないらしい。それに、彼から命令されたのを光栄に思って、取るものも取りあえず、従順な犬みたいに……いや、そこらにいる取るに足りん人間みたいに、飛んでいくなんて、このわたしにできないこともね」

サタースウェイトは笑うまいとして唇を噛む。自我の強さでは、ポアロもジャーヴァスも五十歩百歩だと思ったからだろう。

彼は呟くようにいった──

「もちろん緊急の場合なら別だろうが？」

「それがそうじゃないんだよ！」ポアロは力いっぱい両手をふりまわす。「彼のご用に備えて、いつでも動けるように待機してろってだけなんだ！　つまり、命令《アンファアン・ジュ・ヴ・ドゥマンド》なんだよ！」

もういちど両手がふりまわされたが、これは口でいうよりも雄弁に彼の怒りの激しさを表わしていた。

「わかった……で、お断わりというわけだね？」

「まだそこまではいってないよ」とポアロは重い口調だ。

「しかし、断わるつもりなんだろう？」

ポアロの表情が変わる。眉間に当惑げな皺を寄せていた――

「どう言ったらいいかな？　断わる……そう、最初はそう思った。が、どうも自分でもよくわからないんだが……人間というのは、ときどき妙な気になるもんでね。なんだかこいつはくさいぞって気もするもんだから……」

サタースウェイトもこの最後の言葉はまじめに受けとった。

「ふーん？　そいつはおもしろいが……」

「あんたがいま話してくれたような人間は、どこかひどく傷つきやすいとこがあるかもしれないって気がするんだがね……」

「傷つきやすい？」サタースウェイトはちょっとびっくりしたようだ。そんな言葉は、ジャーヴァス・シェヴニックス＝ゴアに関するかぎり、ついぞ考えてみたこともなかったからだ。しかし、彼は勘がよく、のみ込みも速い男だ。

「考えてみると……きみのいうこともわかるな」とポツリという。

「そういう人間はよろいかぶとで身を固めてるんだろうよ！　十字軍の兵士たちが着けたようなやつじゃなく……尊大、自負、自惚れってよろいでね。このよろいかぶとは、ある意味じゃ防護になる……矢……毎日のようによろいめがけて飛んでくる生活の矢のね。しかし、そこにも危険がある……よろいかぶとに身を固めた人間は、自分が攻撃されてることにすら気づかないという危険だ。目や耳が充分に利かないし……勘はもっとにぶくなるからね」

　そういうと、彼はちょっと口をつぐんだが、やがて調子を変えて訊いた——

「ジャーヴァス卿の家族はどういうふうなんだね？」

「ヴァンダ……奥さんだ。アーバスノット家の出で……とても美しい娘だった。いまでもけっこうきれいだよ。が、まったくつかみどころのない女でね。ジャーヴァスに対しては、じつによく尽している。魔術的《オカルト》なものに凝《こ》ってるにちがいない。魔よけや甲虫石《スカラベ》（コガネ虫型に磨いた宝石で、記号を刻み、古代エジプトでは護符や装飾品とした）を身に着けて、自分はエジプト王妃の生まれ変わりだなんていってるんだから。次がルースで……これは養女だ。ジャーヴァス夫妻には実子がない。なかなか近代的な美女でね。家族はそれだけだ。もちろんヒューゴー・トレントは別としてだ。これはジャーヴァスの甥だから。パメラ・シェヴニックス＝ゴアがレジー・トレントと結婚してね。ヒューゴーはつまりその一人息子で孤児なんだ。彼が爵位を継げないことはもちろんだが、結局ジャーヴァスの財産は、大部分が彼のものになるんじゃないかな。なかなかの男前でね、近衛騎兵だよ」

ポアロは思案顔でうなずいていたが、次のように訊いた――「それじゃ、シェヴニックス＝ゴア家の名を継ぐ者がなくて、ジャーヴァス卿もお嘆きってとこだね？」

「そりゃかなりなもんだと思うね」

「家名こそ、彼の熱愛するものだろうからね？」

「そうなんだ」

サタースウェイト氏はしばらく黙っていたが、とうとう好奇心を抑えきれないで尋ねた――

「あんたのことだから、もうこれでハムバラ荘に来てくれといわれた訳がはっきりしたろうね？」

ポアロはゆっくり首を横にふった。

「いや、これまでのところ、皆目見当もつかない。ま、いずれにしろ、出かけることにしようと思うよ」

2

イギリスの田園風景の中を突っ走る一等車の一隅に、ポアロは坐っていた。

彼は思案顔でポケットからきちんとたたんだ電報を取り出すと、開いて読み返す。


セント・パンクラスハツ四・三〇ニノレ」ウィンパリーデレッシャヲトメルヨウシャショウニシジシロ」シェヴニックス＝ゴア

彼は電報をたたんでポケットにしまう。

列車の車掌は愛想がよかった。

「お客さんはハムバラ荘へいらっしゃるんですか？　ああ、はい、ジャーヴァス・シェヴニックス＝ゴア卿のところへいらっしゃる方は、みんな急行をウィンパリーに停めてくれとおっしゃいます。ま、特権のようなものですよ」

その後、車掌は二度客車にやってきた——一度は客席の具合をたしかめにきたのだし、二度目は、列車が十分間遅延していると伝えるためだった。

七時五十分に着く予定だったが、ポアロが小さな田舎駅のプラットフォームに降りて、親切な車掌が心待ちにしていた半クラウン銀貨を、一応辞退する手に押しつけるようにして渡したときは、ちょうど八時二分すぎだった。

汽笛を鳴らして、北部鉄道の急行列車は再び動きだした。ダーク・グリーンの制服を着た背の高い自動車の運転手が、ポアロのほうへ歩み寄った。

「ポアロさんですか？　ハムバラ荘へいらっしゃる……？」

そういうと、ポアロの小型の旅行鞄を持って、さきに立って駅を出た。大型のロールス・ロイスが待っている。運転手は車のドアを開けてポアロを乗せると、その膝に豪華な毛皮の膝掛けをかけた。そして車は走りだした。

十分ばかり田舎道を走ったあと、急な曲がり角をいくつか曲がったり、細い小道を通ったりしたあげくに、巨大な石造のグリフィン（頭がワシで翼があり、獅子の体をした怪物）の並ぶ門を入った。

それから庭園を通って建物に近づく。玄関に近づくとドアがあいて、堂々たる体軀の執事が正面の踏み段に出てきた。

「ポアロさんでいらっしゃいますね？　どうぞこちらへ」

彼はポアロをホールへ案内し、半分ほど行った右手についているドアをあけた。

「ポアロさまがお見えになりました」と告げる。

部屋にはイヴニング・ドレスを着た人たちが大勢いたが、ポアロはそこへ足を踏み入れた途端に、自分のくることを誰も知らなかったのだと気づいた。その場の人々はみな、たまげたような目で彼を見たからだ。

するとと、背が高く、黒い髪に白いものの混じった女が、不審そうに彼のほうへ歩いてきた。

ポアロは彼女の手をとって頭を下げた。

「すみませんでした、マダム。列車が延着したものでございますから」

「どういたしまして」とシェヴニックス＝ゴア夫人はあいまいにいう。彼女の目は、まだ不審そうに彼を見ていた。「どういたしまして……あのう……あのう……どなたさまでございましたかしら……わたくし、よく承っておりませんでしたので……」

「エルキュール・ポアロです」

彼は一語一語はっきりと自己紹介をする。

とつぜん彼の背後のどこかで、ハッと息を呑む音がした。

と同時に、彼はこの家のあるじが、その部屋にいないことがわかった。彼はおだやかに小声でいった。

「わたしがお伺いすることは、ご存じだったのでしょうね、マダム？」

「ええ……ええ、そりゃもう……」が、彼女の口ぶりは自信がなさそうだ。「おぼえが……あるような気もいたしますが、なにぶんわたくし、ひどくうかつでございましてね、ポアロさん。忘れっぽいんですの」その口調は、情なさそうなうちにもおかし味を見せていた。「聞くことはいろいろと聞いているんです。一応はおぼえたつもりなんでございますけど……すぐ右から左へ抜ける始末で、なにも残らないんですの！　まるではじめから何も聞かなかったみたいに……」

それから、忘れた仕事をふと思い出したような様子で、ぼんやりあたりを見まわしながら小声でいった――

「あなたさまのことでございますから、皆さんをよくご存じのことと思いますけど」

そんなはずはなかったが、それは紹介の煩わしさ、名前を言い間違えまいとする緊張感を自分でほぐそうとしていった、シェヴニックス＝ゴア夫人の見え透いたてにちがいなかった。

この厄介な情況を、彼女はどうにか乗り切ろうと、付け加えていった――

「これは娘の……ルースです」

彼の前に立った女も、やはり背が高くて黒い髪をしていたが、夫人とはまるでタイプがちがう。シェヴニックス＝ゴア夫人のやや平板ではっきりしない目鼻立ちにくらべて、いくぶんわし鼻ではあるが、鼻すじは通り、顎の線もするどく、はっきりしている。なでつけた黒い髪を小さなかたいカールにしてまとめ、顔色はほんのりと明るく、輝くばかりで、ほとんど化粧はしていない。ポアロは内心、こんな美しい娘はめったに見たことがないと思った。

彼はまた、この娘が才色兼備だと見てとったし、いくぶん自尊心が強く、かっとなりやすいと思った。少しものうげにしゃべる彼女の声は、わざとらしく気どっているような気がした。

「エルキュール・ポアロさんをお迎えするなんて、ほんとわくわくしますわ！　おやじさんたら、わたしたちをちょっとびっくりさせるつもりだったんでしょう」

「では、わたしが伺うのは、ご存じなかったんですね、マドモアゼル？」と彼は急いでいった。

「ぜんぜん。でなければ、食後といわず、サイン帳を持ってきて置きましたわ」

ホールから銅鑼《どら》の鳴る音が聞こえて、それから執事がドアをあけて告げた。

「お食事の用意がととのいました」

ところが、彼がととのいましたまでいい終わらないうちに、すこぶる妙なことが起こった。ほんの一瞬だったが、うやうやしげなこの執事に、ひどく驚いた様子が見えたのだ。

　そうした変化はあっという間《ま》のことだったし、たしなみのいい使用人である彼は、すぐもとの無表情に返ったので、たまたまそれを見たもの以外は、誰一人としてその変化に気づくものはなかった。しかし、ポアロは偶然それを見ていたから、不思議な気がした。

　執事は部屋の入口でもじもじしている。彼の顔は再び元の無表情にもどりはしたものの、どことなく緊張しているのが、その態度でわかる。

　シェヴニックス＝ゴア夫人が自信なさげにいった――

「まあ、どういたしましょう……こんなことはめったにないんですけど。ほんとに、わたくし……いいえ、誰だって、どうしたらいいかわかりませんわ」

　ルースがポアロにいった――

「こんなに大騒ぎしておかしいとお思いでしょうけど、父が少なくとも二十年この方、はじめて食事の時間に遅れたからなんですの」

「ほんとにめったにございませんのよ……シャーヴァスはけっして……」とシェヴニックス＝ゴア夫人は泣き出しそうな声だ。

　姿勢がよく、いかにも軍人らしい恰幅《かっぷく》の年輩の男が、彼女のそばへ歩み寄る。そして屈託なく笑いながらいった——

「ジャーヴァスのやっこさん、とうとう遅れましたな！　ひとつ大いにとっちめてやりましょうや。カラーボタンが見つからんのかな？　それとも、ジャーヴァスは、われわれがよくやるそんなへまなんて、絶対にやらんかな？」

シェヴニックス＝ゴア夫人は当惑げな低い声でいった——

「でも、ジャーヴァスは一度も遅れたことがないんですよ」

こんな些細な出来事で大騒ぎするなど、まったく滑稽じみていた。だが、ポアロにとっては、滑稽ではなかった——いや、こうした大騒ぎの背後に、彼は不安を——恐れといってもいいようなものを感じていた。それに彼はまた、あんな奇妙な手紙をよこして呼んでおきながら、ジャーヴァス・シェヴニックス＝ゴアがその客に挨拶をしに出てこないのをおかしいと思った。

一方、みんなは右往左往するばかりだった。思いがけない事態が起こったわけだ。シェヴニックス＝ゴア夫人がやっと行動を起こした——行動といえるかどうかわからないが——てを打った。それも、いかにも煮えきらないものだった。

「スネル、旦那さまは……？」

彼女は語尾をにごして、返事を求めるようにただ執事を見ている。

スネルは女主人の訊き方には慣れているらしく、はっきりと質問をいわれたわけでもないのに、すぐに答える――

「ジャーヴァスさまは八時五分前に階下《した》へおいでになりまして、まっすぐ書斎へお入りになりました」

「あら、そうなの……」彼女は口をポカンとあけたまま、放心したような目をしている。「まさか……ねえ……銅鑼の音は聞こえたでしょうにね？」

「銅鑼は書斎のドアのすぐ外にあるのでございますから、お耳に入ったにちがいないと存じますが、奥さま。もちろんわたくしは、旦那さまがまだ書斎にいらっしゃるかどうかは存じあげませんので。存じておれば、お食事の用意ができましたことを、申しあげにまいるのでございますが。いま行ってまいりましょうか？」

夫人はいいことをいってくれたといわんばかりに、ほっとした様子を見せる。

「そうね、ありがとう、スネル。ええ、行って見てきてちょうだい、頼みましたよ」

そして執事が部屋を出て行くと、彼女はいった――

「スネルはまったく重宝いたしますわ。ほんとに頼りになって。スネルがいなかったら、わたくし、どうしていいかわからないくらいですの」

誰かがつぶやくような小声で、気の毒そうに相槌を打ったが、ほかは一人も口をきかない。ポアロは、大勢いる部屋の空気がにわかに引き締まったのを見て、その場のものが一人残らず神経をとがらせているのを感じた。彼の目は、すばやく彼らを見渡して、大ざっぱにみんなの印象を心に留めた。年輩の男が二人。一人はいまさっき夫人と話をした軍人タイプの男で、もう一人は、いやに唇がうすく、いかにも弁護士くさい、やせて貧弱な白髪の男だ。青年が二人――タイプはまるでちがう。一人は口ひげを生やして、どことなく高慢そうなところから見ると、たぶんジャーヴァス卿の甥で、近衛騎兵だという男だろう。もう一人は、なめらかな黒い髪をきれいに撫でつけた、かなりな男ぶりの青年だが、家柄はさほどよくないらしい。ほかに鼻眼鏡をかけ、利口そうな目をした小柄な中年の女性と、まっ赤な髪の娘がいる。

部屋の入口にスネルが現われた。態度には別条ないが、今度もうわべは無表情な使用人づらを見せてはいるものの、内心の動揺は隠しきれない。

「失礼いたします、奥さま。書斎のドアには鍵がかかっております」

「鍵がかかってる?」

それは男の声だ――ちょっと興奮の見える、若々しくて機敏そうな声だった。髪をオールバックにした例の男ぶりのいい青年だ。彼が進み出ていった――

「わたくしが行って見てまいりましょうか……?」

しかし、ポアロが静かにそれを抑えた。彼の態度がごく自然だったので、このいま着いたばかりの男が、急にその場の収拾に当たっても、おかしく思う者はなかった。

「さあ、書斎へ行ってみましょう」

つづいてスネルにいう――

「すまんが、案内してくれたまえ」

スネルは従った。彼のすぐあとについてポアロが行き、ほかの人たちも羊の群のように、ゾロゾロそのあとにつづいた。

スネルは先頭に立って、広いホール、踊り場から二またに分かれた大きな階段の前、巨大な振子時計、銅鑼の置いてある壁のくぼみ……と通りすぎて、せまい廊下を突き当たりのドアまで案内した。

そこまでくると、ポアロはスネルの前に出て、静かに把手《とって》に手をかけた。把手《とって》は回るが、ドアはあかない。彼は拳でそっとドアのパネルをノックする。それから、だんだんと強く叩く。それから、急に叩くのをやめると、しゃがみこんで鍵穴に目を当てた。

やがてゆっくり立ちあがると、振り向いた。むずかしい顔をしている。

「みなさん！　急いでこのドアを叩き壊さなくちゃなりません！」

彼の指図で、背が高くてがっちりした体格をした二人の青年が、ドアに体当たりをした。なかなかうまくいかない。ハムバラ荘のドアは堅牢だった。

しかし、やっとのことで錠がはずれ、ドアが内側にメリメリと音を立ててあいた。

そして、次の瞬間、一同は入口に固まったまま身動き一つできずに、中の光景に目を見張った。明かりはついている。左手の壁ぎわに大きな書き物机が置いてある。頑丈なマホガニー製のどっしりした机だ。その机に向かっているのではなく、やや斜めに、ちょうどみんなのほうへまっすぐ背中を見せるようにして、大柄な男が前かがみに椅子に坐っていた。頭と上体は、椅子の右側へ傾き、右腕がだらっと垂れている。そしてその手先の真下の絨毯に、小型のピストルが光っていた……

調べるまでもない。情況は一目瞭然だった。ジャーヴァス・シェヴニックス＝ゴア卿はピストル自殺を遂げていたのだ。

3

しばらくの間、入口に立っていた人たちは、身じろぎもせずにその場の光景を見つめていた。やがてポアロが大股で入って行った。

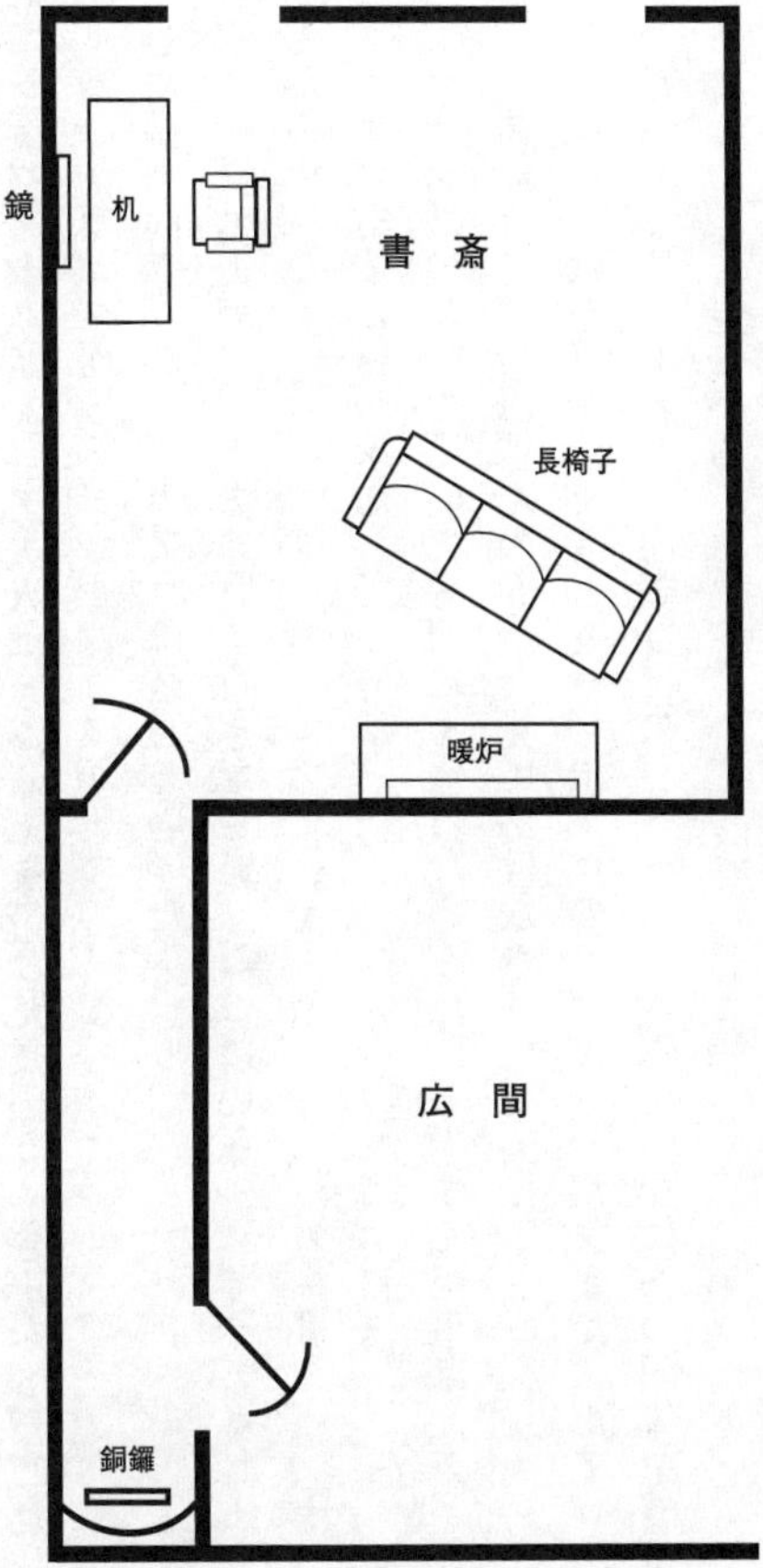
鏡
机
書　斎
長椅子
暖炉
広　間
銅鑼

そのときヒューゴー・トレントがきびきびした口調でいった——

「大変だ、おやじさんが自殺してる！」

そしてシェヴニックス＝ゴア夫人は、ふるえを帯びた長いうめき声をもらした。

「ああ、ジャーヴァスが……ジャーヴァスが！」

肩ごしに振り向きながら、ポアロは厳しくいった——

「シェヴニックス＝ゴア夫人を連れて行きなさい。ここにいらっしゃってもしようがありませんから」

軍人タイプの年輩の男が承知していった。

「さあ、ヴァンダ。おいで。いても何にもならないんだから。すんだ事は仕方がない。ルース、一緒にきて、お母さんの面倒を見てあげなさい」

しかし、ルースは部屋を出ようとせず、ポアロのそばに立ったままだ。ポアロは、椅子にむごたらしくくずおれた、海賊ひげの、ヘラクレスみたいな体格の死体を、おおいかぶさるようにして見ている。

妙に押し殺したような低い緊張した声で、彼女が口ごもりながらいった——

「まちがいございませんの？……死んでいるのは……」

ポアロは目を上げる。

女の顔は興奮――懸命に抑えているらしい興奮――で生き生きとしていたが、ポアロには、その訳がわからなかった。悲しみではない――恐怖を交じえた興奮とでもいったほうが当たっていた。

鼻眼鏡の小柄な女が呟いた――

「ねえ、お母さまは……大丈夫かしら……？」

赤毛の女が甲高いヒステリックな声で叫んだ――

「じゃ、あれは自動車やシャンペンのコルクの音じゃなかったんだわ！　あのとき聞こえたのは、ピストルの音だったのよ！」

ポアロは向き直ると、みんなのほうを見た――

「どなたか警察に連絡していただかないと……」

ルースがはげしい口調で叫んだ――

「いけません！」

弁護士くさい顔をした年輩の男がいった――

「仕方がないのじゃありませんか。連絡してくれませんか、バローズ？　ヒューゴーでも……」

「あなたはヒューゴー・トレントさんですね？」ポアロは口ひげを生やした背の高い青

年に向かって言う。「あなたとわたしだけ残って、あとのみなさんはここを出てくださるとありがたいのですが」

この指図がましい態度にも、不服をとなえるものはなかった。弁護士がほかの連中を連れ出したので、部屋はポアロとヒューゴー・トレントだけになった。

「ちょっと……あなたはいったいどなたです？　ぼくには皆目わからないんですが。ここで何をしていらっしゃるんです？」ヒューゴーが目を据えて訊く。

ポアロはポケットから名刺入れを取り出して、一枚渡した。

ヒューゴーはそれをジッと見ながらいった――

「私立探偵……ですか？　もちろん、お名前は聞いたことがあります……が、何しにここにいらっしゃったのか、やっぱりわかりません」

「あなたは伯父さんが……あの方はあなたの伯父さんなんでしょう？……」

ヒューゴーは死体のほうへチラッと目をやる。

「おやじさんですか？　ええ、正真正銘ぼくの伯父です」

「伯父さんがわたしをお呼びになったことはご存じなかったんですね？」

ヒューゴーは首をふって、ゆっくりいう――「まったく知りませんでしたよ」

彼の声もちょっと興奮しているようだったが、それとわかるほどではない。顔は無神経なほど無表情だが、心の緊張をごまかすのには有効な表情だ、とポアロは思った。

「ここはウェストシャーですね？　警察本部長のリドル少佐は、わたしもよく知ってますよ」とポアロが落ち着いていう。

「リドルの住居は半マイルほど先です。たぶん自分で来るでしょう」とヒューゴー。

「それなら大いに好都合です」

ポアロは静かに部屋の中を調べはじめる。窓のカーテンを横へ押しやって、フレンチ・ウインドーを調べ、そっと押してみる。閉まっていた。

机の向こうの壁に円い鏡が掛かっている。粉みじんになっていた。ポアロはかがんで、小さなものを拾いあげる。

「何ですか？」とヒューゴー。

「たまですよ」

「彼の頭を貫通して、鏡に当たったんですね？」

「そうらしい」

ポアロはそれをもとのところにそっと置く。それから机のそばに寄った。書類がきちんと積み重ねてある。吸取板（大型の吸取紙の四すみを厚紙にはさみ、机上に置いて、書いたものを伏せて吸いとらせるようにする）の上に、紙きれが一枚載っていて、大きなふるえた筆跡で、〝すまない〟と書いてある。

「きっと……実行する直前に……書いたにちがいない」とヒューゴー。

　ポアロは思案顔でうなずいた。

　彼はもう一度こわれた鏡を眺めてから、その視線を死体に移す。額に当惑げな皺が寄る。それからドアのところへ行った。ドアにはこわれた錠前がはずれてぶらさがってい
る。彼の想像どおり、ドアには鍵が差されていない——さもなければ、さっき鍵穴から
のぞいたとき、中が見えなかったはずだ。鍵は床にも見当たらない。ポアロは死体にかがみこむようにして手探りする。

「うん。鍵はポケットの中だ」

　ヒューゴーはシガレット・ケースを出して、一本つける。そしてちょっとしわがれた声でいった。

「情況は一目瞭然ですね。伯父はこの部屋に鍵をかけると、紙きれにメッセージを走り書きしてから、ピストル自殺を遂げたんでしょう」

　ポアロは考えこんだ様子でうなずいた。ヒューゴーはつづけた——

「しかし、なんだってあなたを呼んだんでしょうね？　どうしたっていうんだろう？」

「そこがむずかしいところですよ。トレントさん、警察がきて任に当たってくれるのを待つあいだに、今夜わたしが会った人たちのことを、ひとつ詳しく話していただけませ

んか？」

「みんなのこと？」ヒューゴーの口ぶりは何かほかのことを考えているようにうわの空だ。「ああ、いいですとも。失礼しました。まあ、坐りましょう」そういうと、死体からいちばん遠い隅のほうにある長椅子を指さした。それから、ぎごちない口調で話しつづける――「ええっと……ヴァンダは……わたしの伯母です。それから従妹のルース。でも、この二人のことはご存じですね。もう一人の娘はスーザン・カードウェルです。いまここに泊まってるんです。それからベリー大佐。うちの古くからの知り合いです。それからフォーブズさん。彼もうちの古くからの知り合いで、うちの顧問弁護士の仕事なんかもしてもらっています。この二人ともヴァンダの娘時代は彼女に熱を上げましてね。今でも忠実に、献身的に、まとわりついています。ちょっと滑稽ですが、感心なもんです。それから、ゴドフリー・バローズは、おやじさんの……いや、伯父の……秘書で、ミス・リンガードは、伯父が執筆していたシェヴニックス＝ゴア家の年代記の手伝いにきていたんです。彼女はそういうものを書く人たちに、歴史的な資料をふんだんに提供するんです。こんなところだと思いますが」

ポアロはうなずいて、それから訊いた――

「ところで、伯父さんが命を落としたピストルの音は、ちゃんと聞こえたと思いますが……？」

「ええ、みんな聞きました。でも、シャンペンのコルクを抜く音だと思いましてね……少なくとも、ぼくはそう思いました。スーザンとミス・リンガードは、表で車がバックファイアしてる音だと思ったようです……すぐそばが道路なもんですから」

「それはいつのことでした？」

「えぇっと、八時十分ばかり過ぎでした。ちょうどスネルが最初の銅鑼を鳴らしたところでしたから」

「で、そのとき、あなたはどこにいましたか？」

「ホールです。ぼくたちは……ぼくたちはその音のことで笑いながら論じ合っていたんです……あの音がどこでしたかといってね。ぼくは食堂だというし、スーザンは客間の方角から。ミス・リンガードは二階かららしいという意見で、スネルは表の道路だが、二階の窓から聞こえてきたのだと言いました。するとスーザンが、〝もうほかには考えようがないかしら？〟っていったので、ぼくは笑いながら、〝ほかにっていえば、人殺しにきまってるじゃないか〟っていったんですが、いまから考えると、まったくいやなことをいったもんです」

彼の顔が神経質そうにゆがむ。

「誰もジャーヴァス卿がピストル自殺を遂げるなんて思わなかったようですね？」

「ええ、そりゃそうですとも」

「実際、あなたも彼がピストル自殺をするとは、思いがけなかったでしょう？」

「うん、そうですね。ぼくは……」とヒューゴーはのろのろした口調でいう。

「心当たりでもあるのですか？」

「ええ……いや……ちょっと説明しにくいんですが……。もちろん彼が自殺するとは思ってませんでしたが、それでも度胆を抜かれたってほどじゃないんです。じつは、伯父はまるで気が狂っていたも同然でしたからね、ポアロさん。これは誰でも知ってることです」

「それで自殺したのだと思ったのですな？」

「まあね。人間なんて、ちょっとしたはずみにピストル自殺くらいやりかねませんからね」

「すこぶる簡単に割りきりましたな」

　ヒューゴーは目をぱちくりした。

　ポアロはもう一度立ちあがると、部屋をぶらぶら歩きまわる。居心地よく家具が整えてある。主として重厚な感じのヴィクトリア風の家具類だ。どっしりした本箱。とてつもなく大きな肘掛け椅子。何脚かある背もたれ椅子は代表的なチッペンデール（十八世紀に流行した家具意匠の装飾様式）風だ。装飾品はあまりないが、マントルピースに載ったいくつかのブロンズの置き物が目に留まったので、彼はちょっと見たくなった。彼は一つ一つ取り上げると、丹念に眺めては、そっともとの場所に置く。いちばん左端にあったものから、爪の先で何か剝がし取った。

「何ですか？」ヒューゴーはさほど興味もなさそうに訊く。

「大したものじゃありません。姿見の銀白のかけらですよ」

「いや、たまで鏡が割れるなんて、うまく当たったもんですね。鏡が割れるのは不吉だっていうけれど。伯父さんもかわいそうに……どうも運がつづきすぎると思いましたよ」

「伯父さんは運がよかったんですか？」

ヒューゴーは短い笑い声を立てる。

「だって、伯父の運のいいことは、誰一人知らない者がないくらいでしたからね！　彼が手を触れれば、なんでも黄金《きん》になりましたよ！　勝ちそうにない馬に賭ければ勝つ。見込み薄の鉱山に投資すれば、たちまち鉱脈にぶつかる。進退きわまったようなときにも、九死に一生を得る。奇跡的にいのち拾いしたのも、一度や二度じゃありません。あれで一応は彼も傑物でしたよ。たしかに見聞も広かったです……あの時代のたいていの人よりもね」

ポアロが打ちとけた調子でいう――

「あんたはだいぶ伯父さんが好きだったようですな、トレントさん？」

そう訊かれて、ヒューゴーはちょっと驚いたような顔をする。

「ええ……まあ……そりゃあね」なんとなくあいまいにいう。「ときどきちょっと気むずかしくなることもありました。ま、一緒に暮らせば、ずいぶん気骨が折れたでしょうが。さいわい、ぼくはあんまり会うこともなかったので」

「彼のほうでもあなたに好意をもってましたか？」

「いや、あなたの思ってらっしゃるほどじゃありませんでしたよ！　それどころか……まるでぼくのいるのがいまいましそうでした」

「なんですって？」

「だってそうでしょう、伯父には自分の息子がありませんでした……そして、それをひどく苦にしてました。彼は家門とか、そういったものについては、とてもやかましくて。自分が死ねばシェヴニックス＝ゴア家が断絶すると思って、残念で仕方がなかったにちがいありません。ノルマン人のイングランド征服以来つづいてきた家柄ですからね。伯父はその最後だったわけです。彼にしてみれば、ずいぶんおもしろくなかったろうと思いますよ」

「で、あなたはそう思わないんですか？」

ヒューゴーは肩をすくめる。

「そんなの、ぼくは時代遅れだと思いますね」

「遺産はどうなるんです？」

「さあ、よくわかりません。ぼくのものになるかもしれないし。ルースに遺すことにしてあるかもしれません。ヴァンダが生きてるあいだは、たぶん彼女のものでしょう」

「伯父さんは自分の意向をはっきりいったことがないんですか？」

「まあ、彼の持論はありましたけどね」

「で、それは？」

「ルースとぼくを一緒にして、相続させようっていうんです」

「なかなか筋の通った考えじゃありませんか」

「大いに筋は通ってますよ。しかし、ルースは……そう、ルースはルースで、ちゃんと生き方を考えてますよ。そうでしょう、彼女はとっても魅力的な女性で、自分でもそれを心得てます。あわてて結婚して身を固めるなんて、しやしませんよ」

ポアロは身を乗り出した。

「しかし、あなた自身は乗り気でいたんでしょう？」

ヒューゴーはうんざりしたような口調でいった——

「いまどき、誰と結婚したって、どうってことはないと思いますね。離婚は簡単しごくだし。うまくいかなけりゃ、さっさと解消してやり直すなんて、朝めし前ですからね」

そのときドアがあいて、フォーブズが背の高いスマートな感じの男を連れて入ってきた。

その男はトレントにうなずいて見せる。

「やあ、ヒューゴー。このたびはどうも、ほんとにご愁傷さま。とんだことになったね」

エルキュール・ポアロが進み出た。

「お元気ですか、リドル少佐？　わたしを覚えてるでしょうね？」

「おぼえていますとも」警察本部長は握手する。「ここにいらしてたんですか？」

彼の口調はちょっと考えこんでいるふうだ。チラッとけげんそうな目をポアロに向けた。

4

「どうだね？」とリドル少佐。

二十分後のことだ。本部長が〝どうだね？〟と訊いたのは、警察医に対してで、彼は灰色の髪をした痩せた中年だ。

医者は肩をすくめる。

「死後三十分以上……が、一時間とは経ってませんな。専門的な説明の必要はありますまいから、やめときます。頭を撃ったもので、ピストルは右のこめかみから四、五インチのところから射ってます。弾丸は頭蓋骨を貫通してます」

「自殺の条件がすっかり揃ってるってわけだね？」

「ええ、完全です。死体は椅子からずれ落ちそうになっていて、ピストルが右の手から落ちてるし」

「たまはあったんだね？」

「ええ」医者は弾丸を差し上げて見せる。

「よし」とリドル少佐。「しまっといて、あとでピストルと合わせてみよう。はっきりしてて、面倒がないから助かるな」

ポアロが静かに訊く——

「ほんとに面倒はないんですか、先生？」

医者はゆっくり答える——

「ええ。妙ないい方をなさいますな。ピストルを撃ったときに、ちょっと右のほうへ身体が傾いたにちがいありません。でなければ、たまはまん中に当たらずに、鏡の下の壁に当たったはずですから」

「自殺をするにしては、居心地の悪い姿勢だな」とポアロ。

医者は肩をすくめる。

「まあ、そうだな……居心地ねえ……でも自殺をしようというときには……」といいかけて、口をつぐんだ。

リドル少佐がいった——

「死体はもう動かしていいんだろう？」

「はあ、結構です。検死解剖の段階まではすませましたから」

「きみのほうはどうだね、警部？」リドル少佐は背の高い、冷然たる表情の私服に訊く。

「オーケーです、本部長。全部すみました。あとはピストルについた本人の指紋を採るだけです」

る。

「じゃ、そっちをつづけてくれ」

ジャーヴァス・シェヴニックス＝ゴアの遺体は運び去られ、本部長とポアロだけが残った。

「ところで、情況は一目瞭然で、問題ないと思うがね」とリドル。「ドアは錠が下りていた。ドアの鍵は死人のポケットの中ときてるんだから。何もかもちゃんと揃ってる……ただ一つだけ問題があるが」

「それは何です？」とポアロが尋ねる。

「あんただよ！」リドルがぶっきらぼうにいう。「いったいここで何をしてるんだね？」

返事の代わりに、ポアロは一週間前にジャーヴァス卿から受けとった手紙と、そのあげく彼をここに来させた電報を手渡した。

「ふーん」と本部長。「おもしろいですな。こいつは徹底的に調べなくちゃならんな。どうもこれは彼の自殺に直接の関係がありそうだな」

「そうだね」

「この家にいる連中を洗ってみなくちゃ」

「名前はわかってる。いまトレント君に訊いたばかりだから」

そういって、ポアロは一同の名前を挙げた。

「あんたはこの連中のことを、少しは知ってると思うんだが？」

「もちろん、いくらかは知っている。シェヴニックス＝ゴア夫人ってのは、ジャーヴァス卿に負けず劣らず気違いじみてたね。二人はおしどり夫婦だったが……どちらもどうかしてたよ。薄気味わるいほど抜け目がなくて、こっちが唖然とするほどずばずばいってのけることもあって、あんな得体の知れぬ女は見たことがない。みんな彼女をすっかりばかにしてるが。どうも彼女はそのことを知ってるくせに、そ知らぬ顔をしてるような気がする。ユーモアなんてものは、まったく受けつけないよ」

「ミス・シェヴニックス＝ゴアは一人娘で、養女だそうだね？」

「ああ」

「とても美人だね」

「恐ろしく魅力的だ。この辺の若い連中は、たいていひどい目に遭ってるよ。何しろ、さんざん引っぱりまわしたあげく、打っちゃりを喰わせて笑いものにするんだから。乗馬もうまいし、手綱さばきは見事だ」

「ま、そんなことは、差し当たってどうでもいいがね」

「うん……まあ、そうだがね……それから、ほかの連中だが。ベリー老人も、もちろん知ってる。彼はほとんどここに入りびたりだ。まるでこの家の飼い猫みたいにね。さしあたり、夫人の副官ってとこだろう。ずいぶん古くからの友人で……はじめからの付き合いだろう。彼はジャーヴァス卿と二人で何かの会社に資本金を出していて、ベリーがその取締役だったらしい」

「オズワルド・フォーブズについては？」

「一度しか会ってないんでね」

「ミス・リンガードは？」

「聞いたことがないな」

「ミス・スーザン・カードウェルは？」

「赤毛の、ちょっと器量のいい娘だろう？　二、三日前にルース・シェヴニックス＝ゴアと一緒のところを見かけたが」

「バローズ氏は？」

「彼なら知ってる。シェヴニックス＝ゴアの秘書だ。ここだけの話だが、あの男は虫が好かん。男っぷりがよくて、それを鼻にかけているのさ。上流階級の出ってわけじゃないようだがね」

「秘書になって長いのかね？」

「二年ほどだと思うが」

「で、ほかにはもういないかね……そのう……？」

ポアロはいいかけてやめた。

背広を着た背の高い、金髪の男が急ぎ足で入ってきたからだ。彼は息を切らして、泡を喰った顔をしている。

「今晩は、リドル少佐。ジャーヴァス卿がピストル自殺をしたと聞いたので、飛んできたんです。スネルに訊いたら、ほんとだそうですね。嘘みたいだ！　とても信じられませんよ！」

「ほんとだとも、レイク。紹介しよう。こちらはレイク大尉。ジャーヴァス卿の地所の管理をしてるんだ。こちらはエルキュール・ポアロさん……聞いたことがあるだろう」

レイクの顔は、とても信じられないといったふうな喜びに輝いた。

「エルキュール・ポアロさんですって？　お会いできて、ほんとにうれしいですよ。少なくとも……」といいかけて、ふと口をつぐむ。ニコニコしていた微笑が消えて、取りみだした当惑顔になる――「まさか……あの自殺に……おかしなところがあるっていうんじゃないでしょうね？」

「なぜそんなふうに、おかしいな、とところかなんていうんだね？」と本部長が鋭い口調で訊く。

「つまり、ポアロさんがここに見えてるからですよ。いや、それに何もかも、まるきり嘘みたいだからです！」

「いやいや」とポアロはあわてていった。「わたしはジャーヴァス卿が亡くなったので来たんじゃないんです。その前からここにいたんですよ……お客としてね」

「ああ、そうですか。おかしいなあ、今日の午後、相談ごとがあって彼に会ったときには、あなたが見えるなんて話は全然ありませんでしたがねえ」

「あなたはいま、嘘みたいだという言葉を、二度も使いましたね、レイク大尉。すると、ジャーヴァス卿の自殺が、そんなに意外なんですか？」とポアロが静かにいう。

「そうですとも。そりゃあ、彼はまるで気が狂ってるみたいでしたよ。誰だってそういってます。だが、それにしても、わたしは彼が、世界が彼なしでもやっていけるだろうと考えていたなんて、想像もできませんからね」

「なるほど、それは重要な意味を持つ話ですな」そういうと、ポアロは率直で利口そうな青年の顔を、しげしげと眺める。

リドル少佐が咳ばらいをした――

「まあ、ここに来たついでに、ひとつ腰でも下ろして……訊きたいことがあるから、話してくれませんか、レイク大尉？」

「いいですとも、本部長さん」

レイクは二人の向かい側の椅子に腰かける。

「最後にジャーヴァス卿に会ったのは？」

「午後三時ちょっと前でした。照合しなければならない勘定が二、三あったし、農場の一つに新しく入れた借地人のこともあったので」

「どれくらい一緒にいました？」

「三十分くらいでしょう」

「彼の様子にいつもと違った点がなかったかどうか、よく考えて返事してください」

青年は考える。

「いや、どうも思い当たりません。ちょっと興奮してるようでもありましたが……そんなことは、彼の場合、珍しくないので」

「憂うつそうな様子は全然なかったんですな？」

「ええ、まったく。上機嫌のようでした。シェヴニックス＝ゴア家の年代記を書いているので、この頃はとてもご機嫌でした」

「いつ頃から書きはじめたんです？」

「半年ばかり前からです」

「ミス・リンガードが来たのは、その頃ですか？」

「いいえ。あの女《ひと》は二カ月ほど前に、ジャーヴァス卿がどうしても必要な調べ物を自分じゃできないことがわかったので、きたんです」

「で、あんたの感じでは、彼はご機嫌だったというんですな？」

「ええ、とっても！　彼にとっちゃ、自分の一族ほどこの世で大事なものはありませんでしたから」

青年の口ぶりはちょっと苦々しげだ。

「すると、あんたの知ってるかぎり、ジャーヴァス卿には心配事のある様子はなかったというんですな？」

ちょっと……ほんのちょっと口ごもってから、レイク大尉は答えた。

「そうです」

とつぜんポアロが口をはさんだ。

「ジャーヴァス卿はお嬢さんのことでも、ぜんぜん心配していなかった、とあなたは思いますか？」

「お嬢さん？」

「そうです」

「わたしの知ってる範囲では、してませんでした」と青年はぎごちなくいう。それきりポアロが何もいわないので、またリドル少佐がつづけた――

「いや、どうもありがとう、レイク。また訊くことがあるかもしれないから、その辺にいてくれたまえ」

「承知しました」といって彼は立ち上がる。「何かわたしにできることは？」

「そうだな、執事をここによこしてくれないか。それから、すまないがシェヴニックス＝ゴア夫人を見舞って、あとでちょっと話ができそうか、あるいはすっかり参っているようか、知らせてもらいたいんだが」

青年はうなずくと、しっかりした足どりでさっさと部屋を出て行った。

「なかなか人間的に魅力のある男だね」とポアロ。

「ああ、いい男だし、なかなか働きものです。みんなに好かれてますよ」

5

「腰掛けていいよ、スネル」リドル少佐は打ちとけた口調でいう。「いろいろ訊きたいことがあるんだがね。今度のことじゃびっくりしたろうな」

「はあ、ほんとに、本部長さん。どうもありがとうございます、本部長さん」スネルは腰を下ろしたが、あまり静かに坐ったので、まったく立ったままでいるのじゃないかと思ったほどだった。

「ここは長いんだろうね？」

「十六年になります。ジャーヴァス卿が……あのう……つまり、落ち着かれましてからずっとでございますので」

「ふうん、なるほど。ご主人は若い頃は大の旅行家だったからね」

「はあ、さようで。北極探検にも行かれましたし、そのほかにもほうぼう、おもしろいところへおいでになりました」

「ところで、スネル、今晩、最後にご主人を見たのはいつ頃だったか話してくれないか？」

「わたくしは食堂で、お食事の用意に手落ちがないか見ておりました。ホールへ出るドアはあいておりましたので、ジャーヴァス卿が階段を降りてこられ、ホールを通って、廊下を書斎のほうへいらっしゃるのが見えたのでございます」

「それは何時ごろだったね？」

「八時ちょっと前。五分くらい前だったでございましょうか」

「で、彼を見たのは、それが最後だったんだね？」

「さようでございます」

「ピストルの音は聞こえたかね？」

「はあ、そりゃもう。でも、もちろんそのときは毛頭……思いもよりませんでした」

「なんだと思ったのかね？」

「わたくしは車だと思いました。お庭の塀のすぐ近くに道路がございますので。でなければ、森で撃っている鉄砲……密猟者が撃ってる鉄砲の音かもしれないと思いました。まさか……」

リドル少佐がさえぎって訊く——

「それは何時だった？」

「きっかり八時八分過ぎでございました」

本部長は鋭い口調でいった——

「どうして八分だなんて、はっきり言えるんだ？」

「簡単なことです。最初の銅鑼を鳴らしたばかりでございましたから」

「最初の銅鑼？」

「はい。旦那さまのご命令で、いつも実際のお食事の時間より七分早く鳴らすことになっておりましたので。旦那さまはたいへん時間に几帳面でございまして、二度目の銅鑼が鳴りますときには、みなさま、ちゃんと客間に集まっておいででございました。わたくしは二度目の銅鑼を鳴らしますと、すぐ客間に行って、お食事の用意のできましたことをお伝えしまして、みなさま食堂へお入りになりました」

「うん、それでようやくわかったよ」とポアロ。「さっき食事の用意ができたと知らせにきたとき、きみがあんなに驚いていたわけがね。いつもならジャーヴァス卿は、もう客間にいたはずだったんだね？」

「いままであそこにいらっしゃらないことは、一度もございませんでした。まったく驚きました。よもや……」

リドル少佐が、またうまく相手をさえぎっていう――

「で、ほかの人たちもいつもはあそこに来てるんだね？」

スネルは咳ばらいをする。

「食事の時間に遅れた方はどなたも、二度と招かれることはありませんでした」

「ふーん、ずいぶん徹底してたんだなあ」

「旦那さまは、以前モラヴィア皇帝にお仕えしていた料理長をお雇いになっておられました。この男が、食事は宗教上の儀式と同じくらい大切だと、口ぐせのように申しておりましたものですから」

「で、家族の方たちはそれについてはどうなんだね？」

「奥さまはいつもご主人さまに腹を立てさせまいと、ことのほか気をお遣いでございましたし、ルースさまでさえ、さすがにお食事に遅れることはございませんでした」

「なかなかおもしろいね」とポアロが呟くようにいう。

「そうか」とリドル。「すると、夕食が八時十五分に始まるから、最初の銅鑼は、いつものように八時八分過ぎに鳴らしたわけだね？」

「さようでございます……が、いつものようにではございません。お夕食はいつも八時でございました。ただ遅い汽車でお客さまが見えるから、今夜だけは十五分遅らせるようにという、旦那さまのおいいつけだったのでございます」

スネルはそういいながら、ポアロに向かってていねいにお辞儀をした。

「ご主人は書斎へ行くとき、少しでも取り乱したり、心配そうな様子はなかったかね？」

「わかりません。わたくしのところからは遠すぎて、お顔色などは見分けがつきかねました。お姿を拝見しただけでございました」

「書斎へは一人だったかね？」

「はい」

「その後、書斎へ行った者はあるかね？」

「わかりません。そのあと、わたくしは食器室に入りまして、八時八分に最初の銅鑼を鳴らすまで、そこにおりましたので」

「そのときピストルの音がしたんだね？」

「はい」

ポアロが横から穏やかに質問した。

「ピストルの音を聞いたのは、ほかにもいたと思うが……？」

「はい。ヒューゴーさまに、カードウェル嬢。それからミス・リンガードも」

「その人たちもホールにいたのかね？」

「ミス・リンガードは客間から出てこられましたし、ミス・カードウェルとヒューゴーさまは、ちょうど階段を降りてこられるところでございました」

ポアロが訊いた――

「そのことについて話は出なかったのかね？」

「そうでございますねえ、ヒューゴーさまが、夕食にシャンペンが出るのかとお訊きになりましたので、シェリー酒と、ホック（ドイツのライン地方産の白ワイン）と、バーガンディ（フランスのバーガンディ地方産のワイン）をお出しいたしますと申しあげました」

「彼はシャンペンのコルクを抜く音だと思ったんだね？」

「はい」

「しかし、誰もそれを真剣には受け止めなかったんだろうね？」

「はい。みなさまは談笑しながら客間へお入りになりました」

「そのほかの人たちはどこにいたのかね？」

「わかりかねますが」

今度はリドル少佐が――「このピストルに見おぼえがあるかね？」といいながら、ピストルを差し出す。

「はい、ございます。旦那さまのものでございます。いつもここのあの机の引き出しに入れてございました」

「いつもたまが入ってたのかね？」

「それはわかりかねます」

リドル少佐はピストルを置くと、咳ばらいをした。

「ところでスネル、ひとつ重大なことを訊くから、できるだけ正直に答えてもらいたい。

きみは、ご主人の自殺の原因になるようなことに、心当たりはないか？」

「いいえ。まったく心当たりはございません」

「最近ジャーヴァス卿の様子に妙なところはなかったかね？　元気がないとか……心配そうだとか……？」

　スネルは弁明するように咳ばらいをした――

「こう申しあげてはなんでございますが、旦那さまは、知らない方の目から見ますと、多少おかしゅうございましたでしょう。とても風変わりな方でございましたから」

「ああ、そうだね、それはわたしもよく知ってる」

「はたの者たちには、絶対にジャーヴァス卿のお人柄はのみこめませんでございました」

　スネルはいやに力を入れてそういった。

「なるほど、わかるよ。しかし、そのきみが見ても、普段と違うところは、少しもなかったんだね？」

　執事はちょっとためらった。

「何かご心配ごとがおありのようには見えましたが」と思い切ったようにいう。

「心配そうに沈んでたんだね？」

「沈んでいた、とは申しあげませんでした。心配ごとがおありのようだったと申しあげましたので」

「なぜ心配してたか、思い当たるふしはないかね？」

「ございません」

「たとえば、誰か特定の人物に関連したことじゃなかったのかね？」

「まったくわかりかねます。とにかく、わたくしがそういう気がしただけでございまして」

ポアロがふたたび口を開いた――

「彼の自殺には、きみも驚いたろうね？」

「とても驚きました。ひどいショックで。まさかこんなことになろうとは、夢にも思いませんでしたもので」

ポアロは思案顔でうなずく。

リドルはチラッとポアロを見てからいった――

「じゃ、スネル、われわれが訊きたいのはこんなところだ。きみにはもうほかに話すことはないんだね？……たとえば、ここ二、三日中に妙なことがあったといったような……」

執事は立ちあがりながら首を横に振る。

「もうございません。何もございません」

「じゃ、引き取っていいよ」

「ありがとうございます」

スネルはドアのほうへ歩いて行ったが、さっと身を引いて脇へのいた。シェヴニックス＝ゴア夫人が入ってきたのだ。

彼女は、身体にぴったりと巻きついた、紫とオレンジの縞模様の、東洋風な服を着ている。表情は穏やかで、態度も落ち着きはらっていた。

「シェヴニックス＝ゴア夫人」リドル少佐はすぐに立ち上がった。

「何かご用がおありと聞きましたので、まいりました」と夫人。

「ほかの部屋へまいりましょうか？　ここではあまりなんですから」

夫人は首を振って、チッペンデール風の椅子に腰を下ろすと、呟くような小声でいった――「いいえ、かまいません」

「どうもご無理をおねがいいたしまして、恐れ入ります、シェヴニックス＝ゴア夫人。さだめし今度のことでは、ひどいショックを受けられたことでございましょう……」

彼女は彼の言葉をさえぎった――

「はじめは多少ショックを受けました」彼女の口調はゆるやかで、固苦しくない。「でも、ほんとうは死などというものはございませんのよ。ただの変化にすぎないのです」それからつけ加えていう――「現にいまも、ジャーヴァスはあなたの左肩のすぐ後ろに立っております。わたくしには彼の姿がはっきり見えます」

リドル少佐はわずかに左肩をぴくっとさせた。そして、けげんそうに夫人を見る。

彼女はかすかな、うれしそうな微笑を彼に向ける。

「そりゃ、とてもお信じになれないでしょうとも！　信じられる人はめったにございません。わたくしにとりましては、霊魂の世界も、この世界と同じに実在しております。まあ、それはともかくとして、どうぞなんでもお尋ねくださいまし。わたくしが悲しむだろうとご心配くださる必要はございません。わたくしはちっとも悲しんでなどいませんから。何事も運命でございますもの。人間は誰も宿命《カルマ》から逃れることはできません。それは……鏡でも……何でも同じことです」

「鏡でもですって、奥さま？」とポアロ。

彼女はなんとなく鏡のほうへうなずいてみせる。

「ええ。粉みじんになっておりましょう。一つのあらわれじゃございませんか！　テニスン（アルフレッド・テニスン。一八〇九～九二。イギリスの詩人）の詩をご存じでしょう？　わたくし、娘の頃よく読みましたわ……もっともその頃は、神秘的な味わいなどわからなかったにちがいありませんけど。〈鏡は左右にひび割れた。〝はやもわが身は呪われぬ！〟とシャロット姫はなげきいう〉（テニスン一八三三年の作『シャロット姫』の中の一句）ジャーヴァスの身に起きたのも、これと同じです。とつぜん呪いがかかったのです。古くからつづいた家には、たいてい呪いがかかっています……鏡が割れたんですもの。彼は運命を知っていたはずです！　呪いがかかっていたのです！」

「しかしマダム、鏡が割れたのは、呪いのためじゃありません……ピストルのたまが当たったのです」

夫人は相変わらずうっとりしたような口調でいった——

「同じことです……それが運命なのですから」

「しかし……ご主人はピストル自殺を遂げられたのですよ」

夫人は優しく笑う。

「もちろんそんなはずはございません。でも、ジャーヴァスは気短かでしたからね。待てなかったのでしょう。定めの時がまいったので……彼は自分から進んでそれを受け入れたのです。ほんとは、なんでもないことなのですわ」

リドル少佐は憤然として咳ばらいをすると、厳しい口調でいった——

「では、ご主人が自殺なさったのに、あなたは驚かれなかったとおっしゃるのですね？　このようなことが起きるのを、予期していらっしゃったのですか？」

「まあ、そんなことはありません」彼女は、目を見張る。「誰だって先のことはわかりませんもの。もちろんジャーヴァスはとても変わってました、とても異常な人間でした。普通の人とは、まるきりちがってました。彼は神さまの生まれ変わりだったのでございますもの。わたくしは、もうだいぶ前からわかっておりました。彼自身もわかっていたことでございましょう。この世の凡人並になろうとして、とても苦労しておりました」それからリドル少佐の肩の向こうに目をやりながらつづける――「ほら、笑っております。おまえたちはなんてばかなんだろうと思ってるのでございましょう。実際わたくしどもはばかですものね。まるで子供みたいですわ。この世の人生が本物だと思って、後生大事に……でも、この世の人生なんて、大きな夢まぼろしにすぎないのですわ」

劣勢を挽回しようとして、リドル少佐は必死になって訊く――

「あなたはご主人がどうして自殺なさったかという訳については、いっこうにお話しくださらないのですね？」

夫人はやせた肩をすくめてみせる。

「神のお力がわたくしたちを動かしているのです……神のお力がね……。あなたにはそれがおわかりにならないのです。あなたは物質面でしか動こうとしないのですもの」

ポアロが咳ばらいをした――

「物質面のことと申せば、ご主人の遺産のことは、どうお考えでいらっしゃいますか、マダム？」

「遺産？」まじまじと彼を見る。「遺産のことなど考えたこともございません」

いかにも軽蔑的な口調だ。

ポアロは質問を切り換える。

「今晩お食事に降りていらしたのは、何時ごろでございました？」

「時間ですか？　時間ってなんでございましょう？　無限……これがお答えです。時間は無限でございます」

ポアロは呟いた――

「しかしマダム。ご主人はだいぶ時間についてはおやかましかったようですが……わたしの聞き及びましたところでは、とくに夕食の時間が……」

「ジャーヴァスったら」にっこり笑っていう。「そのことについては、ほんとにどうかしてましてね。でも、それで喜んでいるのですから。わたくしどもも時間には一度も遅れたことがございませんでした」

「最初の銅鑼が鳴ったときは、客間にいらしたのですか？」

「いいえ、まだ自分の部屋でございました」

「階下へお降りになったとき、客間にどなたがいらっしゃったか、ご記憶はございませんでしょうか？」

「ほとんどみんなだったと思いますけど。それが何か？」とあいまいにいう。

「いいえ、何でもございません。それから、もうひとつお伺いしますが……ご主人さまが、何か盗《と》られそうだとおっしゃったことはございませんか？」

夫人はその質問には、あまり興味がなさそうだった。

「盗られる？　いいえ、そんな話は聞かなかったと思いますけど」

「盗られるとか、ペテンにかけられるとか……何かでだまされそうだ、といったような……？」

「いいえ……いいえ……ございませんわ……人がそんなことをしようものなら、ジャーヴァスはかんかんに腹を立てたはずでございますもの」

「とにかく、そういうことでは、全然お話しがなかったのですね？」

「ええ……ございません」夫人は相変わらずあまり興味がないらしく、首をふる。「あれば思い出すはずですし……」

「最後にご主人にお会いになったのは、いつのことでしたか？」

「食事前に階下《した》へ降ります途中で、いつものように、わたくしの部屋に顔をのぞかせました。メイドがいましたけど。階下《した》へ行くよ、と声をかけただけでした」

「ここ一、二週間、どんな話をいちばんよくしていらっしゃいましたか？」

「そりゃあ年代記のことでした。あれにかかりっきりでございましたからね。あのおかしなリンガードさんが、とても役に立っていたようです。あの女《ひと》はいろんなことを大英博物館に行って、調べ上げてまいります——歴史的なことはなんでもですの。何しろマルキャスター卿のところで、著書のお手伝いをしていたのでございますものね。それに気が利いていましてね……つまり、具合の悪いようなことは、調べもいたしませんの。だって、蒸し返したくない祖先の人たちもありますから。その点、ジャーヴァスはとても神経質でしてね。彼女はわたくしの手伝いもいたしますが、ハトシェプスト女王（古代エジプトの女王）のことを、いろいろ話してくれます。わたくしはハトシェプスト女王の生まれ変わりでございますから」

　夫人は落ち着いた声でそういうのだ。

「その前は、アトランティス（神罰によって海底に沈められたといわれる伝説上の楽土）の巫女でしたの」

　リドル少佐は腰かけたまま、じりじりしている。

「はあ……それは……たいへん興味深いですな。では、これでもう結構だと存じますので。どうもたいへんありがとうございました」

夫人は東洋風の衣裳の襟をかき合わせながら立ち上がる。

「おやすみなさい」それからリドル少佐の後ろの一点に目を向けた。「おやすみなさい、ジャーヴァス。一緒にいらっしゃれるといいんですけど、あなたはここにいなくちゃならないんでしょうね」そしていい訳するように、付け加えた。「いつもお過ごしになった場所ですから、せめて二十四時間はいなくちゃなりませんわね。もうしばらくしなくちゃ、勝手に行ったり来たりできませんわよ」

彼女は裳《も》すそをひきずるようにして出て行った。

リドル少佐は額を拭う。

「ヒェーッ！　あんなに狂ってるとは思わなかった。あんなばかばかしいことを、ほんとに信じてるのかねえ？」

ポアロは思案げに首をふる。

「ああでもしなけりゃ、やりきれないんだろう。こんなときには、夫の死という厳然たる事実を忘れるために、夢のような世界を自分で創り出さずにおれないんだよ」

「わたしには、頭が狂ってるのは、九分九厘まちがいないと思うんだが。愚にもつかないことばかりしゃべって、まともなことはひと言《こと》もいいはしないんだから」

「いやいや、そうじゃないよ、きみ。なにかのはずみにヒューゴー・トレント君も言ってたが、愚にもつかないことをいいながら、ときたまギクッとするような辛辣な文句が飛び出すってのは、なかなかおもしろいじゃないか。ミス・リンガードが、あまり望ましくない祖先の人たちのことを詮索しないのは気が利いてるといったが、あれがそうだよ。ほんとのところは、シェヴニックス＝ゴア夫人は、ばかなんかじゃないね」

彼は立ちあがって、部屋の中を行ったり来たりする。

「どうもこの事件にはくさいところがある。いや、まったく気に入らない」

リドルはけげんそうに彼を見る。

「自殺の動機がかね？」

「自殺？……自殺だって！　まるで違うよ。心理的に見て違ってるよ。シェヴニックス＝ゴアは自分をどう見ていた？　コロッサス（ロードス島にあるアポロ神の巨像）、途方もなく重要な人物、宇宙の中心と考えてたじゃないか！　そんな男が自殺をするかね？　絶対にしないよ。それくらいなら、ほかのやつを殺す可能性のほうがずっとある……するに事欠いて、彼を困らせるようなことをした、哀れな、吹けば飛ぶようなやつをね……。そういう人間を消してしまうことなら、彼は必要……いや、正しいことだと考えるかもしれない。しかし、自殺となるとね？　自分自身を破壊するだろうかね？」

「なるほど、それももっともだな、ポアロ。しかし、証拠は歴然としてるからね。ドアは錠が下りてて、鍵は彼のポケットに入ってる。フレンチ・ウインドーはぴったり戸締まりがしてある。わたしはこういうことは小説なんかにはあるが……実際に出くわしたのは、はじめてだ。ほかに何かあるかね？」

「それがあるんだよ」ポアロは椅子にかける。「わたしはここにいる。わたしがシェヴニックス＝ゴアとするよ。わたしは机に向かって坐っている。そして自殺しようと決心する……そうだな……家名をひどく傷つけるようなことを発見してしまったからだ。あまりピンと来ないが、ま、そういうことにしとこう。

ええっと、次はどうするかな？　紙きれに〝すまない〟と走り書きをする。うん、これは書くだろう。それから机の引き出しをあけて、しまってあったピストルを出し、たまがこめてなければ、たまをこめる。それから……自分を撃ったか？　いや、まず椅子の向きを変えたんだ……こういうふうにね。そしてちょっとばかり右へもたれかかる……こうだ……それから……それからピストルをこめかみに当てて、引きがねを引く！」

いきなりポアロは立ち上がると、くるっと振り返った――

「どうだね、きみ。納得がいくかね？　なぜ椅子の向きを変えるんだ？　たとえば、そこの壁に絵でも掛かっていたならだよ。それならいい。わからないこともない。これから死のうという人間が、それをこの世の見納めにしたいと思うかもしれないからな。しかし、窓のカーテンじゃねえ……こいつはまずいよ。それじゃ納得がいかないじゃないか」

「窓の外が見たかったのかもしれないじゃないか。地所を見納めにして」

「ねえきみ、きみは確信があって、そういってるんじゃない。ほんとは、くだらんと思ってるんだ。八時八分といえば、もうあたりは暗くて、どっちみちカーテンは引いてあるよ。いや、ほかに何か理由があったにちがいないのだ……」

「わたしの見るところでは、理由は一つしかない。ジャーヴァス・シェヴニックス＝ゴアは、常軌を逸してたんだよ」

ポアロは不満そうに首を横に振る。

リドル少佐は立ちあがった。

「さあ、ほかの連中に会いに行こうじゃないか。何かつかめるかもしれないよ」

6

さんざん苦労してシェヴニックス＝ゴア夫人から話を聞いたあとだったので、フォーブズ氏のようなてきぱきした法律家は扱いやすくて、リドル少佐はかなりほっとしていた。

フォーブズ氏は非常に用心ぶかく口をきいたが、彼の返事はすべて要領がよかった。彼は、ジャーヴァス卿の自殺から大きなショックを受けたし、ジャーヴァス卿が自殺するような人間とは夢にも思っていなかったし、原因についても全然心当たりがないといった。

「ジャーヴァス卿はわたしの依頼人というだけでなく、昔からの友人でしたのでね。子供時分から知ってました。彼はいつも人生を楽しんでいたんですがねえ」

「フォーブズさん、事情が事情なので、ひとつ率直にお答えねがいたいんですが。ジャーヴァス卿の生活で、何か秘密の心配事とか、嘆きといったものに気づいたことはありませんか？」

「ありません。そりゃあ人間ですから、ちょっとした心配事はあったでしょうが、重大なってのはありませんでした」

「病気でもありませんでしたね？　奥さんとの折り合いが悪いというようなことは？」

「いや、ジャーヴァス夫妻は、おしどり夫婦でしたよ」

リドル少佐は慎重に訊く――

「シェヴニックス＝ゴア夫人は、すこし考え方が変わってるようですね？」

フォーブズ氏は微笑した――屈託のない、男らしい笑みだ。

「女性は空想的ですからね、仕方ありませんよ」

本部長は質問をつづける。

「ジャーヴァス卿の法律上のことは、あなたが一切やっておられたんですね？」

「ええ。シェヴニックス＝ゴア家のことは、もう百年以上もうちの法律事務所、フォーブズ・オジルヴィ・アンド・スペンスでやってます」

「シェヴニックス＝ゴア家には、何か……醜聞といったようなものはありませんでしたか？」

フォーブズ氏は驚いたように眉を上げる。

「じつのところ、おっしゃることがわかりかねますが……？」

「ポアロさん、フォーブズさんに例の手紙を見せてもらえないかね？」

ポアロは無言で立ち上がると、ちょっと頭を下げてから、フォーブズ氏に手紙を渡した。

フォーブズ氏はそれを読むと、ますます眉を上げた。

「じつに妙な手紙ですな。いまのようなことをお訊きになるのも、ごもっともです。いや、わたしの知ってる範囲では、こんな手紙を書いた訳に心当たりがありませんなあ」

「ジャーヴァス卿はこのことについては、あなたに何も話さなかったんですね？」

「ぜんぜん。こういうことをいわないなんて、じつに妙だといわざるを得ません」

「いつもあなたには打ち明けて話してたんですね？」

「わたしの意見は信頼していたようです」

「で、この手紙がどういうことか、ぜんぜんお心当たりはありませんか？」

「軽々しく意見をいいたくありませんなあ」

奥歯にものがはさまったような返事だ、とリドル少佐は思った。

「ところでフォーブズさん、ジャーヴァス卿の遺産がどうなるかってことを、ちょっとお聞かせねがいたいのですが」

「承知しました。そういう話なら、しても差し支えないでしょう。ジャーヴァス卿は、妻に所有地からあがる六千ポンドの年収を遺しています。家屋は、ハムバラ荘にするか、ラウンズ・スクエアにある別邸《タウンハウス》にするかは、未亡人の選択に任せます。もちろん、遺贈や形見に類するものも五つ六つありますが、これといった大きなものはありません。

残りの財産は、養女のルースに遺されていますが、これは、もし彼女が結婚すれば、夫がシェヴニックス＝ゴアを名乗ること、という条件がついています」

「甥のヒューゴー・トレント氏には、何も遺されてないんですか？」

「ええ。五千ポンド遺贈されるだけです」

「ところで、ジャーヴァス卿は裕福だったんでしょうね？」

「非常に裕福でした。所有地のほかにも、莫大な個人財産がありますからね。そりゃあ、最近は以前ほどじゃありませんでした。事実、投資からあがる収入も、うまくありませんでしたからね。それに、ある会社に多額の投資をしていましたし……これは正確にいうとパラゴン合成ゴム株式会社という会社で、ベリー大佐が彼をくどいて多額の融資をさせたものです」

「あんまりいい勧誘じゃなかったんですね？」

フォーブズ氏は、溜め息をつく。

「軍人上がりのやることは、〝武士の商法〟ですからね。こういう連中は、後家さんよりも人を信じやすいですからなあ……相手にとっちゃ楽な商売ですよ」

「しかし、そうした失敗はあっても、彼の収入に重大な影響はありますまい？」

「ええ、そりゃあ、大したことはないです。すごい金持ちに変わりはありません」

「その遺言書は、いつ作られたのです？」

「二年前です」

ポアロが呟くようにいった——

「そういう取り決めは、どうもヒューゴー・トレント氏に対して、いささか不公平じゃなかったのかな？　なんといったって、彼はジャーヴァス卿の、最も近い肉親なんだから」

フォーブズ氏は肩をすくめた。

「家族歴も、ある程度は考慮に入れなければなりませんからね」

「というと……？」

フォーブズ氏はちょっといいしぶる。

リドル少佐がすかさずいった——

「われわれが昔の醜聞といったようなことを、不当に詮索しようとしていると思っては困ります。ジャーヴァス卿がポアロ氏によこした手紙の謎を、解かなくちゃならないからです」

「ジャーヴァス卿の甥に対する態度をお話ししたって、人に聞かれて困るようなことは何もありません」フォーブズ氏はあわてていう。「ジャーヴァス卿はいつも、家長としての自分の地位を非常に重く見ていたというだけのことです。彼には弟と妹が一人ずつあったのですが、弟のアンソニーは戦死し、妹のパメラは結婚しました。しかし、ジャーヴァス卿はこの結婚に不承知でした。つまり、妹があらかじめ彼の同意と承認を得るべきだと考えたわけです。それに、トレント家はシェヴニックス＝ゴア家の者と縁組みするには、格式が低いと思ったのです。ところが、妹はそうした彼の態度など眼中におきませんでした。そんなことで、ジャーヴァス卿は甥を毛嫌いしましてね。そんな気持ちから、養女をとる決心もしたのでしょう」

「実子が生まれる見込みはなかったのですか？」

「ありませんでした。結婚後一年ほどして、死産をしたことはあるんですがね。医者たちの意見では、これきり夫人に子供は産めまいということでした。それから二年ほど経って、ルースを養女にしたのです」

「ところで、マドモアゼル・ルースは、どういう人なんです？　どういうわけで彼女をということになったのですか？」とポアロ。

「たしか、遠い親戚の子供だったはずです」

「それでわかりました」というと、ポアロは代々の肖像画が掛かっている壁を見上げる。「彼女が一族の者だということがわかりますね……鼻の形や、顎の線で。あそこに掛かっている肖像画の人たちに、それがよく出ています」

「気性まで受け継いでますよ」フォーブズ氏が冷やかにいう。

「そうでしょうな。ジャーヴァス卿との折り合いはどうだったんです？」

「ほとんどご想像がおつきでしょうが。猛烈に意見が衝突したことも、一度や二度じゃありません。が、そうして喧嘩をするくせに、気持ちの中じゃ、きっと仲がよかったんだろうと思います」

「でも、彼にはだいぶ心配をかけたんでしょう？」

「しょっちゅうです。しかし、彼に自殺をさせるほど切羽詰まったものでないことは、まちがいありません」

「うん、そりゃそうでしょうね」と、ポアロもそれは認める。「強情な娘をもったからって、ピストル自殺などしやしませんから。すると、お嬢さんが相続するんですね！ジャーヴァス卿はぜんぜん遺言書の書き直しは考えなかったんですか？」

「えへん！」フォーブズ氏は狼狽を隠そうとして咳ばらいをする。「じつは、ここに来たときに……というのは、二日前のことですが……ジャーヴァス卿から遺言書を作り直してくれといわれたんです」

「どういうことなんですか？」リドル少佐はちょっと椅子を近寄せる。「いままでその話はしなかったじゃありませんか」

フォーブズ氏はあわてていう――

「あなたはジャーヴァス卿の遺言書に、どんなことが書かれてるかってお訊きになっただけじゃありませんか。わたしはお訊きになったことに答えたんです。新しい遺言書は出来上がってるわけじゃなし……まして署名などもありません」

「どういう内容なんです？　ジャーヴァス卿の気持ちを知る手がかりになるかもしれませんね」

「だいたいは前と同じですが、ミス・シェヴニックス＝ゴアは、ヒューゴー・トレント氏と結婚しなければ相続できないことになっています」

「ほほう、またずいぶん変わったものですなあ」とポアロ。

「わたしはこの条項に反対だったので、そんなことは裁判で負ける可能性が多分にあるからやめたほうがいい、とついいわずにおれませんでした。裁判所はそんな条件つきの遺贈など、許可しっこありませんからね。しかし、ジャーヴァス卿はそう決めるといって聞きませんでした」

「それで、もしミス・シェヴニックス＝ゴアが……トレント氏が、といっても同じですが……従わなかったら？」

「トレント氏がミス・シェヴニックス＝ゴアと結婚する気がなければ、財産は無条件で彼女のものになります。しかし、もし彼のほうは乗り気なのに、彼女が断わった場合には、反対に財産は彼の手に入ります」

「妙なことになるんですなあ」とリドル少佐。

ポアロは身を乗り出すと、弁護士の膝を軽く叩いた――

「しかし、どうしてそういうことにしたんでしょうね？　ジャーヴァス卿は、何と思ってそんな条項を入れたんでしょう？　何かはっきりした根拠が……わたしの考えでは、きっとほかの男……彼が承服できない男のことが、頭にあったからでしょうね。フォーブズさん、その男が誰か、あなたならご存じだと思うんですが？」

「いや、ポアロさん、わたしは全然聞いていません」

「でも、見当はつくでしょう」

「見当なんて」そういうフォーブズ氏の声は、けしからんといわんばかりだ。

彼は鼻眼鏡をはずすと、絹のハンカチで拭きながら訊いた――

「ほかにお尋ねになることはございませんか？」

「いまのところは、これだけです。いや、わたしとしてはですよ」とポアロ。

フォーブズ氏は、そうでもあるまいといったふうな顔で本部長のほうを向く。

「ありがとうございました、フォーブズさん。これで結構です。よろしかったら、ミス・シェヴニックス＝ゴアにちょっとお会いしたいのですが」

「承知しました。たぶん二階の夫人のところでしょう」

「ああそうですか。それからたぶん……ええっと、何という名前でしたっけ？……そう、バローズさんと、次に、年代記の手伝いをしていたご婦人にも……ちょっと会いたいと思いますが」

「二人とも図書室です。いっておきましょう」

7

「厄介な仕事だな、こいつは」弁護士が部屋を出て行くと、リドル少佐がいう。「ああいう頭の古い法律家連中から訊き出すのは骨が折れる。この事件の焦点は、あの娘さんに絞られるようだね」

「かもしれんな……うん」

「ああ、バローズが来た」

ゴドフリー・バローズが、お上《かみ》の役に立つならといった意気ごみで入ってきた。彼の微笑は用心深く暗い陰を隠してはいるが、少しばかりニコニコしすぎていて、作り笑いの感じが強かった。

「ところでバローズさん、いくつかお訊きしたいのですが」

「かしこまりました、リドル少佐。なんでもどうぞ」

「では、まず最初に、単刀直入にいいますが、ジャーヴァス卿の自殺について、何か思い当たることはありませんか？」

「全然ありません。こんなにショックを受けたことははじめてです」

「ピストルの音は聞こえたでしょうね？」

「いいえ。考えてみると、あのときわたしは図書室にいたにちがいありません。調べものがしたかったので、すこし早めに降りて図書室へ行ったのです。図書室は書斎からはまるで正反対の側にあるので、聞こえなかったのでしょう」

「図書室には誰かいましたか？」とポアロが訊いた。

「誰もいませんでした」

「そのとき、ほかの人たちはどこにいたかわかりませんか？」

「たいてい、二階で着替えをしていたのじゃないかと思いますが」

「客間へ行ったのはいつごろでした？」

「あなたがお着きになるすぐ前でした。もうみんな集まってました……もちろん、ジャーヴァス卿は見えませんでしたが」

「彼がいないので妙に思いましたか？」

「ええ、ほんとにそう思いました。いつもは最初の銅鑼が鳴らないうちから客間に来ておられましたから」

「近ごろジャーヴァス卿の様子で、何か変わった点に気づきませんでしたか？　困っていたり、心配したり、沈んだりしていたことは？」

　バローズは考えこむ。

「いや……気がつきませんでした。ちょっと……そうですね、考えこんでることはあったかもしれませんが」

「しかし、何か特定のことで困ってるって様子はなかったんですね？」

「ええ、ありませんでした」

「ない……金銭上のことなんかでは？」

「ある会社……はっきり申しますと、パラゴン合成ゴム株式会社のことでは、かなり困っておられました」

「それについて、具体的にどんなことをおっしゃってました?」

バローズはまた、チラッと微笑をうかべたが、これもちょっと作り笑いの感じだ。

「そうですね……じつは……こんなことをおっしゃってましたっけ。〝ベリーのやつは、ばかかごろつきかのどっちかだ。たぶん、ばかなんだろう。が、ヴァンダのために仲よくしなくちゃなるまい〟って」

「しかし、どうして……ヴァンダのために……といったんでしょうね?」とポアロ。

「それはですね、シェヴニックス＝ゴア夫人がベリー大佐にたいへん好意をもっておられたし、彼も夫人を崇拝していたからじゃないでしょうか。まるで犬みたいに、彼女につきまとってましたから」

「ジャーヴァス卿はそれを少しも……嫉妬しなかったんですか?」

「嫉妬?」バローズは目をぱちくりさせて笑う。「ジャーヴァス卿が嫉妬するですって? どうやって嫉妬するかってこともご存じないでしょう。だって、彼は自分よりましな人間がいるなんて、考えたこともないんですから。そんなこと、あろうはずがありませんでしょう」

「あんたはジャーヴァス卿に対して、あまり好感をもってなかったようですね?」とポアロが穏やかに訊く。

　バローズは顔を赤らめた。

「はい、もってませんでした。少なくとも……ま、ああいうことは、いまどき誰が考えたって、むしろ滑稽ですものね」

「ああいうことというと？」とポアロ。

「そうですね、封建性といってもいいでしょう。ああいう祖先崇拝だとか、個人的な尊大さとか。ジャーヴァス卿は非常に多才な方で、おもしろい人生を送られましたが、もしあんなに自己満足と利己主義に溺れていなかったら、もっとおもしろい人間になっておられたでしょう」

「お嬢さんは、その点について、あなたと同意見でしたか？」

　バローズはまた顔を赤らめる――今度はまっ赤だ。

「ミス・シェヴニックス＝ゴアはたしかに現代的な女性だと思います。が、もちろんわたしは、彼女とお父上の下馬評なんかしませんよ」

「しかし、現代女性は父親のことを、大いに論じるそうじゃありませんか！」とポアロ。

「両親をひたすら批判するというのが、近代精神というものなんじゃありませんか？」

　バローズは肩をすくめる。

「ところで、ほかにはもうありませんか？……別の経済上の心配といったようなものは。

ジャーヴァス卿がだまされていたなどといったことはありませんか？」とリドルが尋ねた。

「だまされた？」バローズはびっくりしたような声を出す——「いや、ぜんぜん」

「そして、あなた自身は彼とうまくいってたんですな？」

「そりゃもう。どうしてです？」

「いや、お訊きしただけですよ、バローズさん」

青年はムッとした顔をする。

「わたしたちはうまくいってましたよ」

「ジャーヴァス卿がポアロさんに、ここに来てくれという手紙を書いたのは知ってましたか？」

「いいえ」

「ジャーヴァス卿はいつも手紙は自分で書いたのですか？」

「いいえ、ほとんどわたしに口述なさいました」

「それが今度だけは、そうしなかったんですね？」

「そうです」

「どうしてだと思いますか？」

「わかりません」

「どうして彼がこの手紙だけ自分で書いたのか、わからないんですね？」

「ええ、わかりません」

「ふーん！」リドル少佐はすかさずつづける。「ちょっと妙ですな。最後にジャーヴァス卿に会ったのはいつでした？」

「夕食の着替えに行くちょっと前です。手紙の署名をしていただきに行ったのです」

「そのとき、どんな様子でした？」

「いつもと変わってませんでした。ほんとは、何かうれしいことがあって、喜んでいるふうでした」

ポアロが坐ったまま、ちょっと身を乗り出す。

「ほほう？　じゃ、そういう印象をうけたんですね？　何かうれしいことでもあるような。それなのに、それからほどなくピストル自殺をする。おかしいな、そいつは！」

バローズは肩をすくめる。

「わたしはただ自分の印象をお話ししてるだけです」

「いやいや、その印象がなかなか貴重です。結局、生前のジャーヴァス卿を最後に見たのは、たぶんあなたでしょう」

「最後に見たのはスネルです」

「そりゃそうですがね、声をかけちゃいませんから」

バローズは答えない。

「夕食の着替えで二階にあがったのは、何時でした？」とリドル少佐。

「七時五分ごろです」

「ジャーヴァス卿は何をしてました？」

「わたしがあがる時は、書斎にいらっしゃいました」

「彼はいつも着替えに、どれくらい時間がかかりました？」

「いつもはたっぷり四十五分はかけてました」

「すると、夕食が八時十五分なら、遅くとも七時半には自分の部屋へあがって行ったでしょうね？」

「まあそうです」

「あなたは早く着替えに行ったんですね？」

「ええ。着替えてから図書室へ調べものをしに行きたいと思っていましたので」

ポアロは思案顔でうなずく。

「ま、いまのところはこれだけです」とリドル。「ええっと、ミスなんだっけか、に来るようにいっていただけませんか」

　待つほどもなく、小柄なミス・リンガードが軽やかな足取りで入ってきた。いくつものチェーンのネックレスを着けているので、坐るときにチャラチャラ鳴った。彼女は問いかけるような目で、二人の男を代わる代わる見た。

「この度はまったく……どうも……とんだことで、リンガードさん」とリドル少佐が口を切る。

「ほんとにとんだことでございました」ミス・リンガードはきちんと答える。

「あなたがこのうちに来られたのは……いつでしたっけ？」

「二カ月ほど前になります。ジャーヴァス卿が大英博物館にいるお友だちに手紙をよこされまして……そのお友だちと申しますのは、フォザリンゲイ大佐でございますが、このフォザリンゲイ大佐が、わたしを推薦してくださったのでございます。わたしは史実調査の仕事をかなりいたしておりましたものですから」

「ジャーヴァス卿相手のお仕事は、やりにくかったですか？」

「いえ、それほどでも。それはどうしても、少しはご機嫌をとらなければなりませんでしたけど。でも、男の方は、どうしてもそうしなければなりませんから」

　そういわれると、なんだか自分もミス・リンガードに機嫌をとられているような気がしたが、リドル少佐はそのまま質問をつづける――

「あなたがここでやっている仕事は、ジャーヴァス卿が執筆しておられた著述のお手伝いでしたね？」

「はい」

「どういうことをしていたんです？」

一瞬、ミス・リンガードは、いかにも得意そうな顔になって、目をキラッと輝かせながら答える。

「それは、実際に本を書くってことですわ！　いろいろな資料を調べてノートをつくり、材料を整理いたします。それから、あとで、ジャーヴァス卿がお書きになったものを校訂するのでございます」

「機転もずいぶん利かさなけりゃならなかったでしょうな、マドモアゼル？」とポアロ。

「機転としんの強さ……この二つが必要でございます」とミス・リンガードは答えた。

「ジャーヴァス卿はあなたの……そのう……しんの強さに腹を立てませんでしたか？」

「いいえ、いっこうに。もちろん前もって、あの方が細かなことに気を遣う必要がございませんように、わたしが仕向けましたので」

「ははあ、なるほど」

「ほんとに、なんでもないことですわ。ジャーヴァス卿の扱いなんて、正しいやり方さえすれば、なんでもございませんもの」

「ところで、リンガードさん、今度のお気の毒な事件について、何か参考になるようなことをご存じじゃないでしょうか？」

ミス・リンガードは首を横に振る。

「どうもいっこうに。これは当然ですけど、打ち明け話などはぜんぜんなさいませんでしたので。わたしは赤の他人でしたし。どっちみち、あの方はたいへん自尊心の強いお方でしたから、うちうちのご心配ごとなど人にお話しになるはずもございませんでした」

「しかし、そうおっしゃるところを見ると、彼がいのちを絶ったもとは、うちうちの心配事だったのだと思っているんでしょう？」

ミス・リンガードは少しばかりハッとしたような顔をした。

「でも、そうにきまってますもの！　ほかに何かあったんでしょうか？」

「彼が苦にしていた家族のごたごたがあると確信しているんですね？」

「ひどくふさぎこんでいらっしゃいましたもの」

「ほほう、あなたはそれに気づいていたんですな？」

「そりゃわかりましたとも」

「すると、マドモアゼル、その問題を彼はあなたに話したんですか？」

「はっきりとではございませんけど」

「なんといってました？」

「ええと……あの方がわたしの申し上げていることに身が入らないのに気づいたもんですから……」

「ちょっと、失礼《パルドン》。それはいつです？」

「今日の午後です。お仕事はいつも三時から五時まででしたので」

「どうぞ先を」

「いまも申しあげましたように、ジャーヴァス卿は仕事に身が入らないらしく……事実、あの方もそうおっしゃってました。そしてそのあとから、少し気がかりなことがあるものだから、と付け加えていっておられました。そして……ええと……こんなことを……もちろん、そっくりそのままおぼえてるわけじゃございませんけど……申されました。〝リンガードさん、土地の名家ともなると、家名を汚されるようなことが起きると、厄介だねえ〟って」

「で、あなたは何ておっしゃったんです？」

「いえ、ほんの気休めを。どの時代にも困り者はいるもので……それが名家に課せられた税金のようなものでしょうけど……でも、その人たちのへまは、子孫にはめったに伝わらないものですと申しあげました」

「で、それだけの効き目がありましたか？」

「いくらかは。で、ロジャー・シェヴニックス＝ゴア卿のお仕事にもどりましたの。当時のある資料で、わたしがロジャー卿に関する大変おもしろい言及を見つけたもんですから。でも、ジャーヴァス卿の注意はまたよそへ逸れてしまいました。しまいに、あの方ももう今日は仕事はやめにしよう、いやな出来事があったので、と申されました」

「いやな出来事？」

「そうおっしゃいました。もちろん、わたしは何もお尋ねいたしませんでした。ただ、〝それはお気の毒でございますわね、ジャーヴァス卿〟と申し上げただけです。それからわたしに、ポアロさんがいらっしゃるから、八時十五分まで夕食を延ばして、七時五十分の列車に迎えの車を出すよう、スネルに伝えてくれとおっしゃいました」

「そういうことを、彼はいつもあなたに頼んでおられたんですか？」

「あのう……いいえ……ほんとは、そういうことはバローズさんのお仕事でした。わたしは本のほうの仕事しかいたしませんでした。わたしは秘書ではないことはわきまえておりましたから」

「ジャーヴァス卿がバローズさんにでなく、あなたにお頼みになったのには、何かはっきりした理由があったのだと思いませんか？」とポアロが尋ねた。

ミス・リンガードは考えこむ。

「そうですね、理由があったかもしれませんけど……そのときは気づきませんでした。ついでだからだとしか思いませんでした。誰にもいわないようにと念をお押しになりましたから、ポアロさんがいらっしゃることは、いまから思いますと、なるほど、ポアロさんがいらっしゃることは、びっくりさせてやるんだよ、とおっしゃってました」

「ほほう！　そんなことをいってましたか。ずいぶん妙だし、興味深いですな。で、あなたはどなたかに話しましたか？」

「話しませんとも、ポアロさん。スネルに夕食のことと、お客さまが七時五十分の列車で見えるから、運転手を迎えにやるように伝えただけでございます」

「ほかに何か今度のことに関係がありそうなことを、ジャーヴァス卿はおっしゃってませんでしたか？」

ミス・リンガードは考える。

「いいえ……おっしゃらなかったと思いますけど……たいへんいらいらしておられまし

てね……ちょうどわたしがお部屋を出ようとしましたときに、〝今さら彼が来てくれても、何にもならないな。間に合わないよ〟っておっしゃったことは、はっきりおぼえております」

「どんな意味でそんなことをいったのか、心当たりはありませんか？」

「い……いいえ」

そんな簡単な否定の言葉をいうのに、ほんのちょっとだが口ごもった。ポアロは顔をしかめながら繰り返す――

「〝間に合わないよ〟……か。そういったんですね？　〝間に合わないよ〟って」

「どんなことでジャーヴァス卿がそんなに悩んでおられたのか、なにか心当たりはありませんか？」とリドル少佐。

ミス・リンガードはゆっくりいう――

「どうやら、ヒューゴー・トレントさんに関係のあることじゃないかという気がいたしました」

「ヒューゴー・トレントに？　どうしてそういう気がするんです？」

「べつにこれということはないのですけど、きのうの午後、ちょっと話がヒューゴー・ド・シェヴニックス卿のことに触れたのでございます……この方は、わたしの察しますところでは、バラ戦争（ランカスター家とヨーク家の王位継承に関する争いで、前者は赤バラを、後者は白バラを記章とした。一四五五〜八五年）では、あまり立派なお働きをなさらなかったようでございますが……すると、ジャーヴァス卿は、〝妹はよくも息子にヒューゴーを名乗らせておくなあ！　うちの一族じゃ、この名前はかんばしくない名前なのに。あれだって、ヒューゴーと名のつくやつに成功した者がないことくらい、知ってそうなものなのに〟とおっしゃいましたので」

「なかなか意味深長ですな。うん、それで一つわかりました」とポアロ。

「ジャーヴァス卿はそれ以上はっきりしたことは、何もおっしゃらなかったんですね？」とリドル少佐が訊く。

ミス・リンガードは首をふった。

「はい。それに、わたしとしましてもそれ以上、申しあげることがございませんでした。ジャーヴァス卿は、独り言をおっしゃってるようで、わたしに話してらしたのじゃございませんでした」

「なるほど」

「マドモアゼル、あなたはここにいらして二カ月になりますね。ひとつ、シェヴニックス＝ゴア家の人たちについて、あなたの印象をざっくばらんにお聞かせくださるとありがたいのですが」とポアロ。

ミス・リンガードは、鼻眼鏡をはずして、思案顔でまばたきした。

「さようでございますね、率直に申し上げますが、最初わたし、いきなり精神病院《マッド・ハウス》に飛びこんだような気がいたしました。シェヴニックス＝ゴア夫人はありもしないものが見えると、しょっちゅうおっしゃいますし、ジャーヴァス卿はジャーヴァス卿で、まるで……王様みたいに……芝居がかった大げさなお振る舞いをなさるもんですから……ほんとに、これほど奇妙な人たちには会ったこともないと思いました。もちろん、ミス・シェヴニックス＝ゴアは普通でしたし、あとになって、夫人も根はとても優しくて親切な方だということがわかりました。あの方ほど優しくて親切な方は、二人とございません。ジャーヴァス卿は……あのう……わたし、正真正銘おかしかったのじゃないかと思います。あの方の病的自負心《エゴマニア》……とでも申しましょうか……は、日一日とひどくなっておりました」

「で、ほかの人たちは？」

「バローズさんは、ジャーヴァス卿と過ごすのがかなりお辛かったんじゃないかと思います。わたしたちが本の仕事をしてるあいだは、いい息抜きになると喜んでいらっしゃるようでした。ベリー大佐はいつも感じがいいですわ。シェヴニックス＝ゴア夫人を愛していらして、ジャーヴァス卿のことも、とてもうまく扱ってらっしゃいました。トレントさんとフォーブズさん、それにカードウェルさんは、まだ二、三日しかここにいらっしゃいませんので、この方たちのことはあまり存じません」

「ありがとう、マドモアゼル。土地の管理人のレイク大尉についてはどうです？」

「ああ、あの方はいい人ですよ。皆さんに好かれています」

「ジャーヴァス卿にも？」

「ええ、そうですとも。レイクはいままでで一番まともな管理人だと、おっしゃっているのを聞いたことがありますもの。もちろん、レイク大尉もジャーヴァス卿とうまくやるのは難しかったと思いますが、大体においてとてもうまくやってました。容易なことではなかったでしょうがね」

ポアロは思案顔でうなずいた。彼はつぶやくようにいった。「何かが……何か……あなたに伺いたいことがあったのですが……ちょっとしたことなんですが、はて、なんだったか？」

ミス・リンガードは辛抱強い表情をポアロに向けた。

ポアロはいらいらするように、首をふった。

「えい！　ここまで出かかっているんだが」

リドル少佐は一、二分待っていたが、ポアロが途方に暮れたように顔をしかめ続けているので、ふたたび質問を引き継いだ。

「あなたが最後にジャーヴァス卿にお会いになったのは、いつでした？」

「お茶のとき……このお部屋でございました」

「そのときの彼の様子はどうでした？　いつもどおりでしたか？」

「別に変わったところはございませんでした」

「集まった方々は緊張でもしてましたか？」

「いいえ、みなさん、いつもと全然お変わりないようでございました」

「お茶のあと、ジャーヴァス卿はどこへいらっしゃいました？」

「いつものように、バローズさんと一緒に書斎へお入りになりました」

「彼にお会いになったのは、それが最後だったんですね？」

「はい。わたしは自分の仕事部屋になっている小さな居間にまいりまして、ジャーヴァス卿と一緒に目を通したノートから、一章分を七時までタイプしてから、二階にあがって一休みして、夕食の着替えをいたしました」

「ピストルの音は聞こえたのでしょうね？」

「はい、この部屋におりましたから。ピストルの音みたいな音がいたしましたので、ホールへ出て行きますと、トレントさんとカードウェルさんがおいででした。トレントさんはスネルに、夕食にはシャンペンが出るのかいって、冗談をおっしゃいました。誰も本気で深刻な事態だと思った者はなかったようでございます。みんな、きっと自動車がバックファイアしたにちがいないと思ったのでございます」

「トレントさんが、〝ほかにっていえば、人殺しにきまってるじゃないか〟といったのは、聞きましたか？」とポアロ。

「たしかそのようなことをおっしゃったと思います……ですけど、冗談にきまっておりますから」

「それからどうしました？」

「みんな一緒にここにまいりました」

「そのほかの人たちが夕食に降りてきた順序を、おぼえていますか？」

「ミス・シェヴニックス＝ゴアが最初だったと思います。次がフォーブズさん。それからベリー大佐とシェヴニックス＝ゴア夫人がご一緒で、そのすぐあとがバローズさんでございました。たぶんそんな順番だったと思いますけど、みなさん、ほとんど前後していらっしゃいましたので、確かではございません」

「最初の銅鑼で集まったんですね？」

「はい。最初の銅鑼が鳴りますと、いつもみなさん、大急ぎで降りていらっしゃるんです。ジャーヴァス卿がお夕食の時間をたいへんやかましく申されてたものですから」

「彼はいつも何時ごろ降りてきたんですか？」

「たいてい銅鑼が鳴り終わらないうちにきておられました」

「今日は見えなかったので、びっくりしたでしょう？」

「とても」

「あ、そうだ！」とポアロが叫んだ。

ほかの二人が、いったいどうしたのだといった顔で見たので、彼は説明した――

「あなたにお訊きしようと思っていたことを、いまやっと思い出したんですよ。マドモアゼル、夕方、スネルがドアに鍵がかかっているといいに来て、みんなが一緒に書斎へ行ったとき、あなたは途中でかがんで、何かをお拾いになったでしょう」

「わたしが？」ミス・リンガードはひどく驚いたらしい。

「そうです。ちょうどわたしたちが、書斎へ行くまっすぐな廊下へ曲がろうとしたときに。何か小さな、ピカピカ光ったものを」

「まあ、おかしなことを……おぼえてませんわ。いえ、ちょっと待ってください……あ、そうでした。うっかりしてましした。ええっと……きっとここに入ってます」

彼女は黒繻子のハンドバッグをあけると、中身をテーブルの上にあけた。

ポアロとリドル少佐は、それらを関心をもって調べた。ハンカチが二枚、コンパクトが一つ、小さな鍵束が一つ、眼鏡ケースが一つ。ほかにもう一つあったが、ポアロはそれを見ると、飛びつくように取り上げた。

「なんとっ、たまじゃないか！」とリドル少佐。

が、実際は弾丸ではなく、弾丸の形をした小さな鉛筆だった。

「それを拾ったんですの」とミス・リンガード。「すっかり忘れてました」

「これ、誰のものか知ってますか、リンガードさん？」

「ええ、存じております。ベリー大佐のものです。南ア戦争で撃たれた……か、どうか、本当のところはわかりませんけど……たまで造らせたんだそうでございます」

「彼がこれを持っているところを、いつご覧になりました？」

「そうですね……今日の午後、ブリッジをしてらしたときですかしら。わたしがお茶で入ってまいりましたとき、それでスコアを書いているのを見かけましたから」

「ブリッジをしていたのは、誰と誰です？」

「ベリー大佐とシェヴニックス＝ゴア夫人、トレントさん、それにカードウェルさんでした」

「これはこちらで預って、大佐にお返ししましょう」とポアロが穏やかにいう。

「ええ、おねがいします。わたし、とっても忘れっぽいので、また忘れっぱなしになるかもしれませんから」

「では、今度はベリー大佐に来てくださるよう、お伝えねがえないでしょうか？」

「かしこまりました。すぐ見つけてまいります」

彼女は急いで出て行った。ポアロは立ち上がると、ぶらぶら部屋の中を歩きながらいう――

「午後の情況を、もういちど立て直してみようか。なかなかおもしろいよ。二時半にジャーヴァス卿は、レイク大尉と勘定をチェックする。ちょっとうわの空の様子。三時にミス・リンガードと著述のことで相談。ひどく心痛の様子。ミス・リンガードによれば、さりげないいい回しだが、それはヒューゴー・トレントのせいだという。お茶のときは、様子に別条なし。その後は何があったのか、すこぶる上機嫌だった、とバローズはいう。八時五分前に二階から降りてきて、書斎へ行き、紙きれに〝すまない〟と走り書きしてピストル自殺を遂げる」

リドルがゆっくりといった――

「あんたの腹はわかってるよ。矛盾してるっていうんだろう」

「ジャーヴァス卿はまた、じつによく気の変わる人だなあ！　うわの空だ……ひどく心痛の様子……いつもどおり……上機嫌！　どうもここのとこがおかしいな。それに、〝間に合わない〟といった言葉だ。わたしの来るのが、間に合わないというのか。なるほど、そりゃそうだ。わたしは間に合わなかったからね……生前のジャーヴァス卿に会うのには」

「わかった。あんたが実際に考えてるのは……？」

「ジャーヴァス卿がなぜわたしを呼んだのか、いまのところはまったくわからん！　それだけはたしかだ」

ポアロはまだ部屋の中を歩きまわっている。マントルピースの上の物を一つ二つまっすぐに直したり、壁ぎわに置いてあるトランプ台を調べて、引き出しをあけたり、中のブリッジの採点表を出して見たりする。それから書き物机のところへ行って、くず籠の中をのぞきこむ。紙袋が一つ入っているきりだ。ポアロはそれを取り出すと、匂いをかいで、〝オレンジだな〟と呟く。そして紙袋の皺を伸ばして、文字を読む――「果物屋。カーペンター父子商店。ハムバラ・セント・メアリー」彼がきちんとそれを四つにたたんでいるところへ、ベリー大佐が入ってきた。

8

大佐はがっくり腰をおとすと、首をふり、溜め息をつきながらいった——

「いやはや、とんでもないことだったな、リドル。しかしシェヴニックス＝ゴア夫人は偉い……すばらしい。大した女だ！　度胸がすわっとるよ！」

静かに椅子のところにもどると、ポアロがいった——

「ずいぶん以前から、夫人とお知り合いのようですね？」

「ええ、そうですとも。彼女がはじめてダンス・パーティに出たときのパートナーは、このわたしだったんですからな。バラのつぼみを髪につけとったのも、おぼえております。それから、ふんわりした白いドレス……部屋じゅうの者が、彼女と踊りたがっていましたよ！」

彼の声は感激にふるえている。ポアロは鉛筆を差し出した。

「これはあなたのでしょう？」

「え？　何が？　やあ、これはどうも。今日の午後ブリッジをやったときに使ったもんで。すごかったでしたぞ……三回ぶっつづけにスペードのオーナー（ブリッジの切り札で、エース、キング、クィーン、ジャック、十の札を指す）ばかりでトップでしたからな。こんなについたのははじめてですよ」

「お茶の前にブリッジをおやりになったんですね？」とポアロ。「お茶に出てきたときのジャーヴァス卿のご機嫌はいかがでしたか？」

「いつもと同じでしたよ……まったく同じでした。彼が自殺するなんて、夢にも思いませんでしたよ。いや、そういわれてみると、いつもよりいくぶん興奮していたかもしれませんな」

「最後に彼にお会いになったのはいつです？」

「そりゃあ、そのときですよ！　お茶の時です。それきり生きている彼には会いませんでした」

「お茶のあとは一度も書斎にいらっしゃらなかったんですね？」

「ええ。それきり彼には会いませんでした」

「夕食に降りていらしたのは何時でした？」

「最初の銅鑼が鳴ってからです」

「シェヴニックス＝ゴア夫人とご一緒に降りてこられたんですね？」

「いいや、わたしたちは……うーんと……ホールで会ったんです。彼女は食堂へ花か何かを見に行ってたんでしょう」

「ベリー大佐、すこし個人的なことを伺わせていただきたいんですがね」と、リドル少佐。「パラゴン合成ゴム株式会社のことで、あなたとジャーヴァス卿のあいだに、何かおもしろくないことがありませんでしたか?」

ベリー大佐はパッと顔を赤らめると、早口にいいだした――

「なかった。まったくなかったよ。ジャーヴァスは話のわからん男でな。こいつはおぼえといてくれんと困るが……あいつは自分が手をつければ、何でもうまくいくと思ってる! 世界中が危機に見舞われかけていても、知らぬが仏だ。株だって何だって、影響を受けるのにきまってるのに」

「では、多少はおもしろくないこともあったんですね?」

「そんなことはない。ただジャーヴァスが、とんでもない石頭だったってだけさ!」

「彼が受けた損失のことで、あなたに文句をいったでしょうな?」

「ジャーヴァスは普通じゃなかったからな! それはヴァンダがよく知ってる。しかし、彼女は扱いがうまかったからな。わたしは万事彼女に任せることにしていた」

ポアロが咳ばらいをすると、リドル少佐はチラッと彼を見て話題を変えた。

「あなたはこの家とはごく古いお友だちですからね、ベリー大佐。ジャーヴァス卿がどういうふうに財産を処分することにしてたか、ご存じでしょう?」

「そうですな、大部分はルースのものになると思いますよ。ジャーヴァスが洩らしたことから推測すると、そうなります」

「それではヒューゴー・トレントに対して、すこし不公平だと思われませんか？」

「ジャーヴァスはヒューゴーを嫌っていました。我慢がならんかったんですな」

「しかし、家門は非常に大事にしていたのでしょう。けっきょく、養女のミス・シェヴニックス＝ゴアしかいなかったわけですから」

ベリー大佐はためらっていたが、そのうちにブツブツ呟いたり、口ごもったりしたあげくに、こういった――

「いいですか、いったほうがいいと思うから話しますがね。これは絶対秘密ですよ」

「もちろんですとも……大丈夫ですよ」

「ルースは嫡出ではありませんが、れっきとしたシェヴニックス＝ゴア家の血筋なんです。ジャーヴァスの戦死した弟アンソニーの娘ですからな。彼はあるタイピストとできていたらしくてね。彼が戦死すると、その女がヴァンダに手紙をよこしました。ヴァンダは会いに行きました……女は妊娠してました。ヴァンダはちょうど医者から、もう子供は産めないといわれた矢先だったので、ジャーヴァスと相談しましてな。生まれた子を引き取って、養女にするということになったわけです。母親はその子に対するすべての権利を放棄しました。ジャーヴァス夫婦はルースをわが子として育てたし、事実、あの子は二人の娘だったわけです。だから、あの娘がシェヴニックス＝ゴア家の血を引いとることは、一目でちゃんとおわかりでしょうが！」

「ははあ、わかりました」とポアロ。「それでジャーヴァス卿のとった態度も、ずっとはっきりしてきました。しかし、ヒューゴー・トレント氏が嫌いだったのなら、どうして彼はまた、ヒューゴー氏とルース嬢の結婚をまとめたがったのでしょう？」

「血統をきちんとさせるためですよ。筋を通すことの好きな彼の性分に合うからです」

「あの青年に好意も持たなければ、信用もしてなかったのにですか？」

ベリー大佐は不満そうに鼻を鳴らした。

「あなたにはジャーヴァスという男がわかってないからです。彼は人を人とも思っちゃおらん。双方が高貴な方々のような気持ちで縁組をしただけですよ！　ルースとヒューゴーを結婚させ、ヒューゴーがシェヴニックス＝ゴアを名乗るのが一番いいと考えたんです。ヒューゴーとルースがどう思おうと、そんなことは問題じゃなかったんだ」

「しかし、マドモアゼル・ルースが喜んでそういう縁組を承知したでしょうか？」

ベリー大佐はクスクス笑う。

「とんでもない！　あの娘はじゃじゃ馬ですよ！」

「ミス・シェヴニックス＝ゴアがトレント氏と結婚しない限り財産はゆずらないという

新しい遺言書を、ジャーヴァス卿が亡くなるちょっと前に作りかけていたことはご存じでしたか？」

　ベリー大佐は口笛を鳴らした。

「すると、本気でルースとバローズのことにけりをつけて……」

　そういいかけて、彼はあわてて口をつぐんだ。が、あとの祭りで、ポアロはたちまちその言葉尻をつかんだ。

「マドモアゼル・ルースとバローズ青年のあいだに、何かあったんですか？」

「いや、何もない……なんにもありませんよ！」

　リドル少佐が咳ばらいをしていった――

「ベリー大佐、ご存じのことは全部お聞かせねがいたいですな。それがジャーヴァス卿の精神状態に直接関係があったかもしれないんですから」

「そうかもしれんがね」大佐は半信半疑でいう。「そう、なるほどバローズ青年は男ぶりも悪くない……少なくとも女はそう思うらしい。近頃ルースと彼はすこぶる親密らしく……こいつがジャーヴァスの気に入らなくてな……まったく反対だった。が、かえって二人の仲を深めることになるかもしれんので、バローズをくびにするわけにもいかん。彼はルースがどんな女か知っていた。どんなことがあったって、人の指図に従うということはない。それでああいう計画を立てたんだろう。ルースは惚れた腫れたで何もかも放り出すような女じゃない。ぜいたく好きで、金も欲しいときてるからな」

「あなたはバローズ氏に好感をもっておられますか？」

大佐の意見では、ゴドフリー・バローズはちょっと下等《ヘアリイ・アト・ザ・ヒール》でいけ好かない野郎だということだったが、これが俗語だったので、さすがのポアロもすっかり閉口したらしいが、
リドル少佐は口ひげをゆがめてニヤニヤした。

そのあと二つ三つのやりとりがあって、ベリー大佐は出て行った。

リドルは坐ったままジッと考えこんでいるポアロへ、チラッと目をやる。

「何か収穫はあったかね、ポアロ？」

ポアロは両手を挙げた。

「どうやら方向《パターン》は見えてきたようだよ……意味深長な計画《デザイン》がね」

「むずかしいな」とリドル。

「たしかに、むずかしいね。しかし、うっかり口をすべらせたもう一つの言葉が、どうもわたしには重要な気がする」

「なんて言葉だ？」

「ヒューゴー・トレントが笑いながらいったという言葉さ。〝ほかにっていえば、人殺

しにきまってるじゃないか〟ってやつだよ」

リドルはきっとした口調でいった――

「ああわかった。あんたはずっとその線を追ってたんだね」

「気に入らないかね？　聞けば聞くほど、自殺の動機はなくなってくるじゃないか？　それなのに、他殺となると、びっくりするほどたくさんの動機が出てくる」

「しかし……ドアには鍵がかかっていて、死んだ男のポケットに鍵が入っていた、という事実を忘れちゃ困るな。そりゃ、いろいろな方法があることは、わたしだって知ってる。曲がったピンだとか……いろいろ工夫はある。しかし、どうなんだろうな……こういうものが、ほんとに役に立つのかね？　わたしは大いに疑問だな」

「とにかく、自殺じゃなく、他殺の線で情況を調べることにしようじゃないか」

「じゃ、そうしよう。あんたが現場にいるんだから、たぶん他殺だろうよ！」

ポアロはちょっと微笑をうかべる。

「そのいいぐさは気に喰わんなあ」

それから、すぐまたむずかしい顔になった――

「うん、この事件は他殺の線で調べよう。ピストルが鳴る。ホールにいたのは四人……ミス・リンガードに、ヒューゴー・トレントに、ミス・カードウェルに、スネルだ。ほかの連中はみんなどこにいたんだろう？

　バローズは、彼自身の説明だと図書室にいた。この説明を裏づけるものは誰もいない。ほかの連中はたぶん自分の部屋にいたんだろうが、ほんとにそうだったかどうかわからない。みんなは別々に降りてきたらしい。シェヴニックス＝ゴア夫人とベリーだって、ホールで出会っただけだ。夫人は食堂から出てきた。ベリーはどこから来たのか？　彼は二階からじゃなく、書斎から来たのかもしれないじゃないか？　例の鉛筆のこともあるしな。

　そう、あの鉛筆は興味深い。わたしが出して見せたとき、彼は顔色も変えなかったが、それはわたしがどこで見つけたのか知らないし、自分が落としたことも気づいてなかったせいかもしれない。ええっと……あの鉛筆を使ったとき、ブリッジをやっていたあとの三人は誰だったか？　ヒューゴー・トレントにミス・カードウェルだが、これは問題ない。ミス・リンガードと執事のスネルが二人のアリバイを証言できる。もう一人はシェヴニックス＝ゴア夫人だ」

「夫人を疑うのは無理だろう」

「どうしてだね、きみ？　いいかね、わたしは誰だってみんな疑わしいと思う！　彼女だって、上辺は一生けんめい夫に尽くしていたようだが、ほんとに愛してるのは、忠実なベリーだったかもしれないだろう」

「まあ、見方によれば、もう何年も前から三人世帯《メナージュ・ア・トロワ》みたいなものだったんだからなあ」

「それに、ジャーヴァス卿とベリー大佐の仲は、会社のことで少しごたついてたしね」

「なるほどジャーヴァス卿は、ほんとに腹が立ってたのかもしれんな。その辺のいきさつはわからないが。あるいはそのことで、あんたを呼んだのかもしれないしね。ジャーヴァス卿は、ベリーが彼の金を横領したのじゃないかと疑いながらも、妻まで巻きこむことになっても困るので、表沙汰にしたくなかったのだとしたら……。うん、あり得ることだ。そうなれば、夫人にもベリーにも動機がないこともない。それに、シェヴニックス＝ゴア夫人が夫の死を、あんなに冷静に眺めるというのは、実際ちょっとおかしいな。あの心霊話も、演技かもしれん！」

「それから、ほかにも問題があるよ」とポアロ。「ミス・シェヴニックス＝ゴアとバローズだ。新しい遺言書にジャーヴァス卿の署名をさせなければ、二人にとって大いに有利だ。だが、実際には署名をしなかったんだから、彼女の夫が家名を名乗るという条件で、何もかも手に入るし……」

「そうだ。それに、夕方のジャーヴァス卿の様子についてバローズのした説明も、ちょっとください。何かうれしいことがあるみたいで、上機嫌だったなんて！　それじゃ、わたしたちが聞いたほかの話と合わないじゃないか」

「それに、フォーブズ氏もだ。古い、土台のしっかりした事務所の、ごくきちょうめんで厳格な男ではあるが、最も尊敬に値する弁護士でも、自分が困れば、お得意さんの金を着服することはあるからね」

「あんたの話は、だんだん大きくなってくるよ、ポアロ」

「わたしの話が映画みたいだというんだね？　しかし、リドル少佐、人生が映画そこのけって場合はよくあるんだよ」

「今まで、ウェストシャーにはそんなことはなかった」と本部長。「ま、それよりもあとの人たちと会ったほうがいいんじゃないか？　時間もだいぶ経ったし。まだルース・シェヴニックス＝ゴアに会ってないが、たぶんこれがいちばん重要な人物だろう」

「そうだね。それから、ミス・カードウェルもまだだ。先にこの女《ひと》に会うことにしよう。あまり時間もかからないだろうから……ミス・シェヴニックス＝ゴアは最後にしよう」

「それがよさそうだな」

9

　夕方スーザン・カードウェルに会ったときは、ポアロもチラッと見たきりだったが、今度は気をつけて観察した。美人とまではいかないが、なかなか聡明そうな顔をしていて、器量が取り柄の女がうらやましがるような魅力がある、と彼は思った。髪は豊かで、化粧上手だ。目つきはなかなか用心深そうに見える。

　予備的な質問を二つ三つしてから、リドル少佐が切り出した。

「あなたはここの方たちと、どの程度のお知り合いなんですか、カードウェルさん？」

「ぜんぜん初対面ですの。ヒューゴーがここへあたしが招待されるようにしてくれたんです」

「すると、あなたはヒューゴー・トレントのご友人なんですね？」

「ええ、そうした関係、つまりヒューゴーの女友だちってわけです」スーザンはニコニコしながら、気取ってゆっくりとそういう。

「長いお付き合いですか？」

「いいえ、ちがいます。ほんの一月《ひとつき》ばかり」

　そういって口をつぐんだが、付け加えた――

「あたし、いま彼と婚約しようかと思ってるんです」

「で、彼はあなたを家の人たちに紹介するつもりで、ここへ連れてきたってわけですね？」

「あら、とんでもない。そういうことではありません。あたしたち、これは絶対秘密にしてるんですもの。あたしはここの様子を見にきただけなんです。ヒューゴーが、ここはまるで精神病院そっくりだっていうもんですから、そんなら自分で直接見たほうがいいと思ったんです。ヒューゴーはとてもいい人ですけど、頭がまったくのからっぽなので……。だから、あの人の立場もずいぶん危なっかしいものですわ。ヒューゴーもあたしもお金はないし、ジャーヴァス卿だけが頼みの綱だったんですけど。彼はヒューゴーをルースと一緒にして財産をゆずるつもりですものね。ヒューゴーはちょっとばかり頭がよわいんで、この結婚を承知しといて、あとでうまく解消できるかもしれないと思ってるのかもしれません」

「そういう考えはあなたの気に入りませんか、マドモアゼル？」とポアロが静かに口をはさむ。

「絶対いやですわ。ルースが変な気を起こして、離婚はいやだというかもしれないじゃありませんか。あたし、決心しましたの。百合の花束を胸に抱くまでは、ナイツブリッジ（ロンドンのハイドパークに南にある地区）のセント・ポール寺院に駆けて行くまいって」

「というわけで、自分で情勢判断に来たんですね？」

「ええ」

「それはそれは《エ・ビアン》！」とポアロ。

「でも、やっぱりヒューゴーのいうとおりでしたわ！　家族がみんなおかしいんですもの！　ルースは別で、彼女だけはなんともないようですけど。それに、彼女にはちゃんとボーイ・フレンドがいるんだし、あんな縁談なんか、あたし以上に問題にもしてませんわ」

「ボーイ・フレンドって、バローズさんのことですね？」

「バローズ？　とんでもない。ルースがあんないんちき男など問題にするもんですか」

「じゃ、彼女の恋人って誰なんです？」

スーザン・カードウェルは黙ってタバコをとると、火をつける。

「それはあの女《ひと》にお訊きになったほうがよろしいですわ。だって、あたしの知ったことじゃありませんもの」

「最後にジャーヴァス卿にお会いになったのはいつでしたか？」とリドル少佐が訊く。

「お茶のときです」

「彼の様子がどこかおかしいと気づきませんでしたか?」

女は肩をすくめる。

「いつもと同じでしたわ」

「あなたはお茶のあとで何をなさいました?」

「ヒューゴーとビリヤードをしました」

「ジャーヴァス卿にはそれきり会わなかったのですな?」

「ええ」

「ピストルの音は、どう思いました?」

「あれはちょっと妙でしたわ。あたし、最初の銅鑼が鳴ったんだと思ったんです。それで、急いで服を着て、部屋を飛び出したんですけど、すぐまた二度目の銅鑼が聞こえたような気がしたので、階段を駆け降りていきましたの。ここにきた最初の晩、お夕食に一分遅れたら、ヒューゴーが、そんなことしたらおやじさんに取り入る脈がなくなってしまうじゃないかといったもんですからね。そりゃ大急ぎで降りていきましたわ。ヒューゴーはあたしのちょっと前でした。するとそのとき、バンという妙な音がしたんです。ヒューゴーはシャンペンのコルクを抜いた音だっていいましたが、スネルはそうじゃないっていうんです。でもあたしは、とにかく食堂からじゃないと思いました。リンガードさんは二階から聞こえたと思ったようです。が、けっきょく、自動車のバックファイアの音だろうということになりましてね、みんなぞろぞろ客間に入って、それきり忘れてしまいました」

「ジャーヴァス卿が、ピストル自殺をしたのかもしれないって気は、全然起こりませんでしたか？」

「あたしがそんなこと考えそうに見えまして？　おやじさんは貫禄を見せようとしてるんだなとは思いましたけど、そんなことをするとは想像もしませんでしたわ。どうしてあんなことをしたんでしょう。頭が狂ってたからとしか思えませんわ」

「不幸なことでしたね」

「ほんとだわ……ヒューゴーとあたしにとってはね。ヒューゴーなんか、なんにも……それこそ何一つもらえないと思うわ」

「そんなこと、誰から聞いたんです？」

「ヒューゴーがフォーブズさんから訊き出してきたんです」

「そうですか……」リドルは、ちょっと間を置いてからいった――「これで結構だと思います。ミス・シェヴニックス＝ゴアは快く話しにきてくれるでしょうかね？」

「ええ、そう思いますけど。お伝えしますわ」

ポアロが横からいった――

「ちょっと待ってください、マドモアゼル。これを見たことはありますか？」

そういって、弾丸型の鉛筆を差し出した。

「ええ、ありますわ。今日の午後、ブリッジのときに使いましたもの。ベリー大佐のものだと思いますけど」

「勝負がすんだとき、彼はこれを持っていきましたか？」

「さあ、全然おぼえがありません」

「いや、ありがとう。どうぞ結構です」

「じゃ、ルースにいってまいりますわ」

ルース・シェヴニックス＝ゴアは、女王然として入ってきた。生き生きとした顔色で、頭をまっすぐ起こしている。が、目はスーザン・カードウェルと同じように警戒的だ。ポアロがここに着いたときと同じ淡いあんず色のドレスを着て、肩のところに、濃いサーモンピンクのバラを留めている。一時間前には生き生きと咲いていたのに、いまはしおれている。

「ご用は？」とルース。

「ご面倒かけて、ほんとに恐縮です」とリドル少佐が話しはじめる。

彼女はそれをさえぎった――

「ご面倒にきまってますわ。みんなに面倒をおかけになるのね。でも、無駄な時間をとるのはやめましょう。おやじさんが自殺した原因は、ぜんぜん心当たりがありません。申しあげられるのは、あんなことは少しもおやじさんらしくないってことだけです」

「今日、彼の様子におかしなところがあるのに気がつきませんでしたか？　沈んでるとか、ひどく興奮してるとか……異常なところは少しもありませんでしたか？」

「なかったと思います。わたし、気がつかなかったけど……」

「最後にお会いになったのは、いつでした？」

「お茶のとき」

ポアロが口をきいた――

「書斎へはいらっしゃいませんでしたか？……そのあとで」

「いいえ。最後に会ったのは、この部屋でした。そこに坐ってました」

そういって、彼女は椅子を指さして見せる。

「わかりました。この鉛筆をご存じですか、マドモアゼル？」

「ベリー大佐のです」

「近ごろご覧になったことがありますか？」

「よくおぼえてません」

「ジャーヴァス卿とベリー大佐は仲違いしていたそうですが、ご存じですか？」

「パラゴン合成ゴム株式会社のことで、でしょう？」

「そうです」

「そうらしいですね。そのことで、おやじさん、怒ってましたもの」

「ペテンにかけられたと思っていたのじゃありませんか？」

ルースは肩をすくめる。

「彼は財務のことなんか、根っからわかっていなかったんじゃないかしら」

「一つお訊きしたいんですがね、マドモアゼル……ちょっと立ち入った質問なんですが？」

「結構ですとも」

「ではお訊きしますが……あなたは……お父さまが亡くなられて、お悲しみですか？」

彼女はあっけにとられて彼を見る。

「悲しいにきまってるじゃありませんか。湿っぽい話をするのはいやですけど。これから淋しくなりますわ……わたし、おやじさんが好きだったんですもの。わたしたち……ヒューゴーとわたしは、いつも父のことをおやじさんて呼んでましたの。おやじさんは……そのう……どこか原始的なところがあって……類人猿の集団のボスみたいでした。ちょっと無礼かもしれないですけど……ほんとは心の奥に、うんと愛情をもってたんです。もちろん、あんな徹底した大間抜けもあったもんじゃありませんけど」

「おもしろいことをおっしゃいますな、マドモアゼル」

「おやじさんはしらみの頭くらいしか脳味噌がないんですもの！　こんなことをいって、ごめんなさい。でも、ほんとなんです。頭を使うことは、からっきし駄目なの。でも、人物は人物よ！　むちゃくちゃに勇敢だったりしてね！　張り切って北極へ出かけたり、決闘したり。わたし、いつも思うんですけど、彼は自分の頭がからっぽなのをちゃんと知ってたので、あんなに威張りちらしてたんだって。どんな人だって、おやじさんよりはましですものね」

　ポアロはポケットから例の手紙を出す。

「これを読んでごらんなさい、マドモアゼル」

　彼女はそれに目を通してから、彼に返した。

「それであなたはここへいらっしゃったんですね！」

「何か心当たりはありませんか？　その手紙を読んで」

　彼女は首を横に振る。

「いいえ。たぶんこのとおりなんでしょう。かわいそうに、誰だってあの人からなら、巻き上げることができたでしょうよ。ジョンがいってたけど、彼の前の管理人は、あの手この手でちょろまかしたんですって。ね、うちのおやじさんたら、いやに傲慢で、横柄だったもんだから、細かなことを調べるなんてこけんに関わると思ってたんでしょう。悪党のいいかもだったんだわ」

「あなたの話を伺うと、彼はわたしたちがいままで聞いたのと、まるきり人間が違うようですな」

「そりゃそうでしょう……なかなかうまく隠してましたからね。母のヴァンダは精一杯彼をかばってましたが、彼はすっかりいい気になって、全能の神みたいに威張りちらしてました。だから、わたしも少しは彼が死んでよかったと思ってるんです。あれでよかったんですわ」

「ちょっとわかりかねますが、マドモアゼル……」

ルースは考えこむようにいった——

「だんだん病気が進んでいたんですの。近いうちに監禁するしかなくなっていたでしょう……じつはみんながそのときのことを話しはじめていましたもの」

「マドモアゼル、あなたがトレントさんと結婚しなければ財産をゆずらないという新しい遺言書を、彼が考えていたことはご存じでしたか？」

「ばかばかしい！　とにかくそんなことは、法律で無効にできるにきまってますわ……結婚の相手を命令できめるなんて、できっこあるもんですか」と彼女は叫んだ。

「もし彼がほんとにそんな遺言書に署名していたら、あなたはそういう条項に従いましたか、マドモアゼル？」

彼女は目を据えている。

「わたし……わたし……」

彼女はいいかけてやめる。しばらくのあいだ、ぶらぶらさせている部屋ばきを見下ろしたまま、決心がつかずに坐っている。小さな土のかけらが、部屋ばきのかかとから取れて、絨毯の上に落ちた。

「ちょっと待ってて！」だしぬけに彼女はそういった。

そして立ち上がると、部屋から駆け出して行く。が、またすぐレイク大尉と連れ立ってもどってきた。

「どうせわかることだから、いまお知らせしたってかまわないわ」彼女はちょっと息をはずませていう。「ジョンとわたしは三週間前にロンドンで結婚したんです」

10

二人のうちでは、レイク大尉のほうがずっと照れ臭そうにしている。

「これはたまげましたなあ、ミス・シェヴニックス＝ゴア……じゃない、レイク夫人」とリドル少佐はいう。「あなた方の結婚は誰も知らないんですか？」

「ええ、絶対秘密ですもの。こんなやり方、ジョンはあまり乗り気じゃなかったんですけど」

レイクがちょっとどもり気味にいう——

「ぼ……ぼくは、どうも、ちょっと卑怯なやり方のような気がしたもんですから。正面からジャーヴァス卿に当たらなくちゃ……」

ルースがさえぎった——

「そして、お嬢さんと結婚させていただきたいんですがなんていって、叩き出されてごらんなさい。わたしは勘当されて、うちじゅう大騒ぎになったでしょう。そしてわたしたち、なんてばかな真似をしたんだろうっていい合うのが落ちよ。ほんとに、わたしのやり方のほうがましだったんだから！　すんだことは仕方がないの。どうせ騒ぎにはなるでしょうけど……そのうちに彼だって気持ちがおさまったと思うわ」

レイクはまだおもしろくなさそうな顔をしている。

「ジャーヴァス卿には、いつ話すつもりだったんですか？」とポアロが訊いた。

ルースが答えた――

「わたしがその地ならしをしてたんです。彼がわたしとジョンの仲を、だいぶ変に思いはじめていたので、わたし、ゴドフリーに鞍替えしたようなふりをしたんですの。案の定、彼は徹底的にそれについて変なことをしようとしました。わたしがジョンと結婚した話を聞いて、かえってほっとするように計画したんです」

「この結婚は、誰も知らなかったんですか？」

「いいえ、ヴァンダには最後に話しました。母は味方につけておきたいと思いましたので」

「で、うまくいったんですね？」

「はい。母はわたしがヒューゴーと一緒になるのは、あまり乗り気じゃなかったんです……従兄妹《いとこ》同士だったからでしょう。母はうちの者が、いいかげん頭が変になってるので、わたしがヒューゴーと結婚したら、すっかり頭の変な子が生まれるだろうと思ってるらしいんです。ずいぶんばかげた考えだと思いますわ。だってわたしは養女ですものね。ごく遠い親戚の子にちがいないとは思いますけど」

「あなたはジャーヴァス卿がほんとのことを、まるっきり知らなかったと確信しているのですか？」

「ええ、そりゃもう」

「それは事実ですか、レイク大尉？」とポアロ。「今日の午後ジャーヴァス卿にお会いになったとき、ほんとにその問題は話に出なかったんですか？」

「はい、出ませんでした」

「こんなことをお訊きするのはですよ、レイク大尉、あなたがお会いになったあと、ジャーヴァス卿がひどく興奮して、家門の不名誉だというようなことを、一、二度口からすべらせた証拠があるからなんです」

「その話は出ませんでした」レイクは繰り返す。顔はまっ青だった。

「ジャーヴァス卿にお会いになったのは、それが最後だったんですか？」

「ええ、さっきそう申しあげたはずです」

「今晩、八時八分すぎには、どこにいらっしゃいました？」

「どこにですって？　自分の家にいましたよ。半マイルばかり先の、村はずれです」

「その時分、ハムバラ荘へはいらっしゃらなかったんですね？」

「ええ」

　ポアロは女のほうに向きなおる。

「お父さまがピストル自殺を遂げたとき、マドモアゼル、あなたはどこにいらっしゃいました？」

「庭です」

「庭？　ピストルの音は聞こえたでしょうね？」

「ええ、聞こえました。でも、べつだん気にはしませんでした。誰かが兎猟に出てるんだろうと思ったので……もっとも、いま思えば、すぐ近くで聞こえたようでしたが」

「家に入られたのは……どこからです？」

「ここの窓からです」

　ルースは首をまわして、うしろのフレンチ・ウィンドーを教える。

「誰かここにいましたか？」

「いいえ。でも、ヒューゴーとスーザンとリンガードさんがすぐにホールから入ってきました。みんなはピストルの音だとか、人殺しのことなんかを話してました」

「わかりました。ええ、やっとわかったような気がします……」とポアロ。

　リドル少佐は奥歯にものがはさまったようないい方をする――

「ええと……そうですなあ……どうもありがとう。いまのところは、これで結構です」

ルースと夫は背を向けて部屋を出て行った。

「何という……」とリドルはいいかけたが、あとはがっかりしたような口調だ。「これじゃ捜査がむずかしくなる一方だ」

ポアロもうなずいた。それからルースの部屋ばきから落ちた土のかけらを拾って、手に持ったまま考えこむ。

「これはまるで壁の壊れた鏡と同じだ。死人の鏡さ。手に入る新しい事実の一つ一つが、死んだ人間をいろいろちがった角度から照らし出してみせる。彼の姿が、ありとあらゆる角度から映っている。そのうちに全体の姿がはっきり見えるようになるだろう」

彼は立ちあがって、土のかけらをきちんとくず籠の中に棄てた。

「きみに一つだけいっておこう。この謎を解く鍵は鏡だよ。もし信じられなかったら、書斎に行って自分で見てみたまえ」

リドル少佐はきっぱりした口調でいった——

「他殺なら、それを証明するのはあんたの仕事だ。こういっちゃなんだが、これは絶対に自殺だよ。あの女が前の管理人がジャーヴァス卿の金を着服したといったの、あんたも聞いたろう？　さっきレイクは、自分の都合のいいように話をしたにきまってる。たぶん彼もちょっぴり使いこんでたんだろう。ジャーヴァス卿は不審をいだいたが、レイクとルースの仲がどの程度かわからないので、あんたを呼んだんだと思う。そこへもってきて、今日の午後、レイクが自分たちは結婚したといった。そこで、ジャーヴァスの頭は狂っちまった。こうなっては、どんなてを打つにも手遅れだ。彼はなんとかしようと決心した。が、実際には、どんなに調子のいいときでも働きのよくなかった頭が、だめになっちゃった。わたしの考えるところじゃ、これが真相だと思うな。どうだね？」

ポアロはジッと部屋のまん中に立ったままだ。

「どうだねって？　わたしの意見はこうだよ……きみの理窟をとやかくいうんじゃないがね。それはあんまり通用しないな。考えの足らん点が、いくつかあるからね」

「たとえば？」

「今日のジャーヴァス卿の機嫌の食い違い。ベリー大佐の鉛筆の発見。ミス・カードウェルの証言……これは非常に重要な証言だ。それから、みんなが夕食に降りてきたときの順番に対するミス・リンガードの証言。死体が発見されたときの、ジャーヴァス卿がかけていた椅子の位置。オレンジが入っていたからの紙袋。そして最後に、最も重要な手がかりである壊れた鏡さ」

リドル少佐はあきれ顔だ。

「くだらん長話をして、それで筋が通るというのか？」

ポアロは穏やかに答える――

「通すつもりだよ……あしたまでにね」

11

翌朝、東の空がようやく白みかかった頃、ポアロは目をさました。彼の寝室は建物の東側にある。

ベッドから出ると、窓のカーテンを引きよせ、太陽が出て天気のいいのを見て満足した。

いつものように念入りに着替えをはじめる。身じまいが終わると、厚手のオーバーを着て、マフラーを首に巻く。

それから抜き足差し足で部屋を出ると、寝静まった家の中を客間へと階段を降りる。そして音を立てないようにフレンチ・ウィンドーをあけて庭へ出た。

太陽はやっと顔を出したばかり。靄がかかっている。天気がよくなる証拠だ。テラスになった歩道を通って建物をまわると、ジャーヴァス卿の書斎の窓のところへ行く。そこまで来ると、立ちどまって、あたりを見まわす。

窓のすぐ外側は、建物にそって細長い芝生だ。その手前は広い花壇になっていて、ヒナギクがまだみごとに咲いている。花壇の手前は、ポアロが立っている板石を敷いた小道だ。細長い芝生は、花壇のうしろの草の生えた小道から、テラスまでつづいている。ポアロはそれだけのことを注意深く調べてから、首をふった。次に道の両側の花壇に注意を向ける。

おもむろにうなずく。右手の花壇のやわらかな土に、はっきりと足跡が残っていたのだ。

彼がむずかしい顔をしてそれを見つめていると、音がしたので、さっと顔を上げた。二階の窓が押しあけられたのだ。赤毛の頭が見える。黄色味がかった赤い後光にふちどられた、スーザン・カードウェルの利口そうな顔が見える。

「こんな時間に、いったい何してらっしゃるの、ポアロさん？　調べ事？」

ポアロはひどくかしこまって頭を下げる。

「おはようございます、マドモアゼル。ええ、おっしゃるとおりです。いまあなたの目の前におりますのは、捜索中の探偵……いや、名探偵と申してもよろしいでしょう」

ちょっとふざけた言い方だった。スーザンは首をかしげていう――

「それはそれは、よくおぼえとかなくちゃなりませんわね。お手伝いにまいりましょうか？」

「そいつはありがたいですな」

「最初は泥棒かと思いましたわ。どこから外へ出たんですの？」

「客間の窓から」

「ちょっと待っててね。すぐまいりますから」

はたして彼女はすぐやってきた。見たところ、ポアロはさっき彼女が見たところから一歩も動かなかったらしい。

「ずいぶん早いお目ざめですね、マドモアゼル？」

「あんまりよく眠れませんでしたの。だから朝の五時に目がさめた人のうんざりした気持ちを、いま味わいかけてたところなの」

「そんなに早くもないじゃありませんか！」

「でも、そんな気がしてるんですよ！　ところで名探偵さん、何を見てらっしゃいますの？」

「まあ、この足跡を見てごらんなさい」

「あら、ほんとですね」

「四つです。ほら、数えてみましょうか。二つは窓のほうへ向かってるし、二つは窓のほうから引き返している」

「誰のでしょう？　庭師のかしら？」

「マドモアゼル、マドモアゼル！　この足跡は小型で格好のいい女性のハイヒールの跡ですよ。ほら、よく見てごらんなさい。それから、すみませんが、ここのこの足跡の横の地面を踏んでみてください」

スーザンはちょっと躊躇したが、ポアロが指さしたところを、ソッと片方の足で踏んだ。彼女はダークブラウンの小さなハイヒールの上靴をはいている。

「ほら、ほとんど同じくらいの大きさです。ほとんど同じだが、ぴったりじゃありませんね。こっちの足跡は、あなたのよりもっと大きな足でつくられたものです。ミス・シェヴニックス＝ゴアのか……ミス・リンガードのか……ひょっとすると、シェヴニックス＝ゴア夫人のかもしれませんね」

「夫人のじゃありませんよ……彼女は小さな足をしてますもの。あの当時は、みんなそうだったんです……つまり、なるべく足を小さくするようにしてたんですわ。それから、ミス・リンガードは変な平底靴をはいてます」

「じゃ、ミス・シェヴニックス＝ゴアのだ。うん、そうそう、きのうの夕方庭に出たって、自分でもいってましたっけ」

それから彼は先に立って、建物をまわって引き返す。

「これ、まだ探偵のつづきなんですの？」とスーザン。

「そうですとも。今度はジャーヴァス卿の書斎へ行くんです」

彼が先に歩き、スーザンはそのあとからついて行く。

書斎のドアは陰気な感じに開いたままだ。中に入ってみると、部屋も前の晩のままになっている。ポアロはカーテンをあけて、明かりを入れた。

彼は立ったまま一、二分、花壇を見てからいった——

「マドモアゼル、あなたは泥棒にはあんまりおなじみがないでしょうね？」

スーザンは残念そうに赤毛の頭をふる。

「おあいにくさまですわ、ポアロさん」

「あの警察本部長も、あいにく泥棒にお近づきがないらしい。本部長さんの泥棒連中とのお付き合いは、まったく職務上だけですからね。ところが、わたしの場合はちがいます。前に一度、泥棒と膝を交じえて話したことがありますがね。その男がフレンチ・ウィンドーのことで、おもしろい話をしてくれましたよ……留め金がゆるんでるときなどに、ちょくちょくやれるトリックなんですがね」

　彼はそういいながら、左手の窓の把手を回す。中央の錠前の心棒が地面の穴から上がるので、窓の観音開きのドアを手前に引っぱることができる。一度大きくあけておいて、もう一度閉める——把手は回さずに閉めるのだ。そうすれば、心棒は穴の中へ入らずにすむ。把手を離してちょっと間《ま》を置き、それから心棒の上のほうのまん中あたりを、トントンとすばやく叩く。叩いたはずみで心棒は穴の中に落ち——把手もひとりでに回る。

「ほらね、マドモアゼル？」

「なるほどねえ」

　スーザンはちょっと青ざめている。

「これでもう窓は閉まってしまいました。窓が閉まっていては、外から部屋に入ることは不可能です。しかし、部屋から出て、外からドアを引き寄せておき、いまわたしがやったように叩いて心棒を落とし、把手を回すってことはできます。こうすれば窓はしっかり閉まってるんだから、見た者は誰でも、内側から閉めてあるというでしょう」

「ゆうべのは……」スーザンの声がちょっと震える——「ゆうべのは……こういうことだったんですか？」

「ええ、そうだと思いますよ、マドモアゼル」

「そんなの嘘だわ」スーザンは食ってかかるようにいう。

ポアロは答えない。マントルピースのところまで歩いて行って、くるっと振り返る。

「マドモアゼル、ひとつ、証人になっていただけませんか。一人はもういるんです……トレント氏ですがね。彼はゆうべ、わたしがこの小さな鏡のかけらを見つけたところを見ています。わたしは彼に説明だけして、警察の連中の都合もあるので、かけらはそのままにして置いたんです。警察本部長にも、割れた鏡が貴重な手がかりだといってやったんですがね。わたしが与えたヒントも、彼には通じませんでした。いいですか、この鏡のかけらには、前にトレント氏の注意を向けてありますからね。今度はあなたに、わたしがそれを小さな封筒に入れるのを見たという証人になってもらうわけです」そういうと、彼はそのとおりにする――「それから、封筒の上に書いておく……こうね……そして封をする。あなたが証人ですよ。いいですね、マドモアゼル？」

「ええ……でも……でも、それ、どういう意味かわかりませんわ」

ポアロは部屋の反対側へ歩いて行くと、机の前に立ったまま、目の前の壁の壊れた鏡をジッと見た。

「どういうことかお話ししましょう、マドモアゼル。あなたがもしゆうべここに立って、この鏡をのぞいていたら、ここには〝殺人だぞ〟という字が見えたはずなんです……」

12

　こんなことは初めてだったが、ルース・シェヴニックス＝ゴア――いまはルース・レイクが、朝食の時間前に二階から降りてきた。ポアロはホールにいたが、彼女が食堂へ入らないうちに、かたわらに呼んだ。

「あなたにお訊きしたいことがあるんですがね、奥さん《マダム》」

「なんですの？」

「あなたはゆうべ庭へ出られましたね。ジャーヴァス卿の書斎の窓の表にある花壇に入ったのはいつなんです？」

　ルースはびっくりして彼を見る。

「ええ、入りましたわ。二度」

「ほう！　二度ね。どうして二度も？」

「最初はヒナギクを摘みに入りました。七時ごろに」

「花を摘むにしては、ちょっと妙な時間ですな？」

「ええ。でも、ほんとにそうだったんですもの。花はきのうの朝摘んだんですけど、お茶のあとでヴァンダが、夕食のテーブルの花はあれじゃだめだっていうんです。わたしはそれで大丈夫だと思ったので、放っておいたんです」

「ところが、お母さまが替えなくちゃいけないっておっしゃった。そうでしょう？」

「ええ。それで、七時ちょっと前に出て行ったんです。あそこの花壇のを摘んだのは、あそこならめったに人も行かないし、見映えがしなくなってもかまわなかったからです」

「なるほど、なるほど。しかし、二度でしょう。あそこに二度行ったとおっしゃいましたね？」

「二度目は夕食のちょっと前でした。あたし、ドレスにヘアオイルの染みをつけちゃったんです……ちょうど肩のそばに。着替えるのも面倒だったし、造花はどれもこれも、あの黄色のドレスに合いませんでした。ところが、ヒナギクを摘んでたとき遅咲きのバラがあったのを思い出したもんですから、いそいで出て行って、それを摘んで肩のところにピンで留めたんです」

ポアロはゆっくりうなずく。

「なるほど、わたしもあなたがゆうべ、バラを着けていらしたのはおぼえています。そのバラを摘んだのは、何時ごろでした？」

「はっきりおぼえてません」

「しかし、そこが肝心なんですがねえ。考えて……思い出してください……」

ルースは顔をしかめて、チラッとポアロを見たが、また視線をそらした。

「はっきり申しあげられませんわ」やがて彼女はそういった。「きっと……あら、そうだった……八時五分ごろだったにちがいありません。建物を回って帰ろうとしてたら、その銅鑼の鳴るのが聞こえて、それからあの変な音がしたんですから。わたし、その銅鑼の銅鑼の音を、一度目のでなく、二度目のだと思ったもんですから、大あわてに急ぎました」

「ああ、そう思ったんですね……ところで、あそこの花壇にいたのに、書斎の窓はあけてみなかったんですか？」

「じつは、あけようとしました。あいてるかもしれないし、あそこから入った方が早いと思いましたから。ところが、閉まってたんです」

「それですっかりわかりました。いや、おめでとう、マダム」

彼女はびっくりして彼を見る。

「何がですの？」

「すべて筋が通ってるからですよ。靴についた土のことも、花壇の足跡のことも、窓の外側についた指紋のことも。なかなかうまくできてますな」

ルースがまだ答えないうちに、ミス・リンガードが階段を駆け降りてきた。彼女の頬は妙にまっ赤だ。ポアロとルースが立っているのを見ると、ちょっとびっくりしたような顔をする。

「ごめんなさい。どうなさいましたの？」

ルースが腹を立てていう――

「きっとポアロさん、頭が変になったのよ！」

そういうと、彼女は二人のそばを通って、さっさと食堂に入ってしまった。ミス・リンガードはあきれたような顔をしてポアロを見た。

彼は首をふる。

「朝ごはんがすんだら説明してあげますよ。十時に、みなさんにジャーヴァス卿の書斎に集まっていただきたいと思うんです」

彼は食堂に入るとすぐ、もう一度そういって、みんなに頼んだ。

スーザン・カードウェルはチラッと彼を見たが、すぐにその目をルースに移した。そのとき、ヒューゴーがいった――

「え？　どういうつもりなんだろうな？」彼女が横腹を小突いたので、彼はおとなしく口をつぐんだ。

ポアロは朝食をすますと、立ち上がって入口のほうへ歩いて行く。それから振り向いて、大きな旧式の懐中時計を引っぱり出した。

「十時五分前です。あと五分したら……どうぞ書斎に」

ポアロは周囲を見まわした。彼を取り囲む好奇心に満ちた顔が、ジッと彼を見返す。一人足りないだけで、あとはみんなそろってるな——彼がそう思ったとたんに、その足りなかった一人が部屋に入ってきた。シェヴニックス＝ゴア夫人は、静かな、すべるような足どりで入ってきたが、頬はこけ、具合が悪いようだ。

ポアロは彼女のために大きな椅子を引き寄せてやり、彼女はそこに腰をおろした。

彼女は壊れた鏡を見あげて、身ぶるいすると、ちょっと椅子の向きを変えた。

「ジャーヴァスはまだここにいますわ」彼女はそっけない口調でいう。「かわいそうなジャーヴァス……でも、もうすぐ楽になりますわ」

ポアロは咳ばらいをして、みんなに告げた——

「わたしはジャーヴァス卿の自殺の真相をお聞きねがおうと思ったので、みなさんにお集まりいただいたのです」

「あれは運命ですよ」とシェヴニックス＝ゴア夫人。「ジャーヴァスは強い人でしたけど、運命のほうがもっと強かったのです」

ベリー大佐がちょっとにじり寄る。

「まあまあ……ヴァンダ」

彼女は彼を見あげてニッコリすると、片方の手を挙げた。彼はそれをにぎってやる。

「あなたがいらっしゃると気が休まるわ、ネッド」と彼女は小声でいう。

ルースがきめつけるような口調でいった――

「ポアロさん、あなたが父の自殺の原因をつきとめた、と考えていいんでしょうね？」

ポアロは首を横に振る。

「いや、そうじゃありません、マダム」

「じゃ、なんだってくだらないことを、ながながとお話しになるの？」

ポアロの口調は穏やかだ。

「わたしはジャーヴァス卿の自殺の理由は存じません、なぜなら、彼は自殺したんじゃないのですから。彼は自分で死んだのじゃありません。殺されたのです……」

「殺された？」いくつかの声が、おうむ返しにいう。びっくりした顔がポアロのほうに向けられた。シェヴニックス＝ゴア夫人は目を上げていう。「殺された？　まあ、とんでもない！」そして静かに首をふる。

「殺されたっていうんですか？」今度は、ヒューゴーだ。「そんなこと不可能だ。ぼくたちがこじあけて入ったとき、部屋には誰もいなかったじゃありませんか。窓は閉まってたし、ドアも内側から錠が下りてて、鍵は伯父のポケットに入ってた。殺されたはずがないでしょうが？」

「しかし、やっぱり彼は殺されたのです」

「すると、犯人は鍵穴から逃げてったんじゃないのかね？　それとも煙突からかな？」とベリー大佐が疑り深そうにいう。

「犯人は窓から出て行ったのです。その方法をひとつお見せしましょう」とポアロ。

彼は例の窓のトリックを、もう一度やって見せた。

「おわかりになったでしょう？　こういうふうにやったんです！　わたしは最初から、ジャーヴァス卿が自殺したのはおかしいと思っていました。彼は病的な自負心を堂々と発揮していましたが、そういう男は自殺などするものではないからです。

それに、ほかにもあります。表面的には、ジャーヴァス卿は死の直前、机に向かって、紙きれに〝すまない〟と走り書きしてからピストル自殺を遂げています。しかし、そうしたことをする前に、どういうわけか知りませんが、机と斜めになるように椅子の向きを変えています。なぜでしょう？　何かわけがあるにちがいありません。鏡の小さなかけらが、重いブロンズの小さな像の土台にくっついているのを見つけたとき、わたしは光明を見出しはじめました……

　壊れた鏡のかけらが、どうしてそんなところにくっついてるんだろう？……わたしはそう自問しました。と、答えが出たのです。鏡はピストルのたまで壊れたのではなく、重いブロンズの像で叩き壊されたのだと。あの鏡は故意に壊されたのです。

　だが、なぜか？　わたしは机のところにもどって椅子を見おろしました。そうです、そのときわたしは知りました。みんな嘘だということを。自殺するのに、椅子の向きを変えたり、片っ方へ寄りかかってピストルを撃ったりするはずがありません。何もかもこしらえられたのです。自殺はごまかしだったのです！

　ところで、ここでひとつ非常に大事なことをお話ししましょう。ミス・カードウェルの証言です。彼女はゆうべ、二度目の銅鑼が鳴ったような気がしたので、急いで階段を降りていったそうです。つまり、最初の銅鑼はすでに鳴ったのだと思ったのです。

　ところで、いいですか、ジャーヴァス卿がピストルを撃ったとき、もし彼が普通の姿勢で机に向かっていたとしたら、たまはどっちへ行ったでしょう？　一直線に飛べば、入口……ドアがあいていたとして……を通り抜けて、しまいに銅鑼に当たります。

これでミス・カードウェルの話の重要性がおわかりでしょう？　最初の銅鑼の音を聞いた者は、ほかに誰もいませんでしたが、彼女の部屋は、この部屋の真上にあるので、彼女が一番よく聞こえる位置にいたわけです。たまが当たっても、音は一度しかしないはずですからね。

ジャーヴァス卿がピストルを撃ったのでないことは明らかです。死人が立ちあがってドアを閉めたり、鍵をかけたり、都合のいい姿勢をとったりできるはずがないじゃありませんか！　誰かほかの人間が関係しているのです。だから、これは自殺でなく、他殺だったのです。ジャーヴァス卿が気にしない誰かが彼のそばに立って、彼に話しかけていた。たぶんジャーヴァス卿は、せっせと書き物でもしていたのでしょう。犯人はピストルを彼の頭の右側にかまえて撃つ。犯行は終わる！　さっそく仕事にかかる。犯人は手袋をはめる。ドアの錠を下ろして、鍵をジャーヴァス卿のポケットに入れる。しかし、銅鑼の大きな音を聞いた者がいたら、どうする？　そうしたら、ピストルが発射されたとき、ドアは閉まっていたのではなくて、あいていたことがわかってしまう。そこで椅子の向きを変え、死体の格好をなおし、死体の手にピストルを持たせ、鏡をわざと壊した。それから犯人は窓から出て、カタンと閉め、あとで足跡が消せるように、芝生はやめて花壇を歩いた。そして建物を回って客間に入る」

ちょっと口をつぐんでからまた、話しつづける――

「ピストルが発射されたとき庭に出ていたのは、一人しかいません。その人物は花壇に足跡を残し、窓の外側に指紋をつけました」

そういいながら、彼はルースに近づく。

「それから動機もありましたね？　あなたのお父さまは、あなたの内密の結婚をご存じでした。そしてあなたを相続人からはずそうとしていたのですから」

「嘘です！」ルースは軽蔑をこめた声で、はっきりいう。「あなたの話は、一言《ひとこと》だって本当のことはありません。一から十まで嘘ばっかりじゃありませんか！」

「あなたを容疑者とする証拠は、なかなか堅いんですよ、マダム。陪審員たちなら、あなたのいうことを信じるかもしれません……いや、それも無理でしょう！」

「彼女が陪審員たちと顔を合わす必要なんかありません」

ほかの人たちはびっくりして振り返った。ミス・リンガードが立ち上がっている。顔色が変わって、全身がふるえていた。

「わたしが彼を撃ったんです。ほんとです！　殺す理由があったのです。わたしは……わたしは、しばらく前から狙っていました。ポアロさんのおっしゃるとおりです。わたしは彼のあとからここに入りました。ピストルは前もって引き出しから出しておきました。彼のそばに立って、本のことを説明しているうちに……撃ったのです。八時になったばかりでした。たまは銅鑼に当たりました。たまがあんなふうに頭を突き抜けるなんて、思いもよりませんでした。出て行ってたまを探す暇なんかありません。わたしはドアに鍵をかけ、鍵を彼のポケットに入れました。それから椅子の向きを変え、鏡を割り、紙きれに〝すまない〟と走り書きしておいて窓から外に出ると、ポアロさんがやって見せてくれたような方法で閉めたのです。花壇には入りましたが、用意しておいた小さな熊手で足跡を消しました。それから客間のほうへ回って行ったのです。客間の窓はあけたままにしておきましたから。ルースがそこから外へ出たのは知りませんでした。わたしが裏を回っているあいだに、彼女は表を回っていったのでしょう。わたしは熊手を物置小屋にしまわなければなりませんでしたから。階段を降りてくる足音がして、スネルが銅鑼を叩きに行くまで客間で待ちました。そしてそれから……」

そういいかけて、ポアロを見る。

「それからどうしたか、おわかりじゃないでしょうね？」

「いや、わかっています。くず籠に紙袋が入ってました。あれはじつにうまい思いつきでしたよ、ほんとに。子供がよくやるようなことをしたんでしょう。袋を膨らませておいて、叩く。けっこう大きな音が出ましたね。あなたは袋をくず籠に放りこむと、ホールへ飛び出していった。自殺の時間も予定どおりだったし……自分のアリバイも立てた。しかし、まだ一つだけ心配なことがあった。たまを拾っておく暇がなかったこと。銅鑼の近くに転がってることはまちがいない。どうしてもたまは書斎の鏡の近くで発見されないとまずい。あなたがいつベリー大佐の鉛筆を盗もうと考えたのか、これがどうもわからないんですが……」

「そのときの思いつきです……みんなでホールから客間に入ったときの。入ってみるとルースがいたので、びっくりしました。庭から窓を通って入ったにちがいないと思いました。それから、ふと気づいたんですけど、ベリー大佐の鉛筆がブリッジのテーブルに載ってるじゃありませんか。わたしはそれをハンドバッグに忍ばせました。あとで、もし誰かが、わたしがたまを拾うのを見ていたとしても、鉛筆だとごまかせますからね。でも、ほんとは人に見とがめられるとは思ってませんでした。たまはあなたが死体を見ていらっしゃるあいだに、鏡のそばに落としておきました。あなたがその点を突っこんでお訊きになったとき、わたしは内心、鉛筆のごまかしを思いついてほんとによかったと思いました」

「そうです、あれはうまいてでしたな。わたしもあれにはすっかりまごつかされましたよ」

「はじめは本物のピストルの音を聞いた人がいるかもしれないと心配でしたが、みんなお夕食の着替えの最中だし、部屋のドアも閉まってるにちがいないと思いましてね。使用人たちはそれぞれの仕事場でしょうし。ピストルの音がきこえそうなのは、カードゥエルさんだけでしたが、これもバックファイアの音と思うだろうとたかをくくりました。彼女が実際に聞いたのは、たまが銅鑼に当たった音でした。で、わたしは……何もかも首尾よく運んだと思ったのですが……」

フォーブズ氏がはっきりとした口調で、ゆっくりといった――

「まったく妙な話ですなあ。動機が何もないようで……」

ミス・リンガードは明快にいった――「動機はありました……」

それからはげしい口調で言い添えた。

「さあ、警官をお呼びなさい！　何をぐずぐずしてるんです？」

「みなさん、おそれいりますが、部屋から出ていただけないでしょうか？　フォーブズさん、リドル少佐を電話で呼んでください。わたしは彼が来るまで、ここにいますから」とポアロが穏やかにいった。

ほかの者は、一人一人、静かに部屋を出る。みんな当惑げな、納得のいかぬらしい驚いたような顔で、少しも取り乱さずに立っている灰色の髪をきちんとまん中から分けた女に、けげんそうな視線をすばやく向けた。

いちばんあとから出て行ったのはルースだったが、入口に立ちどまったままためらっていた。

それから、腹立ちまぎれに食ってかかるような口調でポアロを責めた。

「わたしにはわからないわ。たったいままで、あなたはこのわたしが犯人だと思ってたじゃありませんか」

「いやいや」ポアロは首をふる。「そう思ったことは一度もありませんよ」

ルースはのろのろと出て行った。

あとはポアロと、たったいま、巧みに計画した冷酷な殺人を自白したばかりの、小柄できちんとした身なりの中年の女だけになった。

「そうです。あなたは彼女が犯人だなどとは思ってませんでした」とミス・リンガード。「あなたが彼女を責めたのは、わたしに口を開かせるためでした。そうでしょう？」

ポアロは頭を下げる。

ミス・リンガードは世間話でもするような調子で言う──「こうして待ってるあいだに、わたしに疑いをかけたわけを話していただけないかしら」

「いくつもありますよ。まず第一に、あなたのジャーヴァス卿についての説明です。彼のように自尊心の強い男が、第三者……特にあなたのような立場の仕事をしている者に、甥のことを悪し様にいうことはけっしてありません。あなたは自殺の線を強めたかったのでしょう。その上、また脱線して、自殺の原因は、ヒューゴー・トレントにからむ家門の恥になるような問題だといいましたね。それもまた、ジャーヴァス卿なら決して他人になど洩らさないことです。次は、あなたがホールで拾ったものと、ルースが客間に入るのに、庭から入ったのだといわなかったこと。それからわたしが見つけた紙袋……こんなものがハムバラ荘みたいな屋敷の客間のくず籠に入ってたら、おかしいですよ！　いい、いい、ピストルらしき音がしたとき、客間にいたのはあなただけです。紙袋のトリックは、いかにも女の思いつきそうなトリックで……女の持ち前のうまい工夫でした。こうなると、すべてがぴったり符合するでしょう……ヒューゴーに疑いがかかっても、ルースにはからないようにするための工作。犯罪の常道ですよ……次は動機だが……」

灰色の髪をした小柄な女は、ちょっと身を乗り出す。

「じゃ、動機もおわかりなんですか？」

「わかると思いますがね。ルースの幸福……これが動機です！　たぶん、あなたは彼女がジョン・レイクといるところを見たのでしょう……そして二人の仲がわかった。ところが、簡単にジャーヴァス卿の書類が見られるところから、彼が作った新しい遺言書の下書きを見てしまった……そこにはルースがヒューゴー・トレントと結婚しないかぎり相続権を剝奪すると書いてある。それを見てあなたは、ジャーヴァス卿がその前にわたしに手紙を書いたのを利用して、彼に私刑を加えようと決心した。たぶんあなたはその手紙の写しを見たのでしょう。そもそも彼がどういう疑惑と心配の混ざり合った気持ちであんな手紙を書く気になったのか、わたしにはわかりません。きっと彼は、バローズかレイクが計画的に、彼女を彼の手から奪いとろうとしている、とでも考えたのでしょう。ルースの気持ちもよくわからないもんだから、私立探偵に調べさせる気になった。あなたはそうしたことを利用して、念入りに自殺のお膳立てをし、ヒューゴーのことでジャーヴァスがひどく沈んでいたといって、その裏づけをした。あなたはわたしに電報を打っておいて、ジャーヴァス卿はわたしが来ても間に合わないといっていた、とわたしに伝えた」

ミス・リンガードがはげしい口調でいった――

「ジャーヴァス・シェヴニックス゠ゴアは、弱い者いじめで、俗物で、口先ばかりの男でした。わたしはルースの幸せを、あの男に壊されたくなかったのです」

ポアロは静かにいった――

「ルースはあなたのお嬢さんなんでしょう？」

「ええ……わたしの娘です。わたしはよく……あの子のことを思い出しました。ジャーヴァス卿が年代記のお手伝いを探してると聞きましたときは、待ってましたとばかりに飛びつきました。自分の……自分の娘に会いたくてたまらなかったのです。夫人はわたしをおぼえちゃいまいと思いました。もう何年も前のことですからね……その当時は、わたしも若くてきれいでしたし、そのとき以来、姓も変えていました。それに、夫人はだいぶぼんやりで、はっきりした記憶はなんにもないんですから。わたしは、彼女には好意をもちましたが、シェヴニックス＝ゴア家はしんから嫌いでした。彼らはわたしをちりあくたのように扱いました。そこへもってきてジャーヴァスが、自分の誇りと俗物根性でルースの一生を台なしにしようとしていたんです。わたしは、ルースを幸せにしてやろうと決心しました。これであの子も幸せになるでしょう……わたしのことさえ何も知らなければ！」

それは懸念ではなく嘆願だった。

ポアロは静かにうなずいた。

「わたしは誰にも話しません」

「ありがとう」ミス・リンガードは静かにいった。

後刻、警官たちがやって来て引き上げたあと、ポアロが見ると、ルースは夫と庭に出ていた。

彼女はポアロを見ると、食ってかかるようにいった。

「あなたはほんとにわたしがやったと思ったんですか、ポアロさん？」

「マダム、あなたが犯人でないことはわかってましたよ……ヒナギクのことがありましたからね」

「ヒナギクですって？　わからないわ」

「花壇には足跡が四つありました……いや、四つしかなかったのです。しかし、もしあなたが花を摘んだのなら、もっとたくさんあるはずでしょう。ということはつまり、あなたが最初に行ったときと、二度目に行ったときのあいだに、誰かが足跡をすっかり消したということになるじゃありませんか。そんなことをするのは犯人しかありません。ところで、あなたの足跡は、その後は消してなかったんですから、あなたは犯人じゃないわけです。つまり、あなたは自動的に除外されたのですよ」

ルースの表情が明るくなった。

「じゃわかりました。ねえ、ポアロさん……ひどいことをしたけれど……わたし、あの女《ひと》がかわいそうで。だって、あの女《ひと》はわたしを逮捕させまいとして自白したんですものね……でなかったとしても、とにかくその気だったんだわ。これ……ちょっと気高いじゃありませんか。あの女《ひと》が殺人罪で裁判を受けるのかと思うと、嫌になりますわ」

ポアロは優しくいった——

「悩むことはありませんよ。そうはならないと思います。医者の話だと、彼女は心臓がひどく悪くて、あと幾週間とは生きられないそうですから」

「そうでしたの」ルースはサフランの花を一つ摘んで、なんとなくそれを頰っぺたに当てた。

「かわいそうな人。どうしてあんなことをしたのかしら……」

砂にかかれた三角形
Triangle at Rhodes

1

エルキュール・ポアロは白い砂浜に腰をおろして、きらめく青海原を見渡している。フラノの白服をきちんと小粋《こいき》に着こなし、頭には大きなパナマ帽をかぶっている。彼は古い世代の人間で、直射日光に当たらないよう、くれぐれも気をつけなくちゃいけないと思いこんでいるのだ。

彼の横に坐って、ひっきりなしにしゃべっているパメラ・ライアル嬢は、いかにも新思想の持ち主らしく、日焼けした身体には必要最小限のものしか着けていない。ときどきそばに置いてある瓶から、日焼けオイルを出しては身体に塗りつけているが、そのあいだだけ立て板に水を流すようなおしゃべりがとぎれる。

パメラ・ライアルの向こう側には、彼女の親友サラ・ブレイク嬢が、はでなストライプのタオルの上にうつ伏せに寝そべっている。彼女の日焼けぶりが申し分ないので、パメラは幾度となく羨ましそうな目を向けた。

「あたしはまだむらがあってだめね」とパメラは残念そうに呟く。「ポアロさん……塗っていただけません？……右の肩甲骨のすぐ下のところ……手がとどかなくて、うまく塗れませんの」

ポアロは仕方なしに塗ってやると、オイルのついた手をハンカチで丹念に拭く。パメラが人生でいちばん生甲斐を感じるのは、周囲の人々を観察することと、自分の声に聞きほれることだったので、また話しはじめた。

「あの女《ひと》、やっぱりあたしの思ったとおり……シャネルのモデルになった人だわ……ヴァランティーヌ・ダクレ……いえ、チャントリーのことだけど。やっぱり案の定だった。すぐあの女《ひと》だってわかったもの。彼女ってほんとにすばらしいじゃない？　みんながあの女《ひと》に熱をあげるの、わかるような気がするわ。あの女《ひと》もそれが当たり前って顔ね。あれじゃあ、半ば成功したも同然だわ。ゆうべ着いた人たちはゴールドさんていうの。旦那さんはすごくハンサムよ」

「ハネムーン？」とサラがくぐもったような声で訊く。

パメラはいかにも分別臭く首をふる。

「あら、そうじゃないわよ……服があんまり新しくないもの。花嫁さんなら一目でわかるわ。ねえ、ポアロさん、世間の人たちを観察するくらいおもしろいことはないとお思いになりません？　そして一目でその人たちのことを見抜いてみせるの」

「一目なんかじゃないでしょ、パメラ。あんたのは根掘り葉掘り訊くんじゃないの」とサラは優しくいう。

「あたし、まだゴールドさんたちと口をきいてないわ」パメラはつんとしていう。「でも、とにかく同じ人間同士ですもの、興味をもっていけないってわけはないでしょ？　人間性ってほんとに魅力的よ。そうお思いになりません、ポアロさん？」

今度は相手が答えられるだけの間《ま》をおいた。

青々とした海から目を離さずに、ポアロは答えた――

「ことによりけりですな《サ・デパン》」

パメラはびっくりする。

「まあ、ポアロさんたら！　人間くらいおもしろくて……底の知れないものなんて、絶対にないと思うんですけど」

「底が知れない？　そんなことは……ありませんよ」

「まあ、でも絶対そうだわ。あなたがこの人間はこう、あの人間はこうと見てとったとたんに、もうその人はまるで思いがけないことをしてますわ」

ポアロは首を横に振る。

「いやいや、そんなことはありません。どんな人でも、自分の性格《ダン・ソン・カラクテール》の中にないことをするってのは、めったにありませんよ。人間なんて、つまるところ単純至極なものなんです」

「まったく同感できないわ！」

彼女はたっぷり一分半ほど黙りこんだが、またもや攻撃にもどった。

「あたしは人を見ると、とたんに考えはじめるの……いったい何者だろう？……どんな関係の人たちだろう……どんなことを考え、どんなことを感じてるんだろう？……ってね。そりゃもう……ええ、ほんとにスリル満点よ」

「そんなことはありませんね。性分《しょうぶん》なんてものは、想像以上に同じことを繰り返すもんですよ」それからポアロは思慮深くいい加える。「海のほうがよほど変化に富んでいます」

サラが顔だけこっちへ向けて訊く。

「人間は、ある一定の型を再現する傾向があるとお思いなんですね？　型にはまった行動様式といったような……」

「そうですとも」ポアロはそういうと、指で砂に一つの模様を描く。

「何を描いてらっしゃるの？」パメラが興味ありげに訊く。

「三角形《プレシゼマン》です」ポアロがいった。

しかし、そのときにはもう、パメラの注意はほかに移っていた。

「あら、チャントリーさんたちだわ」

一人の女が浜辺へやってくる――背が高く、自分と自分の身体をひどく意識している女だ。ちょっとうなずくようにニッコリすると、みんなからすこし離れたところに腰をおろす。深紅とゴールドの縞のシルクのショールが肩からずり落ちた。水着はまっ白だ。

パメラは溜息をつく。

「身体の線がきれいね？」

しかし、ポアロは女の顔を眺めていた――十六のときからその美しさで知られてきた三十九歳の女の顔を。

彼も人後に落ちず、ヴァレンタイン・チャントリーのことは何もかも知っていた。この女はいろいろなことで有名だった――気まぐれな点で、裕福なことで、大きなサファイア・ブルーの瞳で。それからたびたびの結婚と恋愛遊戯で。夫は五人持ったし、数えきれないほど恋をした。イタリアのさる伯爵、アメリカの鋼鉄王、テニスのプロ選手、カーレーサーというふうに、次々と夫を取り替えた。この四人のうち、アメリカ人は死んだが、あとの連中は、離婚法廷であっさり棄てられたのだ。いまから半年前に、彼女は五度目の結婚をした——海軍中佐とだった。

彼女のあとから大股で浜辺におりてきたのがそれだ。無口で、陰気で——喧嘩っ早そうな顎をしていて、むすっとした態度だ。どことなく原始人のような感じがする。

「ねえトニー……あたしのシガレット・ケース……」

彼はすぐに渡して、タバコに火をつけてやり、手をかかして白い水着の肩紐をはずしてやる。女は寝そべって、太陽の下に両腕をいっぱいに広げる。男は餌食をまもる野獣のように、そのそばに坐っている。

パメラはささやくように声をひそめる。

「あの人たち、おっそろしく興味深いわ……あの男、まるでけだものね！　むっつりしてて……睨みつけてるみたい。彼女のような人って、ああいうのがお好きなのね。きっと虎を調教してるみたいなんだわ！　でも、いつまでつづくかしら。きっと、すぐに飽きちゃうと思うんだけど……近頃はみんなそうなんだから。だけど、あの男を追い払おうなんてしたら、何をしでかすかわからないわね」

すると、また別の一組が——ちょっと恥ずかしそうにして……浜辺へおりてきた。前の晩、着いたばかりの連中だ。パメラがホテルの宿泊人名簿を調べたところでは、ダグラス・ゴールド夫妻という。その上パメラは――イタリアではそういう規則になっているのだが――パスポートから宿帳に写された二人の洗礼名から年齢まで知っていた。ダグラス・キャメロン・ゴールドは三十一歳、マージョリー・エマ・ゴールドは三十五歳だ。

前にもいったように、パメラ・ライアルの生甲斐ある趣味というのは、人間の研究である。元来イギリス人は、これまでのイギリス的習慣として、何日もしてからやっと用心深く人と口をきくのに、彼女はそうしたたいていのイギリス人とちがって、初対面の者にも平気で話しかける。だからいまも、ゴールド夫人がちょっとはにかみながら、おずおずとやってくるのを見ると、すぐさま声をかけた。

「おはようございます。いいお天気ですわね！」

ゴールド夫人は小柄で……ちょっとハツカネズミといった感じだ。器量は悪くない。実際、目鼻立ちも整っているし、肌のつやもいい。ただ、どことなく内気でやぼったい感じがするので、そうした良さが目立たないのだ。ところがそれとは反対に、夫は俳優然とした、ずばぬけた美男子だ。こまかくちぢれた美しい金髪。青い瞳。幅のある肩。引き締まったヒップ。町で見かける青年というよりも、舞台俳優といった感じだが、ロをきくと、そうした印象も消えてしまう。すこぶる無造作で気どりがなく、ちょっと間抜けな感じさえ受ける。

ゴールド夫人は人なつこそうな目でパメラを見ると、近くに腰をおろす。

「ほんとにいい色にお焼けになりましたわね。わたしなんか生っ白《ちろ》くて」

「むらがなくなるまで焼くのは、並み大抵の苦労じゃありませんわ」パメラは溜め息をつきながらいう。

ちょっと黙ったあとで、つづけた――

「お着きになったばかりなんでしょう?」

「ええ、ゆうべ。ヴァポ・ディタリア号でまいりましたの」

「ロードス島は、前にも?」

「いいえ。いいところですわね?」

ゴールド氏がいう――

「ただ遠いのがねえ」

「ええ、もうちょっとイギリスに近ければ……」

うつ向いたサラが、こもった声でいった。

「でも、それじゃ大変よ。まるで河岸《かし》のまぐろみたいに、人間ばかりが押し合いへし合いで。どこもかしこも人間がゴロゴロ！」

「なるほど、それもそうですがね」とダグラス・ゴールド。「イタリアの為替相場がいまみたいに暴落してるのも、困りものですよ」

「ちょっとは変わってくるんじゃありません？」

そうした通り一遍の世間話がつづく。気の利いた話とはお義理にもいえない。波打ちぎわにいるヴァレンタイン・チャントリーが、もぞもぞ動いたかと思うと上半身を起こした。片手で水着の胸のあたりを直す。

それからあくびをする。大きいが目立たない、猫のようなあくびだ。さりげなくチラッと浜辺を見まわす。その目がはすかいにマージョリー・ゴールドを素通りして、ダグラス・ゴールドのちぢれた金髪にジッと注がれる。

しなやかに肩をくねらす。それから口を開いたが、その声は必要以上に甲高い。

「ねえトニー……素敵じゃない？……このおてんとうさま。あたし、きっと前世じゃ太陽崇拝者だったにちがいないわ……そう思わない？」

夫はうなるような声で答えたが、ほかの人たちの耳までとどかない。ヴァレンタインは相変わらず甲高い、ものうげな声でつづけた。

「ねえ、あなた、もうちょっとタオルをうまく広げてくださらない？」

彼女は寝心地が悪そうに、しきりに身体をくねらす。今度はダグラス・ゴールドがそっちを見る。目にありありと興味がうかぶ。

ゴールド夫人は楽しそうな小声でパメラにいう――

「なんておきれいな方なんでしょうね！」

パメラは情報を聞くのも好きだが、話すのも得意なので、小声で答えた。

「あれがヴァレンタイン・チャントリーですよ……ご存じでしょう？　前のヴァランティーヌ・ダクレ……ずいぶんすてきじゃありません？　旦那さまは首ったけってとこですわ……そばから離さないんですもの！」

ゴールド夫人はもういちど浜辺を眺め渡してからいった。

「海がとってもきれい……まっ青で。もうそろそろ入ってもいいんじゃなくって、ダグラス？」

ダグラスはまだヴァレンタイン・チャントリーを見つめていたので、一、二分返事が遅れた。それからうわの空で答える。

「入るって？　うん、そうだね、もうちょっとしてから」

マージョリー・ゴールドは立ち上がって、ゆっくり波打ちぎわのほうへ行く。

ヴァレンタインはちょっと片方へ寝返りをうつ。ダグラスを流し目に見る。まっ赤な口もとがかすかにほころびる。

ダグラスの首すじのあたりが、うっすらと赤らむ。

ヴァレンタインがいう。

「ねえトニー……おねがい。小瓶に入ったフェイス・クリームが欲しいの……ドレッサーにのってるんだけど。持ってくるつもりだったのに。取ってきてくださらない？　いい方ね」

中佐はおとなしく立ち上がると、のっしのっしとホテルへもどって行く。

マージョリーは海に飛びこむと、大声で叫んだ。

「とっても気持ちがいいわよ、ダグラス……とっても暖かくて。早くいらっしゃいよ」

パメラがダグラスにいった――

「お入りになりませんの？」

彼はぼんやり答える
「ああ！　もっと身体を焼いてから」

ヴァレンタインがもぞもぞ身体を動かして、夫を呼びもどそうとするふうに、ちょっと頭をもたげる――が、彼はちょうどホテルの庭の囲いの中に入ろうとしているところだった。

「海に入るのはいつでもいいんですよ」とゴールド氏が弁解がましくいう。チャントリー夫人はまた起き直る。日焼けオイルの瓶を取り上げて、何か苦心している——ねじ蓋がとれないのだ。

大きな声でいまいましそうにいう。

「あらまあ……どうして取れないんでしょうね！」

みんなのほうを見る。

「どうしたのかしら……」

つねに婦人に親切なポアロが立ち上がったが、若くてしなやかなダグラス・ゴールドのほうが早かった。あっという間《ま》にヴァレンタインのところへ飛んで行く。

「やってあげましょうか？」

「まあ、すみません……」またもや例の甘ったるい、ものうげな声だ。「ご親切ね。あたし、蓋をとるのがとても下手で……いつも反対にねじってしまうらしいんですの。まあ、あきましたわね！　ほんとにありがとうございました……」

ポアロがニヤッとする。

彼は立ち上がって、反対のほうへ浜辺をぶらぶら歩いて行く。遠くまで行ったわけではないが、ゆっくりと時間をかけた。彼が引き返してくると、ゴールド夫人が海から出てきて一緒になった。それまで彼女はずっと泳いでいたのだ。妙にちぐはぐな水泳帽をかぶった彼女の顔は、うれしそうに輝いている。

彼女は息を切らしながらいう――「わたくし、海が大好きなんですの。それにここの海はとても暖かくて気持ちがよろしいですわ」

海が大好きらしい。

「ダグラスもわたしも、泳ぎとなるとまるで目がないんですの。彼は、何時間入りっきりでも平気ですわ」

それを聞くと、ポアロの目が彼女の肩越しに、当の水泳狂のダグラス・ゴールド氏がヴァレンタイン・チャントリーと坐って話しているほうを見た。

ゴールド夫人はいう――

「どうしてあの人、来ないんでしょう」

彼女の声には、子供が困ったときのような響きがある。

ポアロの目は思案顔でヴァレンタイン・チャントリーに注がれている。が、胸の中では、昔ほかの女たちも同じようなことをいったことがあるのを思い出していた。

そばでゴールド夫人のはげしい息づかいがした。

彼女はしゃべったが、その声は冷たい。

「きっとああいう女《ひと》が男の方には魅力があるんでしょうね……。でも、ダグラスはあんなタイプの女《ひと》は嫌いなんですよ」

ポアロは黙っている。

ゴールド夫人はまた海に飛びこんだ。

ゆっくりと、しっかりした泳ぎぶりで岸から遠ざかって行く。いかにも海好きらしい感じだ。

ポアロはみんなのいるほうへ引き返した。

そこにはバーンズ老将軍が来ていたので、一段と賑やかだった。将軍はいつも若い連中の仲間入りをする大の話好きだったが、いまもパメラとサラのあいだに腰をおろして、パメラと共に適当に尾ひれをつけながら、しきりに噂話の棚卸しをやっている。

チャントリー中佐も使いからもどってきて、彼とダグラス・ゴールドがヴァレンタインの両脇に坐っている。

二人の男のあいだにはさまった彼女は、まっすぐ起き直って話している。例の甘ったるい、ものうげな声で気楽そうにしゃべりながら、両側の男たちに、代わる代わる顔を向けている。

ちょうど何か噂話でも話し終えるところだった。

「……すると、そのばかな男ったら、なんといったとお思いになって？　〝ほんの短い間だったかもしれませんが、ぼくはどこにいたって、あなたのことはわすれませんよ、奥さま！〟ですって。そうだったわね、トニー？　でもねえ、あたし、その人のこと、いい人だなあって思いましたわ。ほんとに世間て、親切だなって思いますの……つまり、いつもみなさんがあたしに、とても親切にしてくださいますの……なぜだかわかりませんけど……みなさんそうなんですもの。でも、わたし、トニーにいいましたの……あなた、おぼえてらっしゃる？……〝トニー、あなたがほんのちょっぴりでもやきもちがやきたければ、あの警備員にだってやくことができるのよ〟って。だって、あの男ときたら、とっても感じがいいんですもの……」

彼女が口をつぐむと、ダグラス・ゴールドがいう。

「いい男がいますからね……ああしたホテルの警備員にはね」

「ほんとよ……よく面倒を見てくれますの……ほんとによく……それに、あたしの役に立つのを、しんから喜んでくれてるらしいんですのよ」

「そりゃ当たり前でしょう。誰だってあなたのためならそうにちがいないと思いますよ」とダグラス。

「お口のお上手なこと！　トニー、あなたお聞きになって？」と彼女はいかにもうれしそうに声をあげる。

　チャントリー中佐は鼻を鳴らしただけだった。

　彼の妻は溜め息をついた――

「トニーったら、ほんとに口べたで……ねえ、そうでしょう?」

　そして赤くマニキュアした長い爪の白い手が、彼の黒い髪をもみくちゃにする。

　いきなり彼は横目でジロッと彼女を見る。彼女は呟いた――

「うちの人、あたしのことをどんなに我慢してくれてるか、わからないくらいなんですのよ。彼は恐ろしく頭がいいんですの……ほんとにすごいくらい……ところがあたしときたら、しょっちゅうくだらないことばかりおしゃべりしてて。でも、彼は気にしてないらしいんですの。だあれもあたしがしたりいったりすることを気にしないのよ……みんなであたしを甘やかしているんです。きっとそれがいけないんでしょうね」

　チャントリー中佐が彼女の向こう側からダグラスに話しかける。

「あの海に入ってるの、奥さんでしょう?」

「ええ、もうそろそろぼくが来る頃だと思ってるんでしょう」

　ヴァレンタインが呟いた――

「でも、こうして陽《ひ》に当たってると、ほんとにいい気持ちですわね。まだ海にお入りにならなくてもよろしいでしょう。ねえトニー、あたし、今日はあんまり海に入りたくないわ……初日ってわけじゃなし。寒けがしてもつまらないから。でも、どうしてあなた、お入りにならないの、トニー？　入ってらっしゃるあいだ、この……ゴールドさんが話相手になっててくださるわ」

チャントリーはきっぱりといった──

「いや、いいよ。まだ入りたくない。ゴールド君、奥さんが手をふってるようですよ」

ヴァレンタインがいった──

「奥さまはほんとに泳ぎがお上手ですこと。きっとなんでもお上手な、とても器用な方ですわね。あたし、なんだか軽蔑されそうで、そういう方がとっても恐いんですの。あたしは何をやってもだめ……ほんとに能なしなのよね、トニー？」

しかし、今度も中佐は鼻を鳴らしただけだった。

彼の妻はやさしく小声でいう──

「あなたはとっても優しいから、許してくださるけど。男の方って、びっくりするほど情が深くて……きっとそこが男性のいいとこなのね。男性のほうが女性よりも、ずっとずっと情がこまやかだと思うの……それに、決していやなことをいわないし。いつも思うんですけど、女って、どっちかというと、つまらないものですわね」

　サラ・ブレイクがポアロのほうへ寝返りを打つと、声を押し殺すようにしていう――

「つまらない見本じゃないの、チャントリー夫人はおつむがちょっと足りませんっていってるみたいなもんじゃない？　なんてこの上なしのばか女なんでしょう！　ヴァレンタイン・チャントリーみたいなばかげた女、見たことないわ。あの女《ひと》ったら、〝ねえトニー〟っていって、目をクルクルさせるより能がないんだもの。脳味噌の代わりに、綿が詰まってるんじゃないかしら」

　ポアロは表情たっぷりに眉をあげる。

「そいつはちょっと手厳しいですなあ《アン・プー・セヴェール》！」

「そうですとも。ただの意地悪女っておっしゃりたければ、どうぞ。あの女《ひと》はあの女《ひと》なりの流儀があるんでしょうからね！　あの女《ひと》、どんな男の人でもほっとけないのかしら？　旦那さんが雷さまみたいに怒った顔をしてるわ」

　海を見ながらポアロがいった――

「ゴールド夫人は泳ぎがうまい」

「そうね、濡れるのが嫌いなあたしたちとはちがうわね。チャントリー夫人はここに来て、海に入ることがあるのかしら」

「あるまいな」バーンズ将軍がしわがれ声でいう。「あのお化粧がはげる真似など、とてもすまい。器量が悪いというんじゃないが、ちとどうが立っとるからな」

「あなたのほうを見てますわよ、将軍」とサラが意地悪くいう。「あなたはお化粧についていては疎《うと》いんですね。いまどきのはね、ウオータープルーフで、キスにもくずれやしませんの」

「ゴールド夫人があがってきたわ」とパメラ。

サラがハミングする――「さあ大変だ大変だ、奥さんが連れにやってきた……旦那を連れにやってきた……旦那を連れにやってきた……」

ゴールド夫人は浜辺をまっすぐやってくる。体つきは申し分なくいいが、飾りのない、防水キャップはあまりにも実用的で、とても魅力的とはいいがたい。

「いらっしゃらないの、ダグラス？　海は気持ちがよくて暖かよ」と彼女はじれったそうにいう。

「そうだろうね」

ダグラス・ゴールドはあわてて立ち上がったが、そのままちょっと動かない。するとヴァレンタイン・チャントリーが彼を見あげて艶然とほほえんだ。

「ではまたね《オ・ラヴワール》」彼女がいった。

ゴールド夫妻は海のほうへ行く。

二人の姿が話し声のとどかないあたりまで行くと、たちまちパメラが批評しだす――

「ちょっと、やり方が下手ね。旦那さまをほかの女からひったくっていくなんて、どう見たって愚策だわ。独占欲が強すぎるように見えてね。それに旦那さまって、そうされるの、嫌いなんだから」

「旦那さま旦那さまって、よくおわかりのようじゃな、パメラさん」とバーンズ将軍。

「他人の旦那さまのことはね……自分のは別ですわ！」

「ふーん！　立場の相違ってやつか」

「そう。でも将軍、あたし、結婚するまでには、してはいけないことを、たくさんおぼえられそうだわ」

「そうね、パメラ」とサラ。「でもあたしは何よりもまず、あんな水泳キャップはかぶらないわ」

「わしにはなかなか目的にかなっとるふうに見えるよ」と将軍。「それになかなかきれいでかわいい、分別のある女に見えるがなあ」

「そりゃたしかにそうですわ。でも、分別のある女の分別の利かせ方にも限度がありますもの。さっきのヴァレンタインに見せた態度なんか、あんまりいただけないと思いますけど」とサラ。

それから首を回すと、興奮した小声でいう――

「ほらあの人を見てごらんなさい。まるで雷さまみたいじゃないの。かんかんに腹を立ててるみたいね」

事実チャントリー中佐は、遠ざかって行くゴールド夫妻の後ろ姿を、憤懣やる方ないといった目で睨みつけている。

サラがポアロを見あげた――

「それで？　これを、どう判断されます？」

ポアロは口に出しては何もいわずに、もういちど砂の上に人さし指で模様を描く。さっきと同じ三角形の模様だ。

「永遠の三角形というわけね」とサラが考えこむようにしていう。「そうかもしれない。そうだとしたら、ここ一、二週間のうちに、おもしろいことが起きるかもしれないわね」

2

ポアロはロードス島に失望していた。休暇をゆっくり過ごしたくてこの島にきたのだ。ことに犯罪と無縁の休暇を。十月の末なら、ロードス島も閑散として静かな、俗気のないところだと聞いていたのだ。

なるほどその点に嘘はなかった。滞在客といえば、チャントリー夫妻、ゴールド夫妻、パメラとサラ、将軍とポアロ自身、それにイタリア人のカップルが二組しかいないのだから。しかし、その限られた集まりの中にあって、ポアロの明晰な頭脳は、事件が刻々と有無をいわさず迫りつつあるのを感じとっていた。「これは自分が犯罪に関心が強いからなんだ。人間ができていないからだ。勝手に想像をたくましくしてるんだ」と自分を叱ってみる。

が、やっぱり気になってしようがなかった。

ある朝、彼がテラスに出てみると、ゴールド夫人が坐って刺繡《ししゅう》をしていた。彼が近づいていくと、彼女があわてて白麻のハンカチを隠したような気がした。ゴールド夫人の目は涙こそないが、妙に輝いていた。素振りもちょっと快活すぎるような気がする。そうした明るさがちょっとわざとらしかった。

「おはようございます、ポアロさん」という声も、彼がおかしく思うくらい力を入れていっている。

　彼は、彼女が見かけほど彼と顔を合わせたことを喜んでいないような気がした。なんといっても、彼女は彼のことをよく知らないのだし、またポアロという男は、仕事関係のことならなかなかの自信家だが、自分の男っぷりとなると、ごく控え目な評価しかしない小男だった。

「おはようございます、マダム。今日もいい天気ですな」

「ええ、いいあんばいですわね？　でも、ダグラスとわたしは、お天気ではいつも恵まれてますの」

「そうなんですか？」

「ええ。ほんとにわたしたち恵まれてますわ。ねえ、ポアロさん、いろんな苦労や不幸を見たり、何人も何人も離婚したりするのを目にしますとね、ほんとに、わが身の幸せをしみじみありがたいと思いますわ」

「あなたがそうおっしゃるのを聞くと、うれしいですよ」

「ええ。ダグラスとわたしは、不思議なくらい幸せなんですの。結婚して五年にもなりますのよ。だって、いまどきの五年は、けっこう長いほうですものね」

「場合によっては、まるで永遠のように長く感じられることもありますよ、マダム」とポアロはそっけなくいう。

「……でも、ほんとにそう思うんですけど、わたしたちは新婚当時よりも幸せなくらいですわ。ほんとにぴったり性が合ってるんでしょうね」

「もちろん、それに越したことはありませんな」

「不幸せな方を見るとお気の毒でしょうがないのも、そのせいでしょうね」

「とおっしゃると……？」

「あら！　わたし、世間話のつもりで申しあげてるんですけど、ポアロさん」

「あ、そうですか、なるほど」

ゴールド夫人は絹糸を一本つまみ上げると、明るいほうへ向けて調べてみてから、また話しつづける。

「たとえば、チャントリー夫人ですけど……」

「ええ、チャントリー夫人が？」

「あの女《ひと》なんか、わたしはちっともいい女だなどと思いませんわ」

「そうですね、そうかもしれませんな」

「まったく、絶対にいい女だとは思いません。でも考えようによっては、かわいそうな気もしますの。だって、お金だとか、美貌だとか、そうしたものが全部そろっていても、あの女《ひと》は、男がほんとに夢中になるような女じゃありませんもの」――ゴールド夫人の指先がふるえて、なかなか針に糸が通らない——「男がすぐに飽きてしまうタイプだと思いますもの。そうお思いになりません？」

「たしかにこのわたしでも、あの人と話してると、いくらも経たないうちに疲れてきてしまうでしょうな」とポアロは用心深く答える。

「ええ、そこなんですのよ、わたしが申しあげたのは。そりゃ、あの女《ひと》には男を惹きつけるとこがあって……」そういいかけて、彼女は唇をふるわせて口ごもり、おぼつかない手つきで仕事に精を出しはじめる。ポアロより鈍感な人間が見たって、彼女の心痛に気づいたにちがいない。やがてまた彼女は取りとめのないことをしゃべりはじめる。

「男の人って、まるで子供そっくりですものね！　どんなことでも信じて……」

彼女はうつむいて仕事をしている。小さな白麻のハンカチが、また遠慮がちに取り出された。

ポアロは話題を変えたほうがよさそうだと思った。

「けさは海にお入りにならないんですか？　それにご主人は……浜ですか？」

ゴールド夫人は目を上げると、まぶしそうにしながら、打って変わったように明るい態度で答える。

「ええ、けさはやめましたの。古い町の城壁を見に行くことになってたもんですから。

それが、どうしたわけか……わたしたち、はぐれてしまいましてね。あの人たち、わたしをすっぽかして行ってしまいましたの」

あの人たちという代名詞が意味ありげだったが、ポアロがまだ何もいい出さないうちに、バーンズ将軍が下の浜辺のほうからやってきて、二人のそばの椅子にどっかりと腰をおろした。

「おはよう、ゴールド夫人。おはよう、ポアロ。お二人とも残留組だね？　けさは来ない人が多くてな。まず、あんた方お二人に、ご主人のゴールドさん……それからチャントリー夫人もだ」

「で、チャントリー中佐は？」ポアロがさりげなく訊く。

「いやいや、彼は来てましたよ。ミス・パメラに取っつかまってました」クスッと笑っていう。「なかなかあの子の手には負えんらしい。小説本に出てくるような、頑固な、だんまり屋だからな」

ゴールド夫人がちょっと身ぶるいしていう。

「あの方、なんだか恐ろしくて。ときどき……とってもこわい顔をするんですもの。まるで……何かやり出しそうな！」

そういうと、また身体をふるわせる。

「そりゃあ消化不良のせいだろう？」将軍は愉快そうにいう。「消化不良だと、恋愛沙汰でふさぎこんでいるとか、いちど腹を立てたらおさまらないとか、いろんな噂を立てられるもとになりますからな」

マージョリー・ゴールドはちょっとしとやかな微笑を見せる。

「ところで、ご主人はどちらですか？」と将軍が訊く。

彼女の返事はなんのためらいもなく――自然な明るい口調で出る。

「ダグラスですか？　あの人はチャントリー夫人と町へ出かけました。きっと古い町の城壁を見物に行ったのでしょう」

「ほう、そうですか……いや、あれはなかなかおもしろいですよ。騎士道華やかなりし頃が偲ばれるものもいろいろありましてな。あんたも行かれればよかったですな、奥さん」

「わたし、出てくるのがちょっと遅れたらしくて」

それから何か言い訳を呟くようにいいながら、やにわに立ちあがると、さっさとホテルの中へ入ってしまった。

バーンズ将軍は心配顔で、静かに首をふりながら彼女を見送っている。

「いい女じゃな、あれは。名前はいいえんが、誰かみたいな塗りたくりのあばずれなんか、十人束になったってかないっこないいて。ふん！　亭主は大ばかだ！　調子のいいときには、それがわからん」

そういうと、もう一度首をふる。それから立ちあがって中に入る。

ちょうどそこへ、サラ・ブレイクが浜からやってきて、将軍の最後の言葉を小耳にはさんだ。

立ち去っていく将軍の後ろ姿にしかめ面を向けてから、勢いよく椅子に腰かけながらいう――

「いい女じゃな……いい女じゃな、ですって！　男の人ってみんな、野暮ったい女がお好きなのね……そのくせ、いざとなると、おめかししたあばずれに、手もなくやられるんだわ！　情けないけど、そうなんだから」

「マドモアゼル」と、ポアロは強くたしなめる。「わたしはそんな話はご免こうむりたいですな！」

「そうなの？　あたしもそう。いえ、ほんといいますとね、じつはあたし、大好きなの。人間には、事故や、天災や、友人の不幸を喜ぶおそろしい一面があるのよね」

「チャントリー中佐はどこです？」

「浜でパメラの分析を受けてますわ……パメラったら、一人でおもしろがってるみたい……そんなことされても、中佐のご機嫌はいっこうによくならないの。あたしがこっちへ来るときは、雷雲みたいな顔をしてましたわ。きっといまにザーッとくるから」

ポアロは呟いた——

「どうも納得の行かないところがある……」

「納得が行くも行かぬもないじゃありませんか。でも、これからどうなるかしら……それが問題ね」

ポアロも首をふって呟く。

「あんたのいうように……心配なのは、これから先ですな」

「うまいことをおっしゃるわ」サラはそういうと、ホテルに入って行った。

入口で彼女は危うくダグラス・ゴールドと衝突しそうになる。青年は嬉しさと気のとがめが半々の表情で出てきた。

「やあ、ポアロさん」と声をかけてから、きまりが悪そうに付け加える。「チャントリー夫人を案内して、十字軍当時の城壁を見てきましたよ。マージョリーは行きたがらなかったもんで」

ポアロはちょっと眉をあげたが、そのときヴァレンタイン・チャントリーがしゃなりしゃなりと出てきたので、何かいいたくてもいう間《ま》がなかった。彼女は例の甲高い声で

――「ダグラス……ピンク・ジンをおねがい……あたし、あれを飲まずにいられないの」

ダグラスは注文しに行く。ヴァレンタインはポアロのそばの椅子に腰をおろした。けさは晴々とした顔だ。

自分の夫とパメラがやってくるのを見ると、彼女は手をふりながら叫んだ――

「海はよくて、トニー？　けさはほんとにいいお天気ね？」

チャントリー中佐は返事をしない。階段を駆け上がると、一言《ひとこと》も声をかけず、目をくれずに、彼女のそばを通って酒場のほうへ姿を消した。

両脇で手をグッと握りしめているので、いっそうひどくゴリラに似た感じがした。

ヴァレンタインの、形はいいがちょっと間《ま》のぬけた口は、ポカンとあいたままだ。

それから、「まあ」とうつろな声でいう。

そうした光景を見て、パメラ・ライアルの顔はおもしろくてたまらなそうだったが、できるだけさりげなく装って、ヴァレンタイン・チャントリーのそばに腰かけると訊く

――

「けさはいかがでした？」

ヴァレンタインが、「とってもすてきでしたわ。あたしたち……」といいかけたとき、

ポアロは立ちあがると、酒場のほうへぶらぶら歩いて行った。行ってみると、ゴールド青年がまっ赤な顔をして、ピンク・ジンのできるのを待っていた。困惑して怒っているふうだ。

彼はポアロを見ると、「あいつはけだものですね！」といって、立ち去って行くチャントリー中佐のほうへ顎をしゃくってみせた。

「そうかもしれませんな」とポアロ。「いや、大いにそうかもしれません。が、女は総じてけだものがお好きだってことを、忘れちゃいけませんよ！」

ダグラスはぶつぶついった――

「やつなら、あの女《ひと》をひどい目に遭わせても不思議じゃない！」

「彼女もそうされるのが好きなんでしょう」

ダグラスは面喰らったように彼の顔を見たが、ピンク・ジンのグラスを持つと出て行った。

ポアロはスツールに腰かけて、シロップ・ド・カシス（黒スグリを原料にした飲みもの）を注文する。彼がうまそうに長い溜め息をつきながら、それをすすっていると、チャントリー中佐が入ってきて、ピンク・ジンを立てつづけに五、六杯あおった。

それからだしぬけに、ポアロにというよりも、世間の人たちに向かって大声でののしりはじめた。

「もしヴァレンタインがいままでの大勢のばか者たちから逃げ出したように、おれからも逃げられると思ったら、大まちがいだぞ！　このまま離しゃしない。どんな野郎だって、おれが死なないかぎり、あいつを連れてなんかいけるもんか」

それから金を放り出すと、クルッと向こうをむいて出て行った。

3

ポアロが〈予言者の山〉に登ったのは、それから三日してからだった。人間のこうるさい喧嘩口論をはるか下に望みながら、黄緑のもみの林を通って曲がりくねりながらますます高く上がって行く、涼しくて気持ちのいいドライヴだった。車は休憩所の前でとまった。ポアロは車を降りると、ぶらぶら森の中へ入って行った。やがて、世界のてっぺんかと思われる場所に出た。はるか下に、深々とした海が、目もくらまんばかりに青々と広がっている。
俗世を遠く眼下に——煩悩を離れて——どうやらここならゆっくりできる。折りたたんだコートを木の切り株に注意深くのせると、彼はそこに腰かけた。

「善良なる神さまはご自分のなさることはおわかりにちがいない。しかし、神さまがある種の人間を創り出したというのは滑稽だ。が、仕方ない《エ・ビアン》、せめてしばらくのあいだはここで、そんな面倒くさい問題は忘れよう」彼はそんなふうに物思いにふけっていた。

ハッとして彼が目をあげた。茶色のコートとスカートの小柄な女が、急ぎ足で彼のほうへやってくる。マージョリー・ゴールドだった。いまはなりふりかまわず、顔を涙で濡れ放題にしている。

ポアロは逃げようがない。彼女がすぐそこまできていたのだから。

「ポアロさん、助けてください。わたし、情なくて、どうしていいかわからないんです。ああ、どうしたらいいのでしょう？　どうしたらいいのでしょう？」

彼女は取り乱した表情で彼を見あげた。指は彼の上衣の袖をしっかり握っている。それから、彼の顔を見て何か胸を打たれたふうに、彼女は思わずあとずさった。

「ど……どうなさったんですの？」と口ごもりながらいう。

「わたしの忠告がほしいとおっしゃるんですな、マダム？　そうなんですね？」

彼女はどもりながらいう――「そ……そうなんです……」

「そうですか……じゃ、申しましょう」彼は無愛想に――刺すような口調でいう――

「いますぐここをお発《た》ちなさい……手遅れにならないうちに」

「なんですって？」彼女はにらむように彼を見る。

「わかりましたね。この島を離れなさい」

「この島を離れる？」

彼女はぼーっとして彼をじっと見つめている。

「そう申しあげているのです」

「でも、どうして……なぜです？」

「それがあなたへの忠告です……ご自分のいのちが惜しければね」

彼女は驚きに息を呑んだ――

「まあ、なんてことをおっしゃるんです？　それじゃまるで脅しじゃありませんか……脅しじゃありませんか」

「そうです。はじめからそのつもりですよ」ポアロは厳粛にいう。

彼女は両手を顔に押しあてたまままくず折れた。

「でも、わたしにはできません！　彼がついてきませんもの！　ダグラスがです。あの女《ひと》が離すもんですか。しっかりつかまえてて……身も心も。あの女のいやがることは、何一つ聞きやしません……あの女に夢中なんですもの……あの女のいうことなら、なんだって信じるんです……夫が虐待する……悪くもないのに怪我をさせられた……誰も自分の気持ちをわかってくれない、といったことまで。わたしのことなんか、考えてもくれません……わたしなんか、物の数じゃない……眼中にないんです。ぼくを自由にしてくれ……離婚してくれっていうんですの。彼はあの女が夫と別れて、自分と結婚してくれると思いこんでるんです。でも、わたしは心配ですの……チャントリーがあの女を諦めっこありませんもの。あの男はそんな男じゃありません。ゆうべもあの女は、ダグラスに腕の生傷《なまきず》を見せて……夫がつけたんだといったそうです。それを見て、ダグラスはカンカンになってました。彼は勇気がありますからね……ああ、わたしは心配です！いったいどうなるのでしょう？　どうしたらいいか、教えてください！」

ポアロは突っ立ったまま、海のかなたに見えるアジア大陸の青い山並を、まっすぐ見つめながらいった――

「いま申しあげたでしょう。手遅れにならないうちに島を離れなさい……」

彼女は首を横に振る。

「わたしにはできません……できません……ダグラスが一緒でなくちゃ」

ポアロは溜め息をつく。そして肩をすくめた。

4

ポアロはパメラ・ライアルと、浜辺に坐っていた。

彼女はいかにも嬉しそうに話している。「三角形がだんだん強くなってきたわよ！ゆうべもあの二人、彼女をまん中にして坐って……睨み合ってるの！　チャントリーはだいぶ飲んでたわ。面と向かってダグラス・ゴールドを侮辱してたけど、ゴールドの態度は立派だったわ。ジーッと我慢してたもの。ヴァレンタインはもちろんおもしろがってたわ。人喰い虎みたいに咽喉《のど》をゴロゴロ鳴らしてね。これからどうなるとお思い？」

ポアロは首を横に振る。

「心配だ。とても心配で……」

「そりゃ誰だってそうよ」パメラはもっともらしくいう。そして付け加えた。「これは、あたしよりあなたの専門じゃありませんか。でなけりゃ、そうなるかもね。なんとかできないかしら？」

「できることはしましたよ」

パメラは熱心に身を乗り出す。

「何をしたの？」愉快な興奮でわくわくしながら訊く。

「手遅れにならないうちに、島を離れろって、ゴールド夫人に忠告しました」

「へえ……じゃ、あなたは……」といいかけてやめた。

「そうです、マドモアゼル」

「じゃ、あなたはそういうことが起きると思ってらっしゃるのね！」パメラはゆっくりいう。「でも、そんなはずないわ……そんなこと、あの男がするもんですか……。しんはとってもいい人ですもの。何もかもあのヴァレンタインって女がいけないのよ。まさか彼は……まさか……するもんですか……そんな……」

そういいかけてやめたが、やがてまた小声でいった——

「人殺しなんでしょう？　あなたが……あなたが……考えてらっしゃる言葉は、そうなんでしょう？」

「誰かはそうするつもりだろうね、マドモアゼル。それだけはいっておきましょう」

パメラはぶるっと身をふるわせた。

「あたしは信じないわよ」と彼女はきっぱりいった。

5

十月二十九日の夜に起こった事件の経過はしごく明瞭だ。

事件はまず二人の男――ゴールドとチャントリーのやりとりからはじまった。チャントリーの声は次第に高くなり、最後の言葉は四人の人たち――帳場の会計係、支配人、バーンズ将軍、それにパメラ・ライアル――の耳にも入った。

「このいまいましい好色漢が！　きさまとおれの女房とで、うまくおれの鼻を明かせるとでも思ってたら、大まちがいだぞ！　おれが生きてるかぎり、ヴァレンタインはおれの女房だ」

そういうと、怒りでまっ青な顔をして、ホテルを飛び出して行った。

それは夕食前のことだった。食後には（どんな話し合いになったのか誰にもわからないが）仲直りができていた。ヴァレンタインは月夜だからドライヴに出かけないかと、マージョリー・ゴールドを誘った。パメラとサラも一緒に行った。ゴールドとチャントリーは二人でビリヤードをした。そのあとで、二人はラウンジにいるポアロとバーンズ将軍のところへやってきた。

これがおそらくはじめてだったろうが、チャントリーの顔には微笑がうかんで、上機嫌だった。

「楽しかったかね？」と将軍が訊く。

「この男がうますぎるんでね！　一撞《きゅう》で四十六とられて負けちゃいましたよ」と中佐がいった。

ダグラス・ゴールドは謙遜してそれを打ち消した。

「ほんのまぐれですよ。ほんとです。あなたはなんにします？　行って、ウェイターに注文してくるから」

「ぼくはピンク・ジンをおねがいしましょうか、すみません」

「わかった。将軍は？」

「ありがとう。わしはウィスキー・ソーダにしよう」

「ぼくと同じですね。あなたは、ポアロさん？」

「どうも恐縮ですな。シロップ・ド・カシスにしていただきましょうか」

「シロップ……何ですか？」

「シロップ・ド・カシス。黒スグリのシロップです」

「ああ、リキュールですか！　わかりました。ここにあるかな？　聞いたことないけど」

「ありますとも。しかしリキュールじゃありません」

ダグラスは笑いながらいった——

「おもしろいのがお好きですな……でも、十人十色だから！　注文してきます」

チャントリー中佐は腰をおろす。もともと話し好きでもなければ社交家でもないくせに、愛想よく努めているのがはた目にもわかるほどだった。

「人間がニュース一つ聞かずに、平気で暮らしてるなんて、おかしなもんですね」と述べる。

将軍が不服らしくいう——

「四日も前の《コンティネンタル・デイリー・メイル》じゃ、あんまり役に立たんしな。もちろん《タイムズ》も送らせとるし、《パンチ》も毎週来るには来るんだが、おそろしく時間がかかる」

「今度のパレスティナ問題で、総選挙が行なわれることになりますかね？」

「総体的に処置をあやまったからな」将軍がそういったとき、ダグラスがウェイターに飲みものを持たせて戻ってきた。

将軍は一九〇五年にインドの軍隊生活中にあったエピソードを、ちょうど話しだしたところだった。二人のイギリス人は大しておもしろくもなかったが、おとなしく拝聴していた。ポアロはシロップ・ド・カシスをすすっていた。

話が山場にかかって、まわりにお愛想笑いが起こった。

するとそのとき、ラウンジの入口にご婦人方が姿を現わした。四人とも上機嫌らしく、しきりにしゃべったり笑ったりしている。

「トニー、あなた、とってもすてきだったわ」チャントリーのそばの椅子にすわりながら、ヴァレンタインがはずんだ声で言う。「ゴールド夫人の思いつきで、とってもすばらしかった。あなた方もいらっしゃればよかったのに」

「飲みものはなんにします？」彼女の夫はそういうと、ほかの女たちにも問いかけるような目を向ける。

「あたしはピンク・ジンよ、あなた」とヴァレンタイン。

「ジン入りのジンジャー・エール」とパメラ。

「あたしはサイドカー」とこれはサラ。

「わかった」といって、チャントリーが立ち上がる。そして、自分のまだ口をつけてなかったピンク・ジンを妻の前に押しやって言う。「これをお飲み。ぼくの分は、いまたのんでくるから。あなたは……ゴールド夫人？」

ゴールド夫人は夫に手伝ってもらって、上着を脱いでいたが、振り返るとニッコリしていう。

「オレンジエードをおねがいできます？」

「かしこまりました。オレンジエードですね」

彼はドアのほうへ行く。ゴールド夫人は夫と顔を見合わせてニコニコしている。

「とてもすてきだったのよ、ダグラス。あなたもいらっしゃればよかったのにね」

「そりゃ残念だったな。またの晩に行こうよ」二人はほほえみ合った。

ヴァレンタインはピンク・ジンをとり上げて飲みほした。

「ああ、おいしかった」彼女はホーッと息を吐きながらいう。

ダグラス・ゴールドはマージョリーの上着を長椅子の上に置いた。

彼はゆっくりとみんなのところに戻ってくると、いきなりいった——

「おや、どうなさったんです？」

ヴァレンタインは椅子の背にもたれかかっていたが、唇がまっ青で、手を心臓の上に当てている。

「ちょっと……ちょっと気分が悪くて……」

彼女は喘ぎながら、苦しそうに息をする。

チャントリーが部屋に戻ってきた。彼は急ぎ足になる。

「おい、ヴァル、どうしたんだ?」

「わ……わからないの……このジン……ちょっと味が変だったけど……」

「ピンク・ジンがか?」

チャントリーは振り向いて、あちこち見てから、ダグラスの肩をつかんだ。

「これはおれの飲みものだったんだ……ゴールド、いったい貴様これに何を入れたんだ?」

ダグラスは椅子の女の、苦痛にゆがんだ顔を見つめている。彼の顔がまっ青になっていた。

「ぼ……ぼくは……何も……」

ヴァレンタインは腰かけたまま、ぐったりとする。

バーンズ将軍が叫ぶ——

「医者だ……早く……」

五分後、ヴァレンタイン・チャントリーは息を引き取った。

6

翌朝は、誰一人海に入る者はなかった。

あっさりした黒のドレスを着て、青い顔をしたパメラ・ライアルは、ホールでポアロにすがりつくと、小さな客間にむりやり連れて行った。

「恐ろしいわ！　ほんとに！　あなたがおっしゃったとおりだわ！　わかってたのね？　殺人が起きるって！」

彼は重々しく頭を下げる。

「まあ！」彼女はそう叫ぶと、地団駄を踏む。「おとめになればよかったのに！　なんとかして！　とめられたはずですもの！」

「どうやって？」とポアロ。

それにはパメラもちょっと思案のていだった。

「誰かに……警察に連絡するとかして……」

「そしてなんていうんです？　何も起きてないのに……なんていうんですか？　誰かが殺人をもくろんでるっていうんですか？　ねえ、お嬢さん《モン・アンファン》、ある人間が人を殺そうと決心したら……」

「殺されそうな人に注意できるじゃありませんか」とパメラは頑張る。

「注意してもだめな場合もあるのです」

　パメラがゆっくりいう――「それなら殺人をしようとしている者に注意できるでしょう……おまえがやろうとしてることは、ちゃんとわかってるんだぞ、といって……」

　ポアロはなるほどというふうにうなずく。

「たしかに……そのほうがましですな。しかしそれにしても、犯罪者に共通な悪い癖を念頭に置いておかなければいけません」

「それは、何ですの？」

「自惚れというやつですよ！　犯罪者は自分の犯す犯罪は、絶対に失敗しないと思いこんでるものですからね」

「でも、それはばかげてますわ……愚にもつかぬことじゃありませんか！　今度の犯罪なんて、まるきり子供じみてますもの。だって、警察はゆうべ、さっそくダグラス・ゴールドを捕まえたじゃありませんか」

「そう」といってから、彼は考え考えつけ加える。「ダグラスもずいぶん間抜けな青年ですね」

「途方もないばかですわ！　何だか知りませんけど……毒薬の残りも見つかったそうですね？」

「ストロファンチンの一種でね。心臓をこわす毒薬です」

「その使い残しは、彼のディナージャケットのポケットに入ってたんですってね？」

「そうです」

「途方もないばかね！」パメラはもう一度そういう。「なんとか処分するつもりだったんでしょうが……まちがった人を殺しちゃったもんだから泡を食って忘れてしまったのね。舞台効果満点って場面だわ。男が恋人の夫のグラスにストロファンチンを入れる。彼がちょっとよそ見をしている間《ま》に、恋人のほうがそれを飲んでしまう……ダグラスが振り向いてみて、自分の愛する女を殺してしまったことに気づいたときの、恐ろしい瞬間を考えてごらんなさい……」

思わず彼女は身ぶるいする。

「あなたの描いた三角形ね。あれは永遠の三角形だったはずでしょう！　それがこんな結末になるなんて、思いもよらなかったわ」

「こうなるんじゃないかと恐れてたんですよ」とポアロは呟いた。

パメラは彼のほうに向き直る。

「あなたは注意したんでしょう……ゴールド夫人に。それなのに、なぜ彼にも注意してやらなかったんです？」

「つまり、なぜダグラス・ゴールドに注意しなかったっていうんですね？」

「ちがいます。チャントリー中佐にですよ。彼にいのちが危いって注意してあげられたはずでしょう……結局、ほんとに邪魔なのは、あの人だったんですもの！　きっとダグラスは、自分の妻はいじめれば、離婚することができると思ってたにちがいありません……あの奥さんはおとなしい上に、彼に首ったけですもの。ところがチャントリーときたら、強情な鬼みたいで、ヴァレンタインを手放しっこなかったし」

　ポアロは肩をすくめる。

「チャントリーに話したところで、むだだったでしょう」

「そりゃ、だめかもしれません。きっと、自分の面倒は自分でみるから、余計なお世話など焼かずに引っこんでろ、っていったでしょうけど。あたし、何か打つ手があったような気がして」

「わたしも、ヴァレンタインを説きふせて、島を離れさせようかと思ったことはあったが、あの女《ひと》はわたしのいうことなんか、耳も貸さなかったでしょう。愚かな女で、そういう話を理解できたはずもありません。かわいそうに《ボーヴル・ファム》、あの女《ひと》は、そういう愚かさのためにいのちを失ったようなものです」

「あの女《ひと》が島を離れていたとしても、どうにもならなかったでしょう。あの男はあとからついて行くだけですもの」

「あの男って?」

「ダグラス・ゴールドですよ」

「ダグラスが彼女のあとからついて行くっていうんですか? いや、マドモアゼル、それはちがいます……あなたはまちがっていますよ。あなたは今度の事件の真相がまだわかってませんな。ヴァレンタイン・チャントリーが島を離れれば、亭主のほうがついて行ったでしょう」

パメラはけげんそうに彼を見る。

「ええ、そりゃそうでしょうけど」

「そうなれば、犯罪がほかの場所で行なわれるだけじゃありませんか」

「あたしにはどうもわからないんですけど?」

「今度と同じ犯罪が、ほかのどこかで行なわれただろうといってるんですよ……夫の手に、によるヴァレンタイン・チャントリー殺害事件というやつがです」

パメラは目を丸くした。

「それじゃ、ヴァレンタインを殺したのは、チャントリー中佐……トニー・チャントリーだとおっしゃるの?」

「そうです。あなたも犯行を見てたじゃありませんか！　彼の飲みものはダグラス・ゴールドが持ってきました。トニー・チャントリーはそれを自分の前に置いていた。ご婦人方が入ってきたとき、われわれはみんなそっちのほうを見ました。彼はストロファンチンを用意していて、そいつをピンク・ジンの中へ入れると、気を利かして礼儀正しく、それを妻に回した。そして彼女がそれを飲んだというわけです」

「だって、ストロファンチンの包みはダグラスのポケットに入ってたんですよ！」

「われわれみんなが瀕死の女性のまわりに集まってる隙に、そこへすべりこませることなんか、すこぶる簡単な芸当ですよ」

たっぷり二分ほどパメラは息もつけなかった。

「でも、一つだけわからない言葉があるの。三角形という言葉です……あなたはご自分で……」

ポアロは強くうなずいた。

「三角形だといいましたよ……たしかに。しかし、それはあなたが勘違いしたんです。非常に巧妙な行動にだまされたんですよ！　あなたは犯人の思うつぼにはまって、トニー・チャントリーとダグラス・ゴールドの二人が、どちらもヴァレンタイン・チャントリーを愛してると思ったんです。そしてこれまた犯人の思惑どおり、ダグラスはヴァレンタインを愛しているのに、彼女の夫が断じて彼女を離婚しないので、捨てばちになってチャントリーに強い毒薬を盛ろうとしたところが、とんだ手違いで、代わりにヴァレンタインがその毒を飲んでしまったと思いこんだのです。それはすべて錯覚で、チャントリーはしばらく前から妻をなんとか始末したいと思っていたのです。彼はもうすっかり彼女に飽きていました。これは最初からわたしにもわかってました。彼は財産目当てに彼女と結婚したのです。ところが、いまの彼はほかの女と結婚したいもんだから、ヴァレンタインと手を切って、彼女の財産だけ手に入れようと企んだのです。それには殺す以外にてはないでしょう」

「ほかの女っていうのは？」

ポアロはゆっくり答える――

「ええ、それはね……あのかわいらしいマージョリー・ゴールドですよ。これこそまさに永遠の三角形だったのです。あなたの見方は、まるで見当ちがいだった。あの二人の男は、ヴァレンタインなどちっとも愛しちゃいなかった。あなたにそう思いこませたのは、彼女のうぬぼれと、マージョリー・ゴールドのすこぶるうまい演出のせいです。ゴールド夫人という女《ひと》は、おそろしく頭がいい。いかにも内気で慎み深いマドンナぶりで、驚くほど人を惹きつけるんですよ、取るに足らない者と思わせといてね！　わたしはあれとおなじタイプの女性犯罪者を四人も知ってますがね。アダムズ夫人というのは、夫殺しをやって、彼女が犯人だということを誰もが知っているのに、無罪放免になった。メアリー・パーカーは叔母と、恋人と、兄弟二人を殺し、ちょっとした不注意から逮捕された。それからラウデン夫人、この女はとうとう処刑されました。レクレイ夫人は間一髪のところで逃亡してしまった。今度のゴールド夫人も、これらと瓜二つのタイプです。わたしは彼女を一目見た瞬間に、それがわかりました。こういうタイプの女は、ちょうど水に入ったあひるのように、じつにうまく犯罪をおかすものでね。そして今度のも、じつに巧妙に企んだ犯行でした。どうです？　ダグラスがヴァレンタインと恋仲だったという、どんな証拠があります？　よく考えてごらんなさい。ゴールド夫人が洩らしたのと、チャントリーが嫉妬して騒ぎ立てただけじゃありませんか。そうでしょう？　おわかりですか？」

「なんて恐ろしい」パメラは叫んだ。

「あの二人は頭のいいコンビでした」ポアロは職業柄、冷然とした口調でいう。「彼らはここで落ち合って、犯罪をやってのけようと計画しました。あのマージョリー・ゴールドは、まったくもって冷血極まる悪魔です！　かわいそうに、あの罪もない夫を絞首台に送ったって、涙一つこぼしはしなかったでしょうな」

パメラは絶叫した――

「でも、彼はゆうべ警察に逮捕されて、連れて行かれたわ！」

「ああ、しかし、あのあとで、わたしは警官に二言三言《ふたことみこと》耳打ちしておいたからね。なるほど、わたしはチャントリーがグラスにストロファンチンを入れる現場は見ていない。しかし、わたしは、ほかの人たちと同様に、ご婦人方が入ってくるのを見てましたから。だから、ヴァレンタインが毒殺されたと見た瞬間から、彼女の夫から目を離さなかった。ちゃんと彼がストロファンチンの包みをダグラスの上着のポケットに入れるところは、この目で見とどけたのです」

それから彼はむずかしい顔をして言い添えた。

「わたしが立派な目撃者です。わたしの名前はよく知られております。警官たちはわたしの話を聞くとすぐ、それで事件の様相が一変したことに気づきました」

「それから？」パメラは話に引きこまれて先を促す。

「そうですね《エ・ビアン》、それから警官たちはチャントリー中佐に二、三質問をしました。彼はどなり飛ばしてごまかそうとしたが、もともとあんまり利口じゃないので、たちまち尻っぽを出してしまいましたよ」

「で、ダグラスは釈放されたんですのね？」

「はい」

「それから……マージョリー・ゴールドは？」

ポアロの顔が厳しくなる。

「わたしは彼女に警告しました。そう、警告しましたよ……〈予言者の丘〉でね……あの犯罪を未然に防ぐチャンスは、そのときしかなかったから。彼女を疑っているというのも同然な口のきき方をしました。彼女もそれは理解したようです。ところが彼女は自分を過信した……いのちが惜しければ島を離れろといったのに。離れないことに……したんです……」

解説

作家
野崎　六助

クリスティーの楽しみ方はおよそ三種ある。

一は、長篇を読むこと。これが一般的すぎて満足できないという人のためには、別の選択がある。二は、短篇を読むこと。三は、クリスティー原作の映画を観ること。どちらもそれぞれ違った面白味をそなえている。

クリスティーの生涯作品は、ミステリ長篇六十六、短篇約百五十。長篇のクリスティーと短篇のクリスティーとは、しばしば異なった貌《かお》をみせる。長篇がフォーマルに隙なく計算された装いだとすれば、短篇はごく私的なもてなしの気さくさに溢れている。もちろん作品の断面を切り取れば、会話主体の親しみやすい文体、というクリスティー印に変化があるわけではない。しかし短篇世界には作者の「秘密の顔」が無意識に滲み出していることがある。

長篇タイプの大家による短篇は「中には面白いものもある」という評でまとめられてしまうことが多い。エラリイ・クイーンにしても、ジョン・ディクスン・カーにしても……。現存する短篇ミステリ作家の第一人者であるエドワード・D・ホックの評価（「一語の無駄もなし」）も、そこに落ち着く。なおホック推薦のクリスティー短篇ベストは次のとおり。──「検察側の証人」「事故」「ナイチンゲール荘」「三匹の盲ネズミ」、そして本書所収の「死人の鏡」。

このリストは、おおむね平均的な評価と考えられるだろう。

しかしこれだけでクリスティー短篇を片づけるのは惜しい気もする。ちなみに、わたしの好みでベストを選べば、ポアロものの「夢」（なんとも愛想のないタイトルで多くの読者の記憶に引っかかりそうもない──本文庫では『クリスマス・プディングの冒険』に収録）、探偵役の出てこない「仄暗い鏡のなかに」（ヘレン・マクロイの同名小説とはまた違った味わい──『黄色いアイリス』に収録）、そして本書所収の「砂にかかれた三角形」。

クリスティー短篇には、大別してキャラクター探偵ものと単発ものがある。初期の短篇集にはホラーに近接するものも目立つ。探偵役を私流の好みで並べてみると、クィン氏、ポアロ、パーカー・パイン、トミーとタペンス、ミス・マープル、となる。それぞれの持ち味は見事に書き分けられているが、とりわけ『謎のクィン氏』のクリスティーらしからぬ深刻味に魅かれる。この短篇集については、作者自身、「読者を選ぶ」と書いている。「探偵いかにあるべきか」というクイーン的命題に、最もクリスティーが踏みこんだ作品の一つだろう。

や、いけない、いけない。ポアロものの解説で他のキャラクターを褒めてはいけなかった。

クリスティーのポアロにたいする感情は、ことのほか冷たいものだったと思う。自らの創造した主人公には愛着があって当たり前だが、クリスティーの場合はこれが当たり前ではない。このドライさは、むしろ作家の偉大さだろう。ミス・マープルだと作者との距離が近すぎる（どうしてもそう読めてしまう）。作者はポアロというキャラクターをつくって、ただの謎解き探偵たる職能のみを与えた。彼の人気を語る特徴の一つひとつは、ごく表面的な性格だ。灰色の脳細胞を中におさめた卵形の頭、ポマードでかちかちに固めた口ヒゲ、モナミとかエビアンなどと連発するフランス語の間投詞、自惚れ屋のくせにふつうの英語を間違えて恥をかく癖（ある作品では、レッド・ヘリングを「鮭の燻製」と言い間違えたりしている）など。読者には親しまれたが、作者は冷徹に距離を置いていたように思える。

だからシリーズ最後の作品『カーテン』における、探偵の衝撃的な退場は、作者としてはごく自然な選択だったろう。ポアロなればこそ、というか、作者はポアロを「その程度の人物」としてしか扱う気はなかった。注、この数行は『カーテン』未読の方には意味不明。申しわけありません。

探偵の人間像は、初期の『ポアロ登場』の一篇では、「かわいそうに！　第一次大戦のせいで頭がいかれてしまってる！」とさえ、描かれている。これは親しい友人による感想とはいえ、かなり辛辣なものだ。クリスティー世界の人物としても、ずいぶんと過激な性格だ。灰色の脳細胞からはみ出して余りある。もちろんポアロが示す極端さは、彼の活動の全般をおおうものではない。注目すべきは、作者が主人公への愛着ゆえにこうした「頭のいかれた」側面を強調したのではない、という点だ。

パーカー・パインは依頼人に「幸福をもたらす」相談員。クィン氏は事件が起きたときだけ、どこからともなく現われて去っていく非現実世界の住人。二人は容貌こそポアロに似ていない（当たり前か）が、どちらもポアロの極端さを分け与えられた探偵役だと思える。

本書は、クリスティーの短篇集としては十冊目（森英俊『世界ミステリ作家事典　本格派篇』による）になる。比較的長めの短篇、もしくは短めの長篇がおさめられた。オーソドックスな謎解きものばかりで、あえて野暮な解説は無用だろう。

一篇についてのみ述べておけば、「砂にかかれた三角形」は、地中海のリゾート地を舞台にしている。事件はおなじみの毒殺だが、そこにいたるまでのプロセスが面白い。恋のサヤ当ての三角関係をポアロがどんなふうに観察しているかが主眼となる。脳細胞による推理というより、人間性観察による謎解きなのだ。これがパーカー・パインものなら、恋愛の当事者の一人が依頼人として現われ、探偵は彼女を「幸福にする」シナリオを考えだしてやるところだ。クリスティー短篇に親しむ読者は、ここから裏表のストーリーを楽しむことができるだろう。同じ話でも、どういう観点から描くかで著しく違ってくる。それを見極めるのもミステリのひそかな楽しみだ。

さて、最後の余興に、すでに年季の入ったクリスティー・ファンにも、この一冊ではまる方にも、クイズをいくつか。

まず初級。クリスティー映画といえば、豪華キャストによる大作が楽しい。《オリエント急行殺人事件》《地中海殺人事件》《ナイル殺人事件》《クリスタル殺人事件》。このうち二作に出演している女優はどなたか。一人はミス・マープル役を演じたアンジエラ・ランズベリー。もう一人は？　これは、わかるだろうな。

中級。毒殺の女王といわれるクリスティー。作中で披露される「毒薬学」も相当なレベルにある。ポアロものの毒殺事件で、花をキーワードにした作品と、庭をキーワードにした作品は何か。

上級。本書の「死人の鏡」には、サタースウェイトという人物が登場する。この人は『謎のクィン氏』に出てくるワトソン役サタースウェイトと同一人物なのか？

答え。

初級――ジェーン・バーキン

中級――「黄色いアイリス」と「あなたの庭はどんな庭？」

上級――出題者にもわかりません。研究家には諸説があるようだ。

灰色の脳細胞と異名をとる

〈名探偵ポアロ〉シリーズ

本名エルキュール・ポアロ。イギリスの私立探偵。元ベルギー警察の捜査員。卵形の顔とぴんとたった口髭が特徴の小柄なベルギー人で、「灰色の脳細胞」を駆使し、難事件に挑む。『スタイルズ荘の怪事件』（一九二〇）に初登場し、友人のヘイスティングズ大尉とともに事件を追う。フェアかアンフェアかとミステリ・ファンのあいだで議論が巻き起こった『アクロイド殺し』（一九二六）、イニシャルのＡＢＣ順に殺人事件が起きる奇怪なストーリーが話題をよんだ『ＡＢＣ殺人事件』（一九三六）、閉ざされた船上での殺人事件を巧みに描いた『ナイルに死す』（一九三七）など多くの作品で活躍し、最後の登場になる『カーテン』（一九七五）まで活躍した。イギリスだけでなく、イラク、フランス、イタリアなど各地で起きた事件にも挑んだ。

映像化作品では、アルバート・フィニー（映画《オリエント急行殺人事件》）、ピーター・ユスチノフ（映画《ナイル殺人事件》）、デビッド・スーシェ（ＴＶシリーズ）らがポアロを演じ、人気を博している。

好奇心旺盛な老婦人探偵

〈ミス・マープル〉シリーズ

本名ジェーン・マープル。イギリスの素人探偵。ロンドンから一時間ほどのところにあるセント・メアリ・ミードという村に住んでいる、色白で上品な雰囲気を漂わせる編み物好きの老婦人。村の人々を観察するのが好きで、そのうちに直感力と観察力が発達してしまい、警察も手をやくような難事件を解決するまでになった。新聞の情報に目をくばり、村のゴシップに聞き耳をたて、それらを総合して事件の謎を解いてゆく。家にいながら、あるいは椅子に座りながらゆったりと推理を繰り広げることが多いが、敵に襲われるのもいとわず、みずから危険に飛び込んでいく行動的な面ももつ。

長篇初登場は『牧師館の殺人』（一九三〇）。「殺人をお知らせ申し上げます」という衝撃的な文章が新聞にのり、ミス・マープルがその謎に挑む『予告殺人』（一九五〇）や、その他にも、連作短篇形式をとりミステリ・ファンに高い評価を得ている『火曜クラブ』（一九三二）、『カリブ海の秘密』（一九六四）とその続篇『復讐の女神』（一九七一）などに登場し、最終作『スリーピング・マーダー』（一九七六）まで、息長く活躍した。

名探偵の宝庫

〈短篇集〉

クリスティーは、処女短篇集『ポアロ登場』（一九二三）を発表以来、長篇だけでなく数々の名短篇も発表し、二十冊もの短篇集を発表した。ここでもエルキュール・ポアロとミス・マープルは名探偵ぶりを発揮する。ギリシャ神話を題材にとり、英雄ヘラクレスのごとく難事件に挑むポアロを描いた『ヘラクレスの冒険』（一九四七）や、毎週火曜日に様々な人が例会に集まり各人が体験した奇怪な事件を語り推理しあうという趣向のマープルものの『火曜クラブ』（一九三二）は有名。トミー&タペンスの『おしどり探偵』（一九二九）も多くのファンから愛されている作品。

また、クリスティー作品には、短篇にしか登場しない名探偵がいる。心の専門医の異名を持ち、大きな体、禿頭、度の強い眼鏡が特徴の身上相談探偵パーカー・パイン（『パーカー・パイン登場』一九三四　など）は、官庁で統計収集の事務を行なっていたため、その優れた分類能力で事件を追う。また同じく、ハーリ・クィンも短篇だけに登場する。心理的・幻想的な探偵譚を収めた『謎のクィン氏』（一九三〇）などで活躍する。その名は「道化役者」の意味で、まさに変幻自在、現われてはいつのまにか消え去る神秘的不可思議的な存在として描かれている。恋愛問題が絡んだ事件を得意とするというユニークな特徴をもっている。

ポアロものとミス・マープルものの両方が収められた『クリスマス・プディングの冒険』（一九六〇）や、いわゆる名探偵が登場しない『リスタデール卿の謎』（一九三四）や『死の猟犬』（一九三三）も高い評価を得ている。

51 ポアロ登場
52 おしどり探偵
53 謎のクィン氏
54 火曜クラブ
55 死の猟犬
56 リスタデール卿の謎
57 パーカー・パイン登場
58 死人の鏡
59 黄色いアイリス
60 ヘラクレスの冒険
61 愛の探偵たち
62 教会で死んだ男
63 クリスマス・プディングの冒険
64 マン島の黄金

訳者略歴　1934年京都大学英文科卒，1991年没，実践女子大学名誉教授，英米文学翻訳家　訳書『魔の淵』タルボット（早川書房刊）他

死人《しにん》の鏡《かがみ》

〈クリスティー文庫 58〉

二〇〇四年　五　月　十五　日　発行
二〇二〇年十一月二十五日　四刷

（定価はカバーに表示してあります）

著　者　アガサ・クリスティー
訳　者　小《お》倉《ぐら》多《た》加《か》志《し》
発行者　早　川　浩
発行所　株式会社　早川書房

郵便番号一〇一 - 〇〇四六
東京都千代田区神田多町二ノ二
電話　〇三 - 三二五二 - 三一一一
振替　〇〇一六〇 - 三 - 四七七九九
https://www.hayakawa-online.co.jp

印刷・株式会社精興社　製本・株式会社明光社
Printed and bound in Japan
ISBN978-4-15-130058-5 C0197

本書は活字が大きく読みやすい〈トールサイズ〉です。